DIETER ZIMMER

Das Hochzeitsfoto

Roman einer deutschen Familie

BASTEI
LÜBBE

BASTEI-LÜBBE-TASCHENBUCH
Band 12211

Lizenzausgabe: Gustav Lübbe Verlag GmbH,
Bergisch Gladbach
Printed in Germany September 1994
Einbandgestaltung: Manfred Peters
Titelfoto: Dieter Zimmer
Druck und Bindung: Ebner Ulm
ISBN 3-404-12211-9

Der Preis dieses Bandes versteht sich einschließlich
der gesetzlichen Mehrwertsteuer.

1 Aber sonst kommen sie doch erst abends.« Thomas schob sein Mittagessen, aufgewärmten Wirsing und faulig riechende Salzkartoffeln, von sich, sprang auf und lief in den Flur. Dort stieß er zu seiner Überraschung auf die Mutter und Onkel Wolfgang. Sie waren etwas außer Atem, weil sie je eine vollgepackte Aktentasche und einen verschnürten Pappkarton mit nach oben geschleppt hatten. Sie ließen an der Garderobe einfach alles fallen, in den Kartons schepperte es wie Geschirr. Sie grüßten nicht wie jeden Tag, nickten nur wortlos.

»Aber sonst kommt ihr doch nie mittags«, rief Thomas.

»Heute ist eben alles anders«, erwiderte Onkel Wolfgang etwas barsch und klopfte an der Zimmertür der Oma, die um diese Stunde in ihrem Ohrensessel Mittagsruhe hielt. Die Mutter nahm Thomas bei der Schulter und zog ihn hinter Onkel Wolfgang drein.

»Ihr jetzt?« Die Oma rieb sich die Augen und griff zu ihrer Brille.

»Es ist soweit«, sagte Onkel Wolfgang ernst.

»Was ist soweit?«

»Du weißt schon.«

Es war still im Zimmer, Thomas hörte das Pendel der Standuhr. Nun also! Der Tag, der hatte kommen müssen, war gekommen. Der Tag, der oft beredet worden war. An den Thomas nie hatte glauben wollen. Nun also war es soweit. Thomas hatte sich immer ausgemalt, die Oma würde in diesem Augenblick laut schluchzen, die Mutter leise weinen und Onkel Wolfgang dröhnend fluchen. Die Stille war ihm unbehaglich.

»Wieso denn?« fragte er hilflos.

»Wieso! Frag doch: Wieso erst jetzt? Oder frag: Wieso wir und wieso die anderen nicht? Oder noch nicht? Denkt ihr, sie haben uns eine Erklärung gegeben?«

»Wie war es denn?« fragte die Oma gefaßt.

Die Mutter und Onkel Wolfgang setzten sich an den großen runden Eßtisch, der Oma gegenüber. Onkel Wolfgang zündete sich eine RAMSES an, die Mutter lehnte ab und schob den Aschenbecher hinüber.

»Es war wie im Kino, wie in einem schlechten Russenfilm«, begann sie. »Der Brozulat trat kurz vor der Frühstückspause in mein Labor und bat mich, in Wolfgangs Büro mitzukommen. Der Brozulat hatte zwei fremde Herren im Schlepptau, zwei fremde Männer, beide ebenfalls mit Bonbon. Als gelernter Ostzonaler guckst du ja jedem Menschen zuerst aufs Revers: SED oder normal? Also, alle drei mit Bonbon. Da wußte ich.«

Die Oma nickte. Sie hatte jetzt Tränen in den Augen und griff nach ihrem Taschentuch.

»Der Brozulat feixte.« Onkel Wolfgang machte es häßlich nach. »›Herr Ebert‹, sagte er, ›wir haben Ihnen eine Eröffnung zu machen, die die Zukunft dieses Betriebs anbetrifft. Anbetrifft‹, sagte er. Er zelebrierte es richtig. War ja auch ein großer Tag für ihn: vom Betriebsgewerkschaftsleiter zum Betriebsdirektor! Ohne Rücksicht auf Kompetenz. Der ganze Zauber, den er veranstaltete, war so überflüssig wie ein Kropf. Uns war ja sowieso alles klar. Eine Handbewegung hätte genügt:

›Raus! Ab durch die Mitte! Kapitalistenschweine!‹ Aber nein: ›Wir haben Ihnen eine Eröffnung zu machen.‹«

»Die beiden Kerle schauten mit eisernen Mienen zu. Oder eisigen. Zwei Knallchargen aus einem DEFA-Film. Früher hätte man ihnen gesagt, sie sollten sich ein Benimmbuch kaufen. Erstmal grüßen. Ihren Namen nennen. Aber sie waren eben im Besitz der historischen Wahrheit.«

Thomas fühlte Wut aufsteigen. Und Solidarität. »Diesen Drecksäcken hätte ich aber vors Schienbein getreten!«

»Und dann?«

»Weiß ich nicht. Gerannt.«

»Der Brozulat«, sagte die Oma und trocknete ihre Augen, »war ja einer der ersten Mitarbeiter, die der Opa in seine Firma holte. Ein junger Kerl damals, Anfang zwanzig. Bettelte sehr um eine Anstellung. Es war ja die große Depression Ende der Zwanziger und die riesige Arbeitslosigkeit. Der Opa hatte den Eindruck, aus dem Jungen könnte was werden.«

»Damit hat er ja nun recht behalten.«

Thomas' Blick fiel auf das Ölbild an der Wand neben Omas Sessel: sein Opa. Grauhaarig, mit Schnurrbart und dicken Brillengläsern, Weste mit Uhrkette. Thomas konnte sich nur dunkel erinnern: die stoppelige Wange, an die er sich als kleiner Junge schmiegte, wenn der Opa abends aus der Firma kam. Der Geruch nach Zigarre. Das Bonbon aus der Jackentasche.

»Ich habe letzthin beim Kramen eine Aufnahme wiedergefunden«, fuhr die Oma fort, »vom zehnjährigen Firmenjubiläum, neununddreißig, kurz nach Kriegsausbruch.«

Sie erhob sich halb, um in ihrem Sekretär nach dem Foto zu kramen.

»Die ganze Belegschaft hat der Fotograf abgelichtet, bis auf die wenigen, die schon ganz zu Anfang eingezogen waren. Hier! Der Opa in der Mitte. Ganz hinten, der junge Mensch mit der Brille, das ist der Brozulat.«

Sie reichte das Foto herüber. Thomas schaute darauf: »Hat der ein Bonbon an der Jacke?«

»Bonbon?« Zum erstenmal lachte Onkel Wolfgang. »Das ist komisch: neunundreißig ein Bonbon! Aber eigentlich hast du recht. Ein Hakenkreuz-Bonbon. Der Brozulat war PG geworden, gleich dreiunddreißig. Aber er hat nach fünfundvierzig flugs das Bonbon ausgetauscht. Hat sich blitzartig in der Wolle gefärbt. Aus Braun mach Rot! Wenn wir eines Tages den Ulbricht und seine Leute los sind und kriegen vielleicht Blaue oder Violette oder Karierte: Der Brozulat hat schon den neuen Farbton im Schrank.«

»Meinst du nicht«, fragte Thomas, »der ist ein richtiger Kommunist?«

Onkel Wolfgang schnaubte verächtlich.

»Was haben denn unsere Leute gesagt?« fragte die Oma.

»Unsere Leute?« Die Mutter wirkte wütend. »Von unseren Leuten durften wir uns nicht mal verabschieden. Der dickere von den Bonbonträgern erklärte uns, wir hätten unsere Siebensachen zu packen und innerhalb einer Stunde das Anwesen zu verlassen. Durch den Nebeneingang! Später, nachmittags, werde es eine Versammlung geben, da werde den Werktätigen die erfreuliche Nachricht mitgeteilt, daß sie nun von den kapitalistischen Ausbeutern befreit seien.«

»Es war wirklich komisch«, Onkel Wolfgang lächelte. »Mir wurde plötzlich albern zumute. Die ganze Spannung war weg. Nach den Jahren des Lavierens und der Ungewißheit nun endlich alles futsch! Wie es hatte kommen müssen. Ich fragte den Brozulat, ob er, wenn er schon meinen Stuhl und meinen Schreibtisch übernähme, meine angebrochene Tüte Malzkaffee aufbrauchen wolle. Der sagte tatsächlich ja.«
Thomas malte sich aus, wie jetzt der Brozulat an Onkel Wolfgangs Schreibtisch saß, telefonierte, diktierte, korrigierte, unterschrieb, anwies. Konnte der das denn? Thomas kannte ihn nur flüchtig. Der Brozulat hatte den guten Tag erwidert und sich, wie es üblich war, nach den Schulzensuren erkundigt. Freundlich. Thomas hatte ihn aber scheißfreundlich gefunden, weil es der Betriebsgewerkschaftsleiter war und ein Bonbonträger. Und der jetzt als Chef?
»Was passiert nun?« fragte die Oma.
»Was nun.« Onkel Wolfgang lachte ein zweites Mal. »Nun schreiben wir April neunzehnhundertdreiundfünfzig und der Kampf ist ausgekämpft. Wir brauchen nicht mehr um Rohstoffe zu rangeln und um Ersatzteile zu feilschen, immer am Rande der neuen Gesetzlichkeit und mit einem Bein in Bautzen. Oder in Sibirien. Wir brauchen uns nicht mehr verdächtigen zu lassen, wir hätten ein Päckchen Vanillesoßenpulver privat entnommen oder eine Tüte Rührteigmischung unterm Mantel nach Hause geschleppt. Wir sind freie Menschen. Jedenfalls so frei wie alle anderen in dieser Ostzone, die auch nichts mehr besitzen.«
»Aber was wird aus unserer Firma?«
»Unserer ehemaligen? Ein Volkseigener Betrieb. Ein

VEB. Er schreitet in eine lichtvolle Zukunft. Das neue sozialistische Puddingpulver, nur noch Himbeer wegen der Farbe, wird der Arbeiter- und Bauernmacht Mumm in die Knochen bringen. Und in zwei, drei Jahren ist der Laden bankrott.«

»Junge! Sei bitte nicht so zynisch! Es ist das Lebenswerk unseres Opas.«

»Ach ja«, sagte Onkel Wolfgang.

Thomas fiel plötzlich siedend heiß ein, was in den letzten zwei Jahren hundertmal beredet worden war, leise in den eigenen vier Wänden, unter acht Augen.

»Und was passiert jetzt?« fragte er bang.

»Wie besprochen«, antwortete die Mutter.

Thomas fragte nicht sofort, erst nach einer Pause und leise: »Du meinst, wegmachen?«

»Ja, wir gehen in den Westen.«

»Mädel!« rief die Oma. »Du kannst doch nicht einfach Knall auf Fall weg!«

»Nicht Knall auf Fall, sondern wie seit langem geplant.«

»Aber wo willst du denn hin? Du hast doch nichts im Westen. Keine Bleibe. Keine Anstellung. Du allein mit dem Jungen?«

»Ja. Ich allein mit dem Jungen. Ich würde auch lieber mit einem Ehemann und dem Jungen flüchten, aber das Leben hat nun mal anders gespielt. Also ich allein mit dem Jungen.«

»Das schaffst du nie!«

»Danke für die Aufmunterung, aber ich versuche es.«

2 Seid bereit!« rief die Pionierleiterin.
»Immer bereit!« riefen die Jungen im Chor und legten zum Pioniergruß ihre rechte Hand wie einen Hahnenkamm auf den Scheitel.
»Wir singen unser letztes Lied.«
Ein paar prusteten.
»Ich meine, wir singen unser Lied vom letztenmal.«
Die Jungen Pioniere sangen:

»Wenn wir schreiten Seit an Seit
und die alten Lieder singen,
fühlen wir, es muß gelingen,
das Vergangne zu bezwingen.
Mit uns zieht die neue Zeit,
mit uns zieht die neue Zeit.«

»Setzen!«
Thomas hatte sich in die letzte Bankreihe zurückgezogen, um ja nicht aufzufallen, aber das Adlerauge der Pionierleiterin erspähte ihn: »Steh doch mal auf! Wo hat der Junge Pionier denn sein blaues Halstuch? Erzähl mir bloß nicht, du hast es vergessen!«
Thomas schwieg feindselig.
»Na?«
»Ich kann ja nicht sagen, ich hab's verkauft. Ich hab's wirklich vergessen.«
»Das zieht natürlich eine Maßregelung nach sich. Hast du einen Vorschlag?«
Thomas hätte gern vorgeschlagen, daß er zur Strafe von diesem Pioniernachmittag und den zwei folgenden ausgeschlossen würde, aber das traute er sich nicht.

»Gut, wir machen es anders: Du wirst für die Maikundgebung eine besondere Aufgabe übernehmen. Wir werden etwas finden. Setzen!«
Thomas hatte alles andere im Kopf als die Kundgebung am 1. Mai. Seit zwei Stunden wußte er, daß seine Tage zu Hause unwiderruflich gezählt waren. Vorbei die Sommerabende auf dem Balkon mit der Mutter, der Oma, Onkel Wolfgang und seiner Freundin bei Himbeerwasser und selbstgemachtem Vanilleeis. Vorbei die Nachmittage mit den Freunden, streunend und Fußball spielend auf der großen Wiese im Rosental. Die Sonntage bei »Chemie« Leipzig im Georg-Schwarz-Sportpark draußen in Leutzsch. Die Nachmittage im Vorstadtkino mit Russenfilmen über heldenhaften Widerstand gegen faschistische Usurpatoren. Die Kindergottesdienste in der Gohliser Friedenskirche, keine herausragenden Erlebnisse, wie Thomas fand, aber die einzigen erlaubten Demonstrationen des Anderssein-Wollens. Die Stadtbummel mit der Großmutter, die unerwarteten Entdeckungen in Kirchen und Museen, die traditionelle Fleischbrühe hinterher in einem der berühmten alten Lokale, Auerbachs Keller oder Kaffeebaum oder Thüringer Hof. Die Klavierstunden bei Fräulein Sommer und ihr großes Schülervorspiel jeden Advent mit dem Herzklopfen vorm Auftritt. Heiligabend in der Thomaskirche mit dem großen Weihnachtsstern im Kirchenschiff und dem himmlischen Gesang der Thomaner. Und vor allem: Petra!
»Wir wollen heute unsere Kundgebung zum Ersten Mai vorbereiten. Wie heißt der Erste Mai bei den fortschrittlichen Menschen in aller Welt?«
Die Jungen Pioniere, über dreißig an der Zahl und alle

außer Thomas mit blauem Halstuch, schauten aufmerksam in die verschiedensten Richtungen, sofern dort nicht die Pionierleiterin stand. Thomas ahnte, daß sie ihn heute auf dem Kieker hatte.
Sie hatte.
»Internationaler Kampftag der Arbeiterklasse«, leierte Thomas.
»Seit wann?«
»Seit vierundsechzig Jahren.«
»Sehr gut! Weißt du auch das Jahr?«
»'türlich. Sonst hätte ich's ja nicht ausrechnen können.«
Er durfte sich setzen. Die Pionierleiterin hätte ihm, wenn sie keine Pionierleiterin gewesen wäre, gefallen. Sie war Anfang zwanzig und wirkte bei allem, was sie sagte und tat, entschlossen und begeistert. Wenn sie gar von der Großen Oktoberrevolution erzählte, strahlten ihre blauen Augen und glühten ihre rosa Wangen, als hätte sie beim Sturm auf das Winterpalais die rote Fahne vorneweggetragen. Thomas mußte auch zugeben, daß ihr die blaue Bluse mit den drei offenen oberen Knöpfen ausgezeichnet stand. Wäre es nur keine FDJ-Bluse gewesen!
»Wir wollen, wenn wir auf dem Karl-Marx-Platz an der Tribüne mit den führenden Genossen vorbeimarschieren, auffallen. Der Genosse Paul Fröhlich, Erster Sekretär der Bezirksleitung der SED, soll sagen: ›Schaut mal, wer ist denn das da?‹ ›Die siebenunddreißigste Grundschule‹, wird ihm dann ein Genosse zuflüstern, und der Genosse Paul Fröhlich wird anerkennend nikken. Wer hat eine Idee? Womit können wir auf uns aufmerksam machen?«

Vor dem Fenster flogen Mauersegler hin und her. Sie kamen, erinnerte sich Thomas vom Biologieunterricht, ziemlich spät aus den warmen Ländern zurück. Wahrscheinlich bauten sie noch an ihren Nestern und fütterten noch nicht ihre Jungen.

»Hat keiner eine Idee?«

Eine Straßenbahn rumpelte vorüber, direkt unter den Fenstern des Klassenzimmers, auf der Georg-Schumann-Straße nach Möckern, Wahren und Schkeuditz. Dem Geräusch nach mußte es eine 11 oder 28 sein, denn deren lange Züge mit den drei Niederflurwagen klangen ganz besonders, waren überhaupt nicht zu verwechseln mit den normalen zweiachsigen Wagen der Linien 10 oder 29. Ein Leipziger Junge hörte sowas ganz genau.

»Das gibt's doch nicht! Da sitzt ihr und haltet Maulaffen feil! Wie soll man denn mit solchen trüben Tassen den Sozialismus aufbauen?«

Einer raffte sich endlich auf, es war Rüdiger Lehmann, der als sehr linientreu galt: »Wir könnten Puppen basteln und an Galgen aufhängen und vor der Tribüne anzünden. Das macht 'ne Menge her.«

»Sehr gut! Das wird auffallen. Was für Puppen?«

»Klassenfeinde. Adenauer. Eisenhower. Der Pest-General MacArthur.«

Die Pionierleiterin war von dem Vorschlag begeistert: »Wer möchte so eine Puppe basteln?«

In welche Stadt sie gehen würden, dachte Thomas, war ja völlig ungewiß. Hoffentlich in eine große! Nicht so eine Kuhbläke. Die paar Dörfer, die er von Leipzig aus mal besucht hatte, wo er die Ferien bei Verwandten oder im Kinderheim verbracht hatte, waren ihm, als nach einer Woche der Reiz des Neuen verflogen war, trostlos vorgekommen. Ein Leipziger auf dem Dorf? Um Gottes Willen!

»Machst du den Adenauer?«

»Was bitte?«

»Ob du die Adenauer-Puppe für die Kundgebung machst.«

»Adenauer? Ich weiß doch gar nicht, wie der richtig aussieht.«

»Ich besorge dir Fotos aus der Zeitung. Wir stopfen ihn mit Stroh aus. Da wird er lodern wie die Christen auf dem Scheiterhaufen!«

Verdammter Mist! dachte Thomas. Alles bloß wegen dem vergessenen blauen Lappen!

3 Thomas fuhr mit seinem alten blauen Fahrrad, das Onkel Wolfgang als Junge besessen hatte, von der Roten Schule zum Viertelsweg in Gohlis-Nord, wo Petra wohnte. Er hatte sie heute in der großen Pause nicht auf dem Schulhof und nicht in den langen Korridoren gesehen und machte sich Sorgen.

Seit zwei Wochen war Thomas verliebt. Bis zum Einschlafen und vom Aufwachen an dachte er an Petra. Ihr Bild stand fast jede Minute des Tages vor ihm. Nur geträumt hatte er noch nicht von ihr. Zu einer Verabredung hatte er es bisher nicht gebracht, aber wenn er Petra nach der Schule abpaßte und ihr anbot, ihren Ranzen nach Hause zu tragen, lehnte sie nicht ab. Das sah Thomas als einen untrüglichen Beweis, daß seine Gefühle erwidert wurden. Sie liefen dann nebeneinan-

der die Breitenfelder Straße hinauf, er redete über Schule, Lehrer, Aufsätze, Ostrowskij, Turnvater Jahn, Stalinfeier, Kinderspartakiade, Straßenbahnen, Dampflokomotiven, Klavierstunde, DEFA-Filme. Er ließ möglichst keine Pausen eintreten, damit sie nicht auf andere Gedanken kam. Sie hörte zu, fragte selten, widersprach nie. Thomas hatte mit Onkel Wolfgang darüber geredet, dem einzigen Menschen, dem er in so einer Frage vertraute. Widerworte geben, hatte der Onkel gesagt, würde sie bald, alles andere wäre unnormal.
Petra war wohl zwölf, Thomas wollte es noch herausbekommen, und seiner Ansicht nach außerordentlich hübsch, mit blonden Zöpfen und blauen Augen. Sie sprach sächsischer, als es in seiner Familie durchgegangen wäre. Darüber mußte man reden, wenn man sich besser kannte.
Besser kannte? Thomas fuhr es durch den Kopf: erster Mai.
Eine Straßenecke vor Petras Haus schloß er sein Fahrrad an den Pfahl einer Gaslaterne. In Sichtweite ihres Fensters bezog er Stellung. Er wartete.
Thomas hatte die letzte Zeit fast nur noch einen Kopf für Petra gehabt, auch in der Schule, vor allem in der letzten Stunde, wenn es darauf ankam, Petra draußen abzupassen. Vorgestern hatte ihn Fräulein Hase anschließend noch in ein Gespräch gezogen, über die Gestaltung der Wandzeitung im Klassenzimmer zum 1. Mai. Er hatte jede Initiative versprochen, um nur rasch entlassen zu werden. Er war atemlos hinausgerannt, um mit klopfendem Herzen zu sehen, daß Petra auf ihn gewartet hatte. Er hatte nach ihrem Ranzen gegriffen, sie hatte gelächelt, wortlos, aber schon ver-

traut. Ihm war es heiß über den Rücken gelaufen. Er hatte, da ihm so rasch nichts anderes eingefallen war, gefragt, ob sie »Chemie« Leipzig zutraue, nach zwei Jahren und dem Weggang so vieler Spieler wieder einmal DDR-Meister zu werden. Das komme darauf an. Donnerwetter, hatte er gedacht, sie versteht was davon!

Thomas stand an diesem späten Nachmittag und schaute zu Petras Fenster. Sollte er mit ihr Schluß machen? Sich zurückziehen, damit der Abschied nicht so schmerzlich würde? Oder sollte er die Zeit auskosten, süß und bitter?

Kurz überlegte Thomas, bei Petra zu klingeln. Aber was sagen, wenn ihre Mutter öffnete oder ihr Vater? Und was, wenn sie selbst in der Tür stünde? Würde es nicht wie verdächtige Eile wirken? Sah man sich nicht ohnehin jeden Tag in der Schule? Die Mutter hatte heute davor gewarnt, irgendwelche unüberlegten Dinge zu tun.

Nach einer Dreiviertelstunde schloß Thomas sein blaues Fahrrad vom Laternenpfahl und fuhr nach Hause.

4

Abends lag Thomas in seinem Kämmerchen wach und starrte an die dunkle Decke. Durchs angelehnte Doppelfenster strich ein Lüftchen. Wie immer in lauen Nächten, im Hochsommer war es noch viel schlimmer, roch man stechend die Pleiße, die in der Nähe schwarz und ölschillernd vorbeifloß. Die stille Vorstadt machte fast keine Geräusche mehr. Die Spat-

zen, die tagsüber im Baum hinterm Haus lärmend tobten, hatten sich in den Zweigen zur Ruhe eingerichtet. Um diese Stunde tuckerte nur noch selten ein Auto durchs Viertel und rasselte kein Pferdefuhrwerk mehr vorbei. Nur die Straßenbahn kreischte durch die langgezogene Kurve am Ausgang des Rosentals, alle fünfzehn Minuten in Richtung Stadt, alle fünfzehn Minuten in Richtung Endstelle Gohlis-Nord.
Jetzt ist es soweit! dachte Thomas.
Die Mutter hatte recht: Seit zwei Jahren stand unabänderlich fest, daß sie flüchten würden nach der Enteignung. Dieser Gedanke hatte Thomas große Angst gemacht: wegzumüssen aus Leipzig. Als aber Monat für Monat nichts geschah, die Mutter und Onkel Wolfgang Morgen für Morgen in die Firma gingen und Abend für Abend heimkehrten, hatte er die schlimme Vorstellung immer weiter von sich geschoben. Eines Tages!
Eines Tages wird alles mögliche geschehen. Eines Tages werde ich Schiffsingenieur auf einem riesigen Überseedampfer und fahre um die Welt. Eines Tages gehe ich in New York an Land und laufe durch die Schluchten der Wolkenkratzer. Eines Tages reise ich mit der Eisenbahn in den Wilden Westen, auf den Spuren von Winnetou, Old Shatterhand und Tante Droll. Eines Tages. Nun plötzlich war »eines Tages« vielleicht schon in ein paar Monaten.
Nach Westberlin. In die unbekannte große Stadt. Und wohin weiter? Nur dem Namen nach kannte Thomas Hamburg, München, Stuttgart, Kaiserslautern und ein paar andere Städte, die ebenfalls Oberligamannschaften hatten. Wo wollte die Mutter arbeiten? Wo sollte er

selbst in die Schule gehen? Wo würden sie unterkommen? Hier hatten sie eine eigene Wohnung, zwar mit feuchten Wänden und durchgerostetem Badeofen, aber mit diesem Kämmerchen als Thomas' eigenem Reich. Drüben, berichtete die Leipziger Volkszeitung, wurden Flüchtlinge in Barackenlager gepfercht, drei Familien in einen Raum, ohne fließendes Wasser. Dann, wenn sie Glück hatten, fanden sie ein möbliertes Zimmer. Was erwartete sie überhaupt in diesem »goldenen« Westen? Die große Freiheit. Davon redeten sie im RIAS und beim Abendessen. Aber auch drüben durfte man mit dreizehn bestimmt noch nichts Wichtiges entscheiden. Wohlstand, was war das? Apfelsinen und Bananen? Schuhe mit Kreppsohlen? Das alles kriegte man ja wohl nicht geschenkt. Nein, hier in Leipzig wußte man wenigstens, was man hatte.

Thomas konnte nicht einschlafen, zählte die Straßenbahnen. Hätte der Brozulat nicht noch eine Weile warten können? Oder die Leute, die ihn vorgeschickt hatten? Die Wiedervereinigung sollte doch wirklich bald kommen. Mußte jetzt unbedingt noch weggemacht werden?

Langsam spürte Thomas die Kehle eng werden und Tränen aufsteigen. Früher hätte er in so einer Lage seinen Teddybären genommen, der immer tröstlich zugehört hatte. Aber der Bär war seit einem Jahr tief in den Schrank verbannt, weil man in diesem Alter keinen Teddy mehr hatte.

Thomas hörte die Straßenbahn durch die Kurve kreischen und starrte an die dunkle Decke.

5 Am nächsten Morgen, am Sonnabend, geriet alles in Unordnung. Die Mutter und Onkel Wolfgang waren aus Gewohnheit um fünf aufgewacht, aber es war ihnen rechtzeitig eingefallen, daß sie sich nochmal umdrehen konnten. Als sie um dreiviertel sieben aufstanden, kamen sie der Oma und Thomas bei deren gewohntem Ablauf ins Gehege. Wie immer morgens um diese Zeit war Stromsperre. Ein jeder drang mit seiner brennenden Kerze oder seiner rußenden Petroleumfunzel durch die Dunkelheit des Korridors ins Bad, in die Küche, zurück in sein Zimmer zum Anziehen. Doch heute behinderten sie sich dauernd und standen vor verschlossener Tür. Als schließlich der Kaffeetopf auf dem Gasherd umschwappte, weil die Mutter sich ins Frühstück eingemischt hatte, gab ein Wort das andere, und die Oma zog sich beleidigt in ihr Zimmer zurück.

»Eigentlich brauche ich nicht mehr in die Schule«, murmelte Thomas, sein Vierfruchtmarmeladebrot kauend.

»Um Gottes Himmels willen!« fuhr die Mutter auf. »Willst du uns in Teufels Küche bringen? Du tust, als sei rein gar nichts geschehen. Hörst du? Du lernst dein Russisch und deine Gegenwartskunde und deinen Kram und verlierst kein Sterbenswörtchen. Keine Andeutung! Niemand darf ahnen, daß wir rüber wollen.«

»Alles wie immer?« fragte Thomas enttäuscht.

»Alles. Schule, Christenlehre, Klavierstunde. Alles.«

»Wann machen wir eigentlich weg?«

»Darüber habe ich die halbe Nacht lang gegrübelt. Wann fällt es am wenigsten auf?«
»Keine Ahnung. Im Winter, wenn's dunkel ist.«
»Ach, um Gottes willen! Wir müssen so schnell wie möglich weg.«
»In den großen Ferien?«
»Quatsch! So schnell wie möglich. Weißt du, wann wir verschwinden? Am ersten Mai.«
»Am ersten Mai?« Thomas dachte an Petra. »Das ist ja in zwei Wochen!«
»Ja. Der erste Mai«, erklärte die Mutter, beinahe begeistert von ihrer Idee, »ist wie geschaffen. Da ist in der Stadt ein einziges Tohuwabohu, alles rennt zur Kundgebung, die Vopos haben mit Umleitungen und Absperrungen zu tun, da entschlüpfen wir völlig unbemerkt mit unseren Koffern. In aller Herrgottsfrühe mit dem ersten Zug fahren wir nach Berlin. Ehe hier die Kundgebung zu Ende ist, sind wir drüben.«
Thomas dachte an seinen Adenauer aus Stroh. Den mußte er wohl noch basteln, um sich nicht verdächtig zu machen, aber dem Flammentod würde der Kanzler der Monopolkapitalisten entgehen.
Thomas griff seinen Ranzen. Fast immer traf er auf dem Weg in die Schule Klassenkameraden, aber heute war er allein. Er ertappte sich dabei, daß er sich auf seinem Schulweg so aufmerksam umschaute, als sei heute schon sein letzter Tag. Die Pölitzstraße mit ihrem Kopfsteinpflaster, wo der Fußball immer so kreuz und quer sprang. Mit den Gaslaternen, von denen jede zweite nur noch ein Pfahl ohne Laterne war. Am Ende der Straße die vier Ruinengrundstücke, wo sie immer so abenteuerlich gespielt hatten. Beim Drogisten Fröde

an der Ecke Möckernsche hatten sie Wanzengaspulver oder Unkraut-Ex gekauft, um laute Donnerschläge zu erzeugen. Ältere Passanten schimpften, sie hätten noch die Knallerei vom letzten Krieg in den Ohren und genug davon, aber die Jungen lachten nur über die alten Miesepeter. An der Möckernschen das Blumengeschäft, das höchstens mal Grünpflanzen hatte. Gegenüber das Tabakgeschäft, das an manchen Tagen nicht mal Zigaretten hatte. An der Ecke Breitenfelder das Milchgeschäft, wo meistens schon mittags die Magermilch alle war. Thomas überquerte den staubigen Knochenplatz, der so genannt wurde, weil hier der erste Friedhof von Gohlis gewesen war. Wie oft hatten sie sich verabredet, hier nachts mit Hacke und Schaufel nachzugraben, aber jedesmal waren am Ende alle unter Vorwänden abgesprungen. Über die Eisenacher hinweg die Breitenfelder hinauf. Im Eckhaus war die Oma damals, als Onkel Wolfgang so lange nicht aus der Kriegsgefangenschaft geschrieben hatte, zur Wahrsagerin gegangen. Die hatte Hoffnung gemacht für ihr Honorar und am Ende ja auch recht behalten. Auf der anderen Straßenseite die lange Mauer der Gohliser Actien-Bierbrauerei, wo es aus dampfenden Kübeln so merkwürdig muffig roch. Über die Georg-Schumann-Straße, die die meisten nach wie vor Hallesche nannten und wo bis gestern die Mutter und Onkel Wolfgang morgens mit der Linie 29 in die Firma gefahren waren. Zur Roten Schule auf der Ecke, die schon vor der Ostzone so geheißen hatte, denn sie war aus roten Backsteinen gebaut.

Thomas betrat seine Schule durch den Eingang, über dem »Knaben« stand, wo aber auch Mädchen hineingingen. Über dem anderen Eingang stand »Mädchen«, aber es wurde heutzutage anders unterschieden: der rechte Eingang für die 38. Volksschule, der linke für die 37., deren Gebäude im Krieg zerbombt war. Im Korridor hing der große Stalin: der weise Vater aller Werktätigen der Erde, der beste Freund des deutschen Volkes, mit grimmigem Schnauzer und stahlhartem Blick. Schräg über die Uniform hatten sie ihm einen Trauerflor geklebt, denn der Generalissimus war vor sieben Wochen dahingeschieden. Abgenibbelt, wie Onkel Wolfgang heiter feststellte. Vierhunderttausend Leipziger, hatte die Volkszeitung berichtet, waren in tiefer Trauer über den Karl-Marx-Platz gezogen, viele mit Tränen in den Augen. Thomas und seine Klasse waren mitgezogen, ohne zu weinen, ebenso die Mutter und Onkel Wolfgang mit ihrer Belegschaft, die den Trauertag nacharbeiten mußten, um den Plan zu erfüllen. Thomas schaute sich auf dem Korridor um, ob er beobachtet wurde. Dann streckte er Stalin die Zunge heraus.

Im Klassenzimmer flogen Gegenstände, wie immer vor der Stunde. Der diensthabende Gruppenleiter mit dem blauen Pionierhalstuch und den roten Ärmelstreifen bemühte sich verzweifelt um Disziplin, fand aber, wie immer, kein Gehör. »Von der Sowjetunion lernen heißt siegen lernen«, stand in roten Großbuchstaben an der Wand im Rücken der Schüler. Angeblich fehlte dabei ein Komma. Thomas wollte schon immer vorschlagen, das Transparent an die Stirnwand zu hängen, damit es hilft.

Er versuchte sich an die Klassenkameraden zu erinnern, die in den letzten zwei Jahren ohne Gruß verschwunden waren. Man wußte dann ja Bescheid. Einer aus der Klasse war nur bis Magdeburg gezogen, das war etwas ganz anderes. Er hatte sich verabschiedet und seine neue Anschrift hinterlassen, falls zufällig mal einer in die Ecke käme. Aber die übrigen? Sie fehlten einfach eines Morgens. Der Gruppenleiter meldete der Klassenlehrerin, Fräulein Hase, mit Pioniergruß: »Seid bereit! Klasse sieben b angetreten, achtundreißig Schüler. Sowieso fehlt unentschuldigt. Sowieso und Sowieso haben keine Schularbeiten. Sowieso hat sein Turnzeug vergessen.« Der unentschuldigt Fehlende kam auch am zweiten Tag nicht und nicht am dritten. Man tuschelte. Am fünften oder sechsten Tag ging Fräulein Hase bei den Nachbarn fragen, vielleicht war auch die Oma anzutreffen. Es war wie erwartet. Abgehauen. Weggemacht. Mit den Eltern nach Westberlin. Von da nach Hannover, Kaiserslautern, Bad Tölz, was immer. Man hatte es gleich geahnt.

So ein Weggemachter war nicht mehr Klassenkamerad, sondern Klassenfeind. Die Lehrerin verurteilte ihn. Man dachte sich seinen Teil. Überlegte, was Fräulein Hase in Wahrheit davon hielt. Man redete nicht mehr über ihn. Eigentlich hätte man ihn im Album aus den alljährlichen Klassenfotos herausschaben müssen, so wie es bekanntlich bei Fotos der Parteiführung gemacht wurde, wenn sich hohe Genossen als Konterrevolutionäre entpuppt hatten.

Thomas erinnerte sich an neun Weggemachte, fünf allein seit Anfang des Jahres. Wer könnte der nächste sein? Er schaute in die Gesichter. Von Horst Böhling ahnte er, daß sie zu Hause »dagegen« waren, weil ihre Werkstatt für Elektromotoren enteignet worden war.

Bei Walter Mehlhorn, dessen Vater Drogist war und die Enteignung befürchten mußte, schien auch klar, wie sie dachten. Von Rudi Bentzkow, der sich meistens abseits hielt, munkelte man sogar, sein Vater sitze in Bautzen. Danach konnte man aber nicht einfach fragen wie nach den Vätern, die noch in russischer Kriegsgefangenschaft waren. Was Wunder, wenn Rudis Familie sich absetzte, anstatt hier geschnitten zu werden und verfemt zu sein. Der nächste Flüchtling konnte aber auch wieder mal einer sein, den man für besonders linientreu gehalten hatte. Abwarten!
Der nächste, fiel Thomas ein, bin ja ich.

6 In der letzten Stunde gab Fräulein Hase Deutschaufsätze zurück.
»Du hast eine erfreuliche Arbeit geschrieben«, lobte sie Thomas. »Ein paar Ungereimtheiten, ich habe Verschiedenes an den Rang geschrieben, aber für deine Verhältnisse bemerkenswert.«
Thomas hätte jubeln müssen, denn er hatte eine Kette mäßiger Leistungen hinter sich, ähnlich wie »Chemie« Anfang der Saison. Er holte jedoch wortlos sein Heft ab und setzte sich wieder.
»Vielleicht wird es ja noch«, sagte Fräulein Hase aufmunternd. Thomas schlug sein Heft nicht auf.
»So, ihr holt jetzt bitte den ›Stahl‹ heraus, wir lesen. Wer kann mir zuvor etwas über den Autor sagen?«
Alle schauten an Fräulein Hase vorbei, aber sie fing Thomas' Blick ein und nickte: »Nach dem guten Aufsatz wirst du mich auch jetzt nicht enttäuschen.«

Heute ist aber der Wurm drin, dachte er.
Er schob sich aus seiner Bank: »Ja, also, der Autor hieß Nikolaj Alexejewitsch Ostrowskij. Das war ein junger Revolutionär. Bei der sozialistischen Oktoberrevolution war er erst dreizehn, aber er nahm dann am Bürgerkrieg gegen die Weißen teil und wurde verwundet und gelähmt und am Ende blind, aber er arbeitete trotzdem weiter an seinem berühmten Roman ›Wie der Stahl gehärtet wurde‹. Das ist ein Klassiker der Weltliteratur. Ostrowskij starb jung, ehe die Probleme in der Sowjetunion anfingen.«
Thomas erschrak über seine letzten Worte. Banknachbarn links und rechts sahen ihn neugierig an.
Fräulein Hase fragte, freundlich und ohne Erregung: »An welche Probleme denkst du?«
Thomas überlegte fieberhaft. Die Sekunden kamen ihm wie Minuten vor. Durfte es in der Sowjetunion Probleme geben? Damals vielleicht gerade noch. Aber was für welche?
»Daß es nischt zu fressen gab«, tuschelte ein wohlmeinender Nachbar.
»Meinst du vielleicht den faschistischen Überfall, den Ostrowskij nicht mehr miterleben mußte?« fragte Fräulein Hase.
»Genau«, nickte Thomas dankbar.
Er setzte sich mit weichen Knien. Er hörte nicht auf das, was vorgelesen wurde, er ärgerte sich. Immer wieder unterliefen ihm solche gefährlichen Ausrutscher. Fräulein Hase bügelte sie elegant aus, aber die Neulehrer wie der linientreue Krause? Und wer garantierte dafür, daß nicht ein linientreuer Klassenkamerad seinem linientreuen Vater Bericht erstattete?

Am Ende der Stunde meldete sich Peter Schneeberg, der in Thomas' Straße wohnte, und hatte eine Frage: »Warum lesen wir eigentlich in deutsch den Ostrowskij?«
Thomas erschrak ein zweitesmal. War der Schneeberg mit dem Klammerbeutel gepudert?
»Warum nicht?« fragte Fräulein Hase freundlich.
»Weil ein sowjetischer Autor doch in sowjetisch, ich meine in russisch gelesen werden müßte.«
Thomas atmete auf.
Fräulein Hase lächelte: »Du hättest es anders herum formulieren müssen: Warum lesen wir Ostrowskij in deutsch? Nun, ihr seid in russisch immer noch so miserabel, daß ich mit euch eigentlich nur Bilderbücher lesen könnte.«
Die Glocke klingelte zum Schulschluß.
Thomas hielt Ausschau nach Petra, konnte sie aber nicht entdecken. Peter Schneeberg stieß ihn an: »Kommste mit? Was mährste denn rum?«
»Schon gut«, murmelte Thomas.
Auf dem Knochenplatz äugte Peter, ob sie unbeobachtet waren. Dann öffnete er seinen Schulranzen und drückte Thomas zwei Bücher in die Hand, die er sich vor Monaten ausgeliehen hatte: »Winnetous Erben« und »Die Sklavenkarawane«.
»Die hast du mit in der Schule gehabt? Du bist ja plemplem! Wenn die einer gesehen hätte!«
Karl May war in der Ostzone offiziell verdammt, und ehrlicherweise mußte man eingestehen, daß er auch mit geschicktester Dialektik nicht zu einem Wegbereiter des sozialistischen Realismus umgedeutet werden konnte. Auch daß er, wie Pieck und Ulbricht, aus klei-

nen Verhältnissen stammte, half ihm nichts, da er die falsche Konsequenz daraus gezogen hatte und kein Arbeiterführer geworden war, sondern ein bürgerlicher Erfolgsschriftsteller.

»Wer ist denn Wolfgang Ebert, der seinen Stempel in den Büchern hat?«

Thomas überlegte rasch, wie er Onkel Wolfgang vor Schwierigkeiten bewahren könnte.

»Das ist mein Onkel. Er wollte die Bücher in die Aschentonne tun, weil sie ja Schund sind, aber ich habe sie wegstibitzt.«

»Wäre auch schön blöd gewesen. Na dann, bis Montag!«

»Bis Montag!« antwortete Thomas.

7 Ich habe 'ne Zwei minus im Aufsatz«, sagte Thomas beim Mittagessen.

»Na also, auf den letzten Metern wird's ja noch«, lobte Onkel Wolfgang.

»Aber richtig anstrengen mußt du dich dann drüben«, versprach die Mutter.

Thomas stocherte angewidert in seinem Essen. Es gab die gewohnten glasigen Salzkartoffeln, aber anstelle des Wirsings heute säuerlich schmeckende Schnippelbohnen aus dem Steingutfaß. Falls diese Flucht überhaupt ein Gutes haben konnte, dachte Thomas, dann vielleicht, daß man diesen alltäglichen Fraß nicht mehr hinunterwürgen mußte. Für seinen Aufsatz hätte sich Thomas im übrigen mehr Anteilnahme gewünscht.

»Worum ging's denn?« fragte Onkel Wolfgang.

»Das Thema war wieder mal politisch: ›Das Volk steht auf, der Sturm bricht los.‹«

»Mannomann! Sowas Heikles? Lies mal vor!«

Thomas las: »›Im Jahre achtzehnhundertsechs . . .‹«

»Ach, so olle Kamellen.«

»Soll ich nun lesen oder wißt ihr's wieder mal besser? Also, ich fange nochmal an: ›Im Jahre achtzehnhundertsechs begann für das deutsche Volk eine hundsmiserable Zeit.‹ Da hat die Hase an den Rand geschrieben: ›Ausdruck!‹ Aber ich kann doch wohl noch vom deutschen Volk reden, oder? Also: ›Das preußische Heer hatte eine verheerende Niederlage runterwürgen müssen.‹ Da steht wieder ›Ausdruck!‹, das verstehe ich: Heer – verheerend, das geht nicht. ›Die Menschen litten furchtbar unter der fremden Knute. Sie mußten alle Kosten für die Einquartierung und Verköstigung der Besatzer bezahlen. Sie mußten ihnen auch pausenlos huldigen und nach dem Munde reden. Wer sich auflehnte, bekam etwas auf den Hut.‹ Das hat sie nicht angestrichen.«

»Wann soll das gewesen sein?« fragte die Oma, die inzwischen mit dem Pudding aus der Küche gekommen war.

»Achtzehnhundertsechs.«

»Siehst du, damals auch.«

»Ich lese mal weiter: ›Es gab aber Männer, die nicht einfach den Kopf in den Sand steckten. Zum Beispiel erfand der Turnvater Jahn das nach ihm benannte Turnen, das aber in Wirklichkeit der Stählung der deutschen Jugend für den Freiheitskampf diente.‹«

»Hat sie da nichts angestrichen?«

»Ja, aber anschließend wird's weniger. ›Die Generäle

Gneisenau und Clausewitz steuerten die allgemeine Volksbewaffnung bei. So wappnete sich das Volk gegen seine Unterjocher.‹«
»Das kann man aber nicht vergleichen«, warf die Oma ein.
Thomas war ärgerlich: »Wenn ihr dauernd dazwischenredet, erfahrt ihr eben nicht, wie's ausgegangen ist.«
Er klappte sein Heft zu.
Nach dem letzten Löffel Pudding erklärte die Mutter: »Ich fange jetzt an zu packen. Wir haben knapp zwei Wochen, wir können nicht alles auf den letzten Drükker machen. Außerdem müssen wir die Pakete zu lauter verschiedenen Postämtern in der ganzen Stadt karren, damit keiner Verdacht schöpft. Du hilfst mir, Thomas. Und kein Wort, wenn dich einer fragt, was drin ist. Überhaupt keine Auskunft! Auch deinen Namen nicht.«
»Der steht doch auf dem Absender«, sagte Thomas überlegen.
»Absender? Um Gottes willen! Da schreiben wir irgendwelche erfundene Namen drauf. Sonst wissen sie doch gleich, woher das Fluchtgut stammt.«
Thomas biß sich auf die Lippen.
»Woher weißt du eigentlich, wie man wegmacht? Es ist doch das erstemal.«
»Geh mal in den Keller und hol ein paar leere Kartons rauf!«
Thomas mochte den Keller nicht, das stammte aus der Zeit, da die Oma ihm mit dem schwarzen Mann gedroht hatte. Wenn er Briketts aufschichten mußte, die die Kohlenmänner auf dem Trottoir abgekippt hatten

und die Onkel Wolfgang durchs Fenster hineingeworfen hatte, wenn er Feuerholz hackte oder eine Schüssel der verhaßten eingekellerten Kartoffeln heraufholte, sang er laut die Kampflieder der Arbeiterbewegung, damit er keine fremden Geräusche hörte. Den Stapel leerer Kartons in der Kellerecke kannte er. Er wußte seit langem, daß sie eines Tages zurückreisen würden, woher sie gekommen waren: in den Westen. Gefüllt mit Hausrat, Kleidung, Wäsche, Bettzeug, den wichtigsten Andenken, Büchern, Spielsachen. Bleibt mal schön in eurer Ecke liegen, hatte er oft beim Holzhakken gedacht. Die meisten Kartons waren nur ein einziges Mal gereist und nicht x-mal hin- und hergeschickt worden wie in der Zone. Das Packpapier, sauber gefaltet, und die Bindfäden, aufgerollt, verwahrte die Mutter in ihrem Sekretär. Was machte eigentlich jemand, der flüchten wollte und keine Kartons gesammelt hatte?
Auf dem Weg nach oben mit seinen Kartons begegnete Thomas Fräulein Dusemund aus dem zweiten Stock.
»Na, Thomas, willst du schon Weihnachtspakete verschicken?«
»Ich? Wieso? Die Kartons. Die bringe ich gleich wieder runter.«
Blöde Antwort. Er ärgerte sich. Die Absicht der Flucht ergab eine völlig neue Situation. Bisher war es immer darauf angekommen, sich unwissend zu stellen, die Frage nicht zu verstehen, wenn es kitzlig wurde. Jetzt mußte man Neugierige auf eine falsche Fährte locken.
»Ein Geburtstagspaket für meinen Onkel in ... äh ... in Chemnitz.«
»Was kriegt er denn, der Gute?«

»Mal sehen, was wir übrig haben.«

Fräulein Dusemund war eine freundliche alte Dame, aber was mußte sie ausgerechnet jetzt im Treppenhaus herumstöbern?

»Wo fangen wir bloß an, und wo hören wir auf?« stöhnte die Mutter ratlos vor ihrem Kleiderschrank. »Es ist Frühling. Aber wir müssen auch Wintersachen mitnehmen. Wir müssen alles mitnehmen. Wer weiß, wann wir uns das erste Neue kaufen können.«

»Vielleicht können wir so ganz ollen Kram hierlassen«, regte Thomas hoffnungsvoll an. »Verschenken.«

»Es geht alles mit. Wer weiß, wie viele Pakete überhaupt drüben landen.«

Vieles, erklärte sie, werde nämlich nicht ankommen bei den Verwandten und Bekannten im Westen. Werde an der Grenze abgefangen, als Fluchtgut erkannt und eingezogen. Oder auch von Postlern heimlich beiseite geschafft, denn wer sollte den Verlust solcher Pakete anzeigen? Sie könnten übrigens gar nicht zurückgeschickt werden, da, wie gesagt, der Absender frei erfunden war. Die Sachen waren futsch! Nicht nur die abgetragenen Hosen, die Thomas gern losgeworden wäre, sondern vielleicht auch seine Karl-May-Bände. Seine Sammlung von Sportfotos, über Jahre ausgeschnitten aus der Leipziger Volkszeitung, meistens montags. Die schönsten Fotos mit den tollkühnen Paraden von »Chemie«-Torwart Günther Busch, auf eine Pappe geklebt, hingen über seinem Bett. Unwiderbringlich! Auch die Fotos von Täve Schur und Lothar Meister auf der Friedensfahrt oder von dem berühmtesten Rennfahrer der DDR, Paul Greifzu aus Suhl, der letztes Jahr in Dessau tödlich verunglückt war.

Schätze! Nun war es reiner Zufall, was ankam in dem neuen Leben und was nicht.

»Sollen wir die wichtigsten Sachen«, überlegte die Mutter, »in ein und dasselbe Paket tun oder in viele verschiedene?«

Thomas wußte es nicht. Genaugenommen, wollte er sich auch keine Gedanken darüber machen. Er wollte ja hierbleiben!

»Das ist eine Frage der Wahrscheinlichkeitsrechnung«, sagte die Mutter. »Das habt ihr noch nicht gelernt, und ich habe es vergessen. Die allerwertvollsten Dinge lassen wir sowieso hier«, fuhr sie fort, »das Meißner und das Silber und die zwei Ölbilder vom Opa. Die Wiedervereinigung muß ja schließlich kommen.«

»Warum müssen wir überhaupt noch wegmachen? Wenn sowieso die Wiedervereinigung kommt, warum müssen wir dann noch wegmachen? Nachher kommen wir zurück und kriegen die Firma nicht wieder und müssen fremde Leute aus unserer Wohnung rausekeln. Warum bleiben wir nicht hier und warten ab?«

Die Mutter legte die Kleidung, die sie durchsah, in zwei Stapeln aufs Bett.

»Natürlich, die Wiedervereinigung kommt. Es ist ja nicht normal mit der Grenze und den Flüchtlingen. Im RIAS reden sie ständig davon. Adenauer verspricht es. Sie muß kommen, die Wiedervereinigung. Aber wann? Wenn wir wüßten, sie kommt in einem Jahr oder zweien, würden wir natürlich bleiben und warten. Aber laß es fünf oder sechs Jahre sein! Was dann?«

»Aber wir wissen doch überhaupt nicht, was drüben ist.«

»Was ich wissen muß, weiß ich. Drüben gehst du auf

eine anständige Schule. Lernst Englisch und Französisch und Latein statt Russisch.«
»Russisch soll eine sehr schöne Sprache sein, wir können bloß noch zuwenig.«
»In Deutsch liest du wieder unsere Klassiker und nicht diese komischen Arbeiterschriftsteller. In Geschichte auch unsere Kaiser und Könige und nicht bloß diese Revolutionäre.«
»Da waren aber auch gute Leute dabei«, widersprach Thomas.
»Du bist jetzt in der siebenten Klasse. Nach der achten müßtest du hier auf die Oberschule. Aber du kommst nicht auf die Oberschule. Du stammst von Kapitalisten ab. Willst du vielleicht Straßenbahnfahrer werden?«
»Ja«, sagte Thomas.
Die Mutter ging nicht darauf ein: »Ich bin außerdem dagegen, daß du halb heimlich in die Christenlehre gehst und dich dafür von den Neulehrern dumm anreden lassen mußt.«
»Aber das macht doch nichts! Das macht sogar manchmal Spaß. Ich glaube in der Schule sowieso kein Wort. Wir müssen denen nur anständig Honig ums Maul schmieren, schon flutscht es.«
Die Mutter schüttelte sehr energisch den Kopf: »Thomas! Ich will das nicht! Den Kindern im Dritten Reich haben sie auch schon den Charakter verbogen. Jetzt machen sie es genauso, bloß in einer anderen Farbe. Nein, du sollst mal sowas wie den aufrechten Gang lernen. Basta!«
»Wozu?«
Sie packte das erste Paket voll: »Das geht an Onkel Manfred in Hannover. Die Adresse ist in meinem klei-

nen schwarzen Büchlein. Laß dir mal einen Absender einfallen!«

Thomas überlegte kurz, dann schrieb er: Wilhelm Olbrich, Leipzig C 1, Gottschedstr. 25.

»Und außerdem«, sagte die Mutter, »will ich auch mal wieder leben. Jahr um Jahr nur geschleppt und gewühlt und geackert. Kein Urlaub, keine Reise, kein Vergnügen. Ich bin noch keine vierzig, war zweimal Witwe und habe außerdem eine mißglückte Nachkriegsehe hinter mir. Das kann doch nicht alles gewesen sein.«

Thomas sah sie verwundert an: »Aber du hast doch mich.«

»Dich?« Die Mutter lachte. »Über das Thema reden wir am besten, wenn du zum erstenmal verliebt bist.«

8 Thomas griff in dem Durcheinander von Kleidung und Wäsche, Büchern und Papieren nach einem Fotoalbum und blätterte. Er erkannte seine Oma und seinen Opa auf Fotos aus der Vorkriegszeit, bei ihren Reisen nach Italien, nach Norwegen und nach Böhmen, von denen die Oma so gern erzählte, wenn ein Tag besonders schlecht gewesen war. Die Mutter und Onkel Wolfgang stöhnten dann immer und verdrehten die Augen, denn sie kannten jedes Wort, das kam, und wußten, an welchen Stellen sie übertrieb. Aber Thomas hörte gern zu, denn der Lago Maggiore, das Nordkap und Marienbad waren für ihn so weit weg wie der Wilde Westen und fast so interessant.

Fotos vom Familienurlaub an der Ostsee. Zinnowitz,

Heringsdorf. Strandburgen, Strandkörbe, Badekarren, gestreifte Badeanzüge über dicken Bäuchen. Lustige Gesellschaften, in komischen Verrenkungen vor dem Fotografen aufgebaut. Kinder mit Schaufeln und aufgeblasenen Enten. Thomas hatte noch nie das Meer gesehen. Vielleicht zogen sie drüben im Westen in eine Stadt an der Nordsee oder Ostsee? Dann Fotos der Eltern beim Besuch der Olympischen Spiele. Zwischen jubelnden Menschen im brechend vollen Stadion, vor dem fahnengeschmückten Brandenburger Tor, in einem offenen Rundfahrtbus Unter den Linden, wie darunter vermerkt war. Berlin? Noch knapp zwei Wochen!

»Ist das hier deine Hochzeit?«

Die Mutter ließ sich das Fotoalbum reichen: »Ja, unsere Hochzeit. Das habe ich ja ewig nicht mehr in der Hand gehabt.«

In einem festlichen Saal mit Parkettfußboden, Wandspiegeln, Kristalleuchtern und riesigen Blumenbouquets hatten sich ungefähr fünfundzwanzig feierlich gekleidete Menschen für den Fotografen aufgebaut. Die Frauen trugen bodenlange Kleider, manche mit großen künstlichen Blumen am Busen, die Männer vereinzelt Uniformen, meistens aber schwarze Anzüge mit Fliege, die man wohl Smoking nannte oder Frack. Thomas erkannte, in der ersten Reihe sitzend, seine Großelternpaare, stehend seine Tanten und Onkels, darunter Onkel Wolfgang, der damals nicht viel älter zu sein schien als Thomas jetzt. In der Mitte das Brautpaar. Die Braut in Weiß mit einem Lilienstrauß im Arm und einem Kranz im Haar, der Bräutigam in einer grauen Uniform, die etwas knapp saß.

»In der Mitte, das bist du?« fragte Thomas.
Die Mutter sah ihn ein wenig mitleidig an: »Stell dir vor, die Braut auf meinem Hochzeitsfoto, das bin ich.«
»Sehr schön. Wann war das?«
»Im Sommer sechsunddreißig. Mein Gott, eine Ewigkeit! Bald siebzehn Jahre. Und was ist seither nicht alles geschehen!«
»Ich war noch nicht dabei.«
»Um Himmels willen! Das war nicht üblich. Jedenfalls in unseren Kreisen.«
»Und wo war das?«
»Im Hotel Fürstenhof am Fleischerplatz. Heißt jetzt, glaube ich, Hotel International.«
»Kenn ich. Friedrich-Engels-Platz. Neben dem Ringmessehaus. War's schön?«
»Schön? Es war ein rauschendes Fest, kann ich dir sagen. Wie es sich gehörte in den sogenannten besseren Kreisen. Weißt du, deine Mutter heiratete nicht einfach deinen Vater, sondern der eine Herr Direktor vermählte seine einzige Tochter dem ältesten Sohn des anderen Herrn Direktor. Zwei Häuser verbanden sich, fast wie auf der Bühne. Wir nahmen es auch so ernst wie ein Drama der Weltliteratur. Mein Gott, wie fanden wir uns wichtig! Die beiden Häuser waren übrigens auch fast so zerstritten wie bei Shakespeare. Politisch.«
»Es muß 'n Haufen Geld gekostet haben, wenn man das so sieht.«
»Und ob! Aber über Geld sprach der Opa nie. Ich habe mir auch nicht den Kopf darüber zerbrochen. Geld war eben da, basta! Noch waren ja Friedenszeiten. Und mit mir wurde sowieso nicht über so etwas ge-

redet. Ich war die verwöhnte Tochter, hatte gut auszusehen und mich meines Lebens zu freuen. Ein bißchen Tennisspielen, ein bißchen Skifahren. Auf Bälle gehen. Der Opa selbst, mußt du wissen, hatte sich als junger Mann von weit unten mühsam heraufarbeiten müssen. Seinen Kindern sollte es natürlich besser gehen! Allen Kindern soll es immer besser gehen. Dir ja auch. Manchmal denke ich, der Opa mit der Erfahrung seiner Jugend hätte die Nachkriegszeit besser verkraftet als wir. Ich fing nämlich erst an, etwas über Geld zu lernen, als wir keins mehr hatten. Ob er allerdings die Enteignung gestern so überstanden hätte . . .«

Thomas kannte das Reden: Zu Friedenszeiten. Bei der Oma und bei den Großeltern gab es sogar noch die Kaiserzeit. Die gute alte. Stets versicherten sie, damals sei alles besser gewesen. Damit standen sie in krassem Gegensatz zu den Lehrern in der Schule, die Stein und Bein schworen, erst jetzt stehe der Sieg der Geschichte fest und sei das Paradies auf Erden sicher. Thomas versuchte sich die Vorkriegszeit auszumalen, aber bildhaft wurde ihm nur, daß die Ruinen in Leipzig damals noch Häuser gewesen waren. Die Parks noch nicht abgeholzt. Ja, auch, daß die Schaufenster voller gewesen waren als die der HO-Läden heute. Und abends beleuchtet. Daß man nicht nach allem Schlange stehen mußte. Sehr schön, aber was sonst?

»Gab's viele Geschenke?«

»Berge! Manch Nützliches für den neuen Hausstand, dafür hatte die Oma gesorgt mit einer Wunschliste. Manch schönes Unnützes wie diese reitende Amazone da auf dem Vertiko. Und Bücher. Die Goetheausgabe, für die ich nach dem Krieg von einem russischen Offizier eine Speckseite bekam. Und auf dem Standesamt hatten wir schon Hitlers ›Mein Kampf‹ bekommen.«

»Was sie vor zwei Jahren bei der Haussuchung fast gefunden hätten?«

»Genau dies.«

»Der Opa hat Pudding gemacht«, stellte Thomas fest.

»Wie das klingt! Er hat eine Firma gegründet, die Pudding und Soßen und Suppenpulver und Backmischungen herstellte. Für Großküchen und Kantinen. Wie Dr. Oetker für die Hausfrauen, bloß war der viel größer. Der Opa hat nicht mit der Schürze dagestanden und gerührt.«

»Hat er die ganze Hochzeitsfeier bezahlt?«

»Wer sonst?«

»Dein Mann.«

»Mein Mann war dein Vater. So kannst du ihn ruhig nennen, auch wenn du dich nicht an ihn erinnerst. Nein, es war üblich, daß der Brautvater das Fest ausrichtete.«

»Erzähl noch davon!«

Die Mutter betrachtete das Foto eine Weile.

»Ich erinnere mich, daß es sehr harmonisch begann. Wir hatten die kirchliche Trauung in der Universitätskirche, das ist die am Augustusplatz . . .«

»Karl-Marx-Platz.«

»Ja, ich weiß. Also, die Kirche am Augustusplatz. Mein Cousin traute uns, er war gerade Pfarrer geworden. Dann fuhren wir in weißen Kutschen mit weißen Pferden durch die Grimmaische über den Markt, durch die Hainstraße und am Alten Theater vorbei zum Fürstenhof. Dort gab es Champagner, das ist so eine Art Sekt, und anschließend ein Festmahl mit fünf

Gängen. Ich weiß sie noch auswendig, aber ich zähle sie jetzt nicht auf, denn du kennst es sowieso alles nicht. Die Hauptspeise war jedenfalls norwegischer Lachs. Dazu Rheinwein und zum Käse Burgunder. Richtigen Käse, keinen Igelitkäse aus dem HO. Ich saß in der Mitte und dachte, so ähnlich müsse es im siebenten Himmel sein. Von nun an, dachte ich, müsse es unaufhörlich so weitergehen, in den achten, neunten und zwölften Himmel.«

Es war dämmrig geworden, die Mutter zündete ihre Petroleumlampe an, denn es war Stromsperre.

»Es sah ja alles glänzend aus. Wir hatten unsere neue Wohnung in Düsseldorf, wo dein Vater arbeitete. Alles war pikobello eingerichtet, ein paar der Möbel siehst du ja noch hier stehen, wenn auch mit Schrammen vom Krieg und ohne die Glasscheiben, die beim Angriff zersprungen sind. Sogar ein Auto schenkte uns der Opa, ein zweisitziges DKW-Kabriolett. Damals! Unsere Hochzeitsreise ging nach Berlin, zu den Olympischen Spielen. Die Eltern hatten alles organisiert und kamen für alles auf. Wir wohnten sogar im Adlon, dem vornehmsten Hotel der Stadt, gleich neben dem Brandenburger Tor. Angeblich stehen heute nur noch ein paar Ruinen davon. Wir saßen im Olympiastadion, als Jesse Owens aus Amerika und Lutz Long aus Leipzig im Weitsprung um die Goldmedaille kämpften. Owens gewann ja, und manche Volksgenossen um uns herum schimpften: ›Dieser verdammte Nigger!‹ Aber die Mehrzahl, erinnere ich mich, klatschte Beifall. Wir sahen auf der Tribüne gegenüber den Führer. Ich hatte ihn noch nie gesehen, nur in der Wochenschau. Oder ihn im Radio reden hören. Er war mir immer sehr zuwider, zumal der Opa ihn von Anfang an verabscheute. Aber als Hitler jetzt von seinem Sitz aufsprang und jubelte, wenn ein Deutscher gut lief oder weit sprang oder warf, da kam er mir richtig menschlich vor. Lagen ihm nicht auch alle zu Füßen? Nicht nur die Deutschen. Bei der Eröffnungsfeier waren auch ausländische Mannschaften mit dem sogenannten deutschen Gruß am Führer vorbeimarschiert. Und wir selbst sollten etwas dagegen haben? War nicht Berlin in diesen Tagen der beneidete Mittelpunkt der Welt? Voller Leben, voller Gäste, voller Fahnen. Doch dein Vater sagte abends im Hotel zu mir: ›Mir ist ganz schlecht!‹ Na, ich bin abgeschweift. Am Tag unserer Hochzeit hatte ich das Gefühl: Jetzt geht es nur noch bergauf! Heute weiß ich, daß auf diesem Foto der Höhepunkt meines Lebens festgehalten ist.«

»Meinst du nicht, es kommt nochmal was?«

»Irgendwas schon. So wie jetzt kann es ja auch nicht bleiben. Aber wie damals kann's nicht wieder werden. Es wird uns, so hoffe ich, äußerlich in ein paar Jahren besser gehen. Aber all das, was geschehen ist, bleibt ja.«

»Das Fest«, mahnte Thomas nochmal an.

»Ja, das Fest. Damals wurde, genau wie heute, nur richtig diskutiert, wenn man glaubte, unter sich zu sein, vor allem, wenn ein wenig getrunken worden war. Dein Vater als Polizeioffizier war gewohnt, im großen Kreis seine Meinung für sich zu behalten. Aber die beiden alten Herren kriegten sich auch bei dieser Gelegenheit in die Wolle. Dein Opa verabscheute diesen Hitler und seine ungezügelten Horden. Trotz des wirtschaftlichen Aufschwungs. Aber dein Großvater sah in Hitler das Heil für Deutschland und in der SA die tapferen Kämpfer, die ein paar Späne hinterließen, weil gehobelt werden mußte. Dein Großvater war wenigstens so anständig, den Streit immer in der Familie zu lassen, keinem einen Strick daraus zu drehen.«

»War der Großvater denn ein richtiger Nazi?«

Thomas dachte an seinen Großvater, der mild und bescheiden mit der Großmutter in zwei kleinen Zimmern im Altersheim in Leipzig-Stötteritz lebte, und versuchte ihn sich als glühenden Nationalsozialisten vorzustellen. Es gelang ihm nicht.

»Was ist ein richtiger Nazi und was ein falscher?« fragte die Mutter. »Dein Großvater war PG. Parteigenosse seit dreiunddreißig. Ein glühender. Wenn wir ein Essen hatten bei uns in Gohlis oder bei ihnen in Plagwitz, wurde immer diskutiert, ja, heftig gestritten. Die Oma und deine Großmutter versuchten mit Engelszungen und mit Hinterlist, auf unverfängliche Themen zu lenken, zum Beispiel das letzte Gewandhauskonzert mit Abendroth oder die Thomaner-Motette mit Straube. Aber gleich hatten sich die beiden Herren wieder in den Haaren. Komisch war es, wenn die Eßzimmertür aufging und das Mädchen die Suppe auftrug oder das Geschirr abräumte: Da schwiegen sie mitten im Satz.«

»Und bei der Hochzeit haben sie sich auch gekabbelt?«

»Der Opa hielt eine Rede als Brautvater. Er sagte viel Persönliches, aber sprach auch von den glänzenden, heldenhaften Zeiten, in die das glückliche junge Paar hineinwachse. Jeder verstand, wie er das meinte, oder fast jeder. Dann kam dein Großvater. Er sagte, er wolle den Gedanken seines Vorredners aufgreifen und fortspinnen. Er kam ohne Umschweife zur Größe des Deutschen Reiches und der Weisheit seiner Führung. Dein Vater neben mir schnaubte zornig und wäre wohl aufgesprungen, wenn ich nicht seine Hand ergriffen hätte. Wir bekamen übrigens nie heraus, ob dein Großvater Opas Ironie richtig verstanden hatte.«

»Damals waren doch alle Nazis.«

»Wer sagt das?« rief die Mutter empört.

»Der Krause sagt das.«

»Euer Neulehrer? Der soll doch an seine Drehbank zurückgehen oder wo sie ihn eingefangen haben! Der hat doch keine Ahnung!«

»Der Krause hat das wahrscheinlich auch bloß gelesen«, schwächte Thomas ab.

»Wahrscheinlich. Falls er lesen kann.« Die Mutter war böse. »Jetzt reden sie euch ein, nur die Kommunisten hätten tapfer gegen Hitler gekämpft. Haben sie ja auch, die wirklichen Kommunisten. Nicht unsere berühmten fünfundvierziger Kommunisten. Die Brozulats, die, wenn der Wind sich dreht, schnell auf dem Absatz eine Drehung machen und in die neue Richtung rennen. Sie schleichen sich in die neuen Pöstchen und drangsalieren weiter die ehrlichen Menschen. So spielt das Leben, mein Lieber!«

Das Licht ging an, die Stromsperre war beendet. Die Mutter sortierte weiter Papiere, schichtete sie zum Teil in einen Karton, warf den Rest in den Papierkorb.

»Dieses Hochzeitsfoto«, fragte Thomas, »kann ich das haben?«

»Meinetwegen. Aber löse es vorsichtig aus dem Album!«

»Und was habt ihr an dem Abend noch gemacht?«

»Die Jüngeren tanzten. Die Älteren machten einen Pflichttanz, dann diskutierten sie weiter. Auf diesem Foto kann ich dir von jedem sagen, wo er damals stand. Man wußte es ja. Euer dußliger Krause hat wirklich keinen blassen Schimmer! Es war aber alles in allem eine schöne Feier. Wenn einer aufgestanden wäre und prophezeit hätte, was in den nächsten zehn Jahren bis sechsundvierzig passieren würde, den hätten wir schallend ausgelacht.«

»Und was habt ihr anschließend gemacht?«

»Dein Vater und ich gingen gegen halb elf hinauf auf unser Hotelzimmer.«

»Und dann?«

»Dann sind wir aufgewacht, haben wunderbar im Bett gefrühstückt, waren zu Mittag bei meinen Eltern und zum Abendbrot bei meinen Schwiegereltern. Am nächsten Tag fuhren wir auf Hochzeitsreise nach Berlin.«

Thomas war mit den Auskünften zufrieden und betrachtete unter der Lampe genau das Foto.

»Ist das hier Fräulein Sommer?«

»Ja, deine Klavierlehrerin. Wir waren ja Schulfreundinnen. Der Mann rechts neben ihr, das war Leo, ihr Verlobter. Ein sehr netter Kerl. Er war Jude. Er ist leider nicht mehr am Leben.«

»Und wer ist der da? Der Lange mit der Brille und dem Poposcheitel?«

»Ja, seine Frisur war etwas ungünstig. Das war Werner, mein zweiter Mann.«

»Mein Stiefvater? Der war auf eurer Hochzeit? Fandest du das in Ordnung?«

Die Mutter lachte: »Er war ein alter Freund. Eine Sandkastenliebe. Daß ich ihn mal heiraten würde . . .«

Beim Kramen holte sie aus der untersten Schublade ihres Vertikos eine Mappe aus grauem Karton. Sie schaute hinein und klappte sie erschrocken zu.
»Was war das?«
Die Mutter öffnete vorsichtig noch einmal die Mappe und hielt sie Thomas hin. Er sah einen halben Bogen Briefmarken, rote Zwölf-Pfennig-Marken mit einem Kopf, den Thomas kannte. Darunter noch vier halbe Bögen Zwölfer und fünf halbe Bögen violette Sechser.
»Adolf!« flüsterte sie. »Stell dir vor, die hätten sie damals bei uns gefunden, vor zwei Jahren bei der Haussuchung. Konterrevolutionäre Zellenbildung! Widerstand gegen den antifaschistischen Staat! Da wären wir in Teufels Küche gekommen. Zuchthaus. Oder gleich Sibirien.«
»Woher haben wir die denn?« fragte Thomas leise.
»Irgendwie übriggeblieben. Jedesmal, wenn wieder eine neue Zeit anbricht, muß man eben nicht nur seinen Kopf ausmisten, sondern ganz penibel auch seine Schubladen.«
Die Mutter nahm die Briefmarken aus der Mappe und trug sie ins Badezimmer. In der Wanne, die nie benutzt wurde, weil der Ofen kaputt war, hielt sie die Bögen einzeln an einer Ecke hoch und zündete sie mit einem Streichholz an. Kurz bevor die Flamme ihre Finger erreichte, ließ sie los. Am Ende spülte sie mit der nie benutzten Brause die Asche des Dritten Reichs in den Abfluß.
»Jetzt haben wir unsere nationalsozialistische Vergangenheit bewältigt.«
»Die Marken waren, glaube ich, ziemlich wertvoll«, sagte Thomas auf dem Weg zurück ins Wohnzimmer.

»Kann sein. Noch wertvoller ist mir, daß wir nicht festgenommen werden.«
»Wir sind ja bald weg.«
»Aber die anderen bleiben hier.«
Thomas holte ein Messer aus der Küche und löste vorsichtig das Hochzeitsfoto aus dem Album.

9 Onkel Wolfgang schüttelte den Kopf: »Komischer Gedanke, am Montag morgen nicht mehr in die Firma zu müssen.«
»Zu dürfen«, verbesserte die Mutter.
»Um diese Tageszeit bin ich ja immer so todmüde, daß mir wahrscheinlich erst in der Straßenbahn unsere Enteignung einfällt.«
»Ich merk's schon auf dem Weg zur Haltestelle«, beruhigte ihn die Mutter.
Sie hatten versucht, das erste Mal in diesem Jahr auf dem Balkon zu frühstücken, waren aber ins Wohnzimmer umgezogen, weil es doch noch zu frisch war.
»Was wirst du jetzt tun?« erkundigte sich die Oma bei ihrem Sohn.
»Keine Ahnung. An irgendeinem Platz, an den mich die weise Führung der Arbeiterklasse stellt, mein Leben für den Sozialismus einsetzen.«
»Du nimmst das alles auf die leichte Schulter«, beschwerte sich die Oma.
Onkel Wolfgang strich sich zuerst ein Marmeladebrot, dann goß er sich eine Tasse Muckefuck ein, tat Zucker hinein und rührte um, nahm einen Schluck und biß in sein Brot. Endlich antwortete er.

»Nach vier Jahren Ostfront und sieben Jahren Gefangenschaft gibt es eben nicht mehr vieles, das mich umhaut.«

»Man darf nicht immer alles einfach hinnehmen.«

»Liebe Mutter! Ich hätte die letzten drei Jahre nach meiner glücklichen Heimkehr geruhsamer leben können, wenn ich in irgendeinem volkseigenen Betrieb meine Norm erfüllt hätte. Vielleicht hätte ich sogar eine Plakette angesteckt bekommen, für irgend etwas Vorbildliches. In dieser Gesellschaft kann man ganz prima überwintern, wenn man nur an der richtigen Stelle stillhält und an der richtigen Stelle ›Freundschaft!‹ ruft. Ein paar gläubige Marxisten, die dieses Prinzip noch nicht durchschaut haben, rackern sich halbtot, die Funktionäre feixen und der Rest faulenzt und kümmert sich lieber um sein aufreibendes Privatleben. So wollen sie nun die neue Welt aufbauen. Wir haben in unserer Firma bis vorgestern mehr gerackert als die meisten VEB-Direktoren. Nicht für den Sieg des Sozialismus und nicht, weil wir uns eine goldene Nase verdienen wollten, sondern weil wir dachten, wir könnten vielleicht doch unsere Firma retten. Opas Firma. Verstehst du?«

»Du hast noch nie um diese Tageszeit so viele Sätze auf einmal von dir gegeben«, lobte die Mutter. »Und mit einem gewissen Sinn.«

In die Stille des Marmeladebrotkauens stellte Thomas fest: »Der Opa ist in seiner Firma umgekommen.«

Die drei nickten und kauten weiter.

»Hast du dein Gesangbuch für den Kindergottesdienst wiedergefunden?« fragte die Mutter.

Thomas nickte.

»Wie war das damals mit dem Opa?« fragte er.
»Das muß dir die Oma erzählen«, sagte Onkel Wolfgang, »ich war zu der Zeit in Gefangenschaft.«
»Du weißt doch!« rief die Oma energisch.
Thomas wußte. Die Oma erzählte nie vom Krieg. Er konnte sich nicht an ein einziges Mal erinnern. Sie erzählte gern von ihrer Kindheit und Jugend in Weimar und von den Stätten der Klassiker, die ihr schon früh vertraut gewesen waren, von ihrer Ehe mit dem Opa und den eher bescheidenen Anfängen in der Pfalz, von der Kindheit ihrer Kinder und dem Umzug nach Leipzig, den Ferien an der Ostsee, den Reisen ins Ausland, die damals noch so unüblich gewesen waren. Da lebte sie auf. Aber kein Wort über den Krieg!
Thomas wußte, der Opa war in seiner Firma umgekommen. Nach den genauen Umständen hatte er sich jedoch noch nie erkundigt. Er hatte sich ausgemalt: wie der Kapitän auf der sinkenden Titanic. Diese Vorstellung gefiel ihm so gut, daß er sie nicht durch Fragen gefährden wollte. Ähnlich war es ja mit seinem Vater: Er sei in Norwegen »gefallen«, sagten sie. Aber irgend etwas Besonderes, entnahm er Andeutungen, mußte an seinem Tod sein. Thomas hatte plötzlich das Gefühl, er müsse vor der Flucht noch sehr viele Fragen stellen, für die es danach zu spät war. Auch nach Leo zum Beispiel, dem jüdischen Verlobten seiner Klavierlehrerin. Vor dem 1. Mai mußte er alles wissen!
Daß offenbar niemand mit ihm über Themen reden wollte, die ihn interessierten, stachelte seinen Widerspruchsgeist an: »Wo wir jetzt wegmachen, kann ich ja damit rausrücken, daß ich überhaupt nie so heilig war, wie ihr denkt. Ich bin bloß gern in die Christenlehre

und den Kindergottesdienst gegangen, weil der Krause mich immer vor der Klasse lächerlich gemacht hat. Nur deswegen.«
»Das ist gut so«, lobte überraschenderweise die Mutter.
»Widerstandskämpfer«, murmelte Onkel Wolfgang kauend.
Thomas war ärgerlich: »Widerstandskämpfer! Was war denn mit euch? Warum bin ich erst nach dem Krieg getauft worden? Weil meine Eltern bei den Nazis aus der Kirche ausgetreten sind. Weil sie damals Schiß hatten, in der Kirche zu sein.«
Die Oma verzog bei dem häßlichen Wort schmerzhaft das Gesicht, Onkel Wolfgang machte »ts-ts-ts«, aber niemand widersprach.
»Na also«, stellte Thomas befriedigt fest.
»Du gehst also nur in den Kindergottesdienst«, fragte Onkel Wolfgang, »um den Krause zu ärgern. Was machst du dann im Westen? Da ärgert sich kein Lehrer, wenn du hingehst.«
»Dann macht es mir keinen Spaß. Wenn alle hingehen, gehe ich nicht.«
Als die Oma ihren Muckefuck ausgetrunken hatte und aufgestanden war, fragte Thomas nach Opas Tod.
»Ach ja, ich erzähle nicht gern davon«, wehrte sich die Mutter. »Hat das nicht Zeit, bis wir drüben sind?«
Thomas schüttelte den Kopf: »Du hast doch jetzt Zeit, wo wir enteignet sind.«
Sie schenkte tröpfchenweise den Rest aus der Kaffeekanne ein und überlegte noch einige Augenblicke. Onkel Wolfgang holte die Zigarettenschachtel, die Mutter lehnte diesmal nicht ab.

»Es kam ja damals aus heiterem Himmel. Zwar hatten wir seit vier Jahren Krieg, hatten verschiedene Angriffe auf Leipzig erlebt. Aber wir sorgten uns eigentlich noch nicht um uns, sondern um die draußen. Dein Vater war in Norwegen. Onkel Wolfgang in Stalingrad vermißt. Nach fast einem Jahr noch kein Lebenszeichen von ihm. Hoffen, hoffen, hoffen. Onkel Manfred an der Westfront hatte es etwas besser getroffen, aber auch da war es ja kein Zuckerschlecken. Verwandte, Freunde waren sonstwo, in Afrika und dem Kaukasus. Wie gesagt, an uns selbst dachten wir damals noch viel weniger. Wir beide, du und ich, lebten bei Oma und Opa. Unsere eigene Wohnung hatte ich aufgegeben, da dein Vater ja weg war. Der Opa hatte viel zu tun, denn immer mehr seiner Leute waren eingezogen, aber die Aufträge der Wehrmacht wurden immer mehr.«

»Der Wehrmacht?« fragte Thomas erstaunt. »Der Opa hat für die Wehrmacht gearbeitet?«

»Natürlich.«

Thomas begriff nicht: »Aber das waren doch Kriegsverbrecher!«

Onkel Wolfgang schaltete sich ein: »Jetzt paß mal auf, Thomas. Opa hat keine Kanonen hergestellt, sondern Lebensmittel. Die Leute, die in Friedenszeiten die Sachen in ihrer Kantine aßen, saßen jetzt mit ihrem Feldgeschirr an der Front. Dort muß man ebenfalls essen, weil man sonst verhungert. Aber mit dem Essen kann man niemanden erschießen. Verstehst du?«

Thomas hatte immer noch Zweifel: »Aber durch das Essen konntet ihr besser kämpfen. Für Hitler.«

»Ach so? Erbswurst für den Endsieg? Nein, mein Lieber. Wir waren keine Krupps oder Flicks. Wir haben keine Kanonen und Panzer gebaut. Dafür hätte sich Opa auch nicht geeignet. Der hat in seinem Leben nie eine Waffe in die Hand genommen. Nicht einmal an der Schießbude auf der Kleinmesse. Allerdings bin ich sicher, die Russen hätten auch ihn nach fünfundvierzig als Kriegsverbrecher ins KZ gebracht. Wegen der Erbswurst.«

»In welches KZ? KZ gab's nur bis fünfundvierzig.«

»Wer sagt das?«

»Krause. Der Neulehrer.«

»Na, dann wird es ja stimmen.«

»Der Angriff«, fuhr die Mutter fort. »Es war also am vierten Dezember dreiundvierzig. Beim größten Angriff auf Leipzig. Anfang des Krieges hatte man uns hoch und heilig versprochen, der Feind käme nie mit seinen Klapperkisten über das Reichsgebiet. Der fette Göring hatte sogar versprochen, wenn das passiere, wolle er Meyer heißen. Wir konnten ihn nicht ausstehen, diesen eitlen Gecken, aber wir wollten ihm so gern glauben. Er hieß immer noch Göring, obwohl wir manchmal jede Nacht in den Luftschutzkeller mußten. Müder von Tag zu Tag. Manchmal im Halbschlaf die Treppe hinunterwankend. Diese Sirenen! Und wenn ich neunzig werde, nie wird mir dieses Geheul aus den Ohren gehen! Dann also der vierte Dezember. Der Opa war noch spät in seiner Firma, um Mitternacht rief er an, daß er noch zu tun habe und auf dem Feldbett in seinem Büro übernachten werde. Wir gingen schlafen.

Morgens gegen vier: Alarm! In den Keller! Die gepackten Koffer mit dem Notwendigsten und Wichtigsten standen ja Tag und Nacht neben der Wohnungstür.

Wir wohnten im Parterre, hatten es nicht weit, mußten nicht die Beine in die Hand nehmen. Aus dem dritten Stock die Leute mußten sich sputen. Sie hatten einen kleinen Jungen, etwas älter als du. In dieser Nacht, die so furchtbar werden sollte, mußten wir sehr über ihn lachen. Wir mahnten euch Kinder immer: Sperrt den Mund auf! Wenn eine Bombe in der Nähe explodiert, platzt euch sonst das Trommelfell. Das Bombardement begann ein paar Minuten, nachdem wir unten waren. Es krachte draußen, aber noch ziemlich weit entfernt. Trotzdem war es mucksmäuschenstill im Keller. Wir hatten unsere feuchten Tücher vorm Mund, gegen den Staub bei einem Treffer. Der Hauswart achtete immer darauf. ›Wenn wir einen Treffer kriegen‹, sagte er, ›müssen wir uns vor allem besonnen verhalten‹. Oh ja, der wußte Bescheid! Jeder hing seinen Gedanken nach. Plötzlich sagte der kleine Junge, ich habe seinen Namen vergessen, in die Stille mit offenem Mund: ›Mama, ich habe Hunger!‹ Das klang wie ›A-a, i-a-unga!‹ Wir mußten alle lachen. Es war wie eine kleine Befreiung. Aber kurz darauf war die Hölle los. Wir hatten ja inzwischen oft genug im Keller gesessen und waren immer davongekommen. Aber diesmal war es der große Schlag. Es krachte, das Licht erlosch. Wir saßen starr vor Schrecken. Wir wußten: Das war nicht nebenan, das waren wir! Wir saßen wie gelähmt. Horchten, schnupperten nach Brandgeruch oder Gas. Nicht einmal die Petroleumlampe machte jemand an. Wir beteten stumm. Im Nachhinein denkt man immer, es seien Stunden gewesen, in Wahrheit waren es Minuten.«

»Kann es sein, daß ich mich daran erinnere?« unterbrach Thomas. »Ich war ja fast vier. Ich weiß noch, wie es rummste und das Licht ausging. Kamen nicht Leute von nebenan durch ein Loch gekrabbelt?«

»Nein, umgekehrt, wir sind rübergekrochen. Der Hauswart, der nun die Rettungsaktion hätte einleiten müssen, blieb erst stumm vor Schrecken, dann befahl er uns, auf keinen Fall den sicheren Keller zu verlassen. Aber der alte Kommerzienrat aus dem zweiten Stock, der den ersten Krieg mitgemacht hatte, widersprach ihm und nahm das Heft in die Hand. ›Wir müssen raus‹, sagte er in die Stille. ›Wir ersticken sonst‹. Nichts weiter. Aber mit einemmal gingen alle Petroleumlampen an. Es war, als erwachte der ganze Keller aus einer Lähmung. Irgend jemand öffnete die Tür zum Treppenhaus und tastete sich vor. Aber er kam gleich zurück: Alles war voller Trümmer, kein Entkommen! Der Kommerzienrat gab das Kommando: In den Nachbarkeller! Die Wand zum Nachbarkeller war mit Beginn der Bombardierungen schon so weit ausgedünnt worden, daß man sie leicht durchbrechen konnte. Dazu standen immer ein schwerer Vorschlaghammer und eine Brechstange bereit. Der Hauswart wurde endlich aktiv und machte sich an die Arbeit. Es war nicht schwer. Er rief, ob jemand im Nachbarkeller sei, aber die Leute hatten den Keller offenbar schon verlassen. Wir kletterten hinüber, die Kinder wurden durchgereicht. Unser Gepäck vergaßen wir. Wir fanden das nächste Loch zum nächsten Keller. Und noch eines. Im dritten Haus rief uns jemand zu: nach oben! Wies uns den Weg zum Treppenhaus. Dann standen wir im Freien! Schauten zu unserem Haus: futsch!«

Die Mutter machte eine Pause. Thomas erinnerte sich undeutlich an das Bild: Fensterhöhlen ringsumher, aus denen Flammen schlugen, auf dem Trottoir ein Haufen von Ziegeln und Balken, geborstene Fensterrahmen, zerschmetterte Möbel. Unter jedem Schritt knirschte Glas. Durch die aufgerissene Fassade ihres Hauses hatte man einen Blick in den Flur der Wohnung.

»Ich mußte verrückterweise ans Kino denken«, erinnerte sich die Mutter. »So eine Szene hatte ich bisher nur im Film gesehen. Wir standen wie angewurzelt. Tausend Gedanken schwirrten durch den Kopf. Zum Glück gehörte unser Haus wenigstens zu denen, die nicht brannten! Ich dachte an meine Fotoalben. Die waren ganz unwichtig, aber sie waren unwiederbringlich, man konnte sie ja nicht neu kaufen. Sie waren hinten im Schlafzimmer. Gottseidank. Wäre die Bombe dort hineingegangen . . .«

»Und der Opa?« erinnerte Thomas.

»Opa war in der Firma. Es war nicht ungewöhnlich, daß er dort übernachtete, das tat er öfter. Sie hatten tausend Probleme mit der Kriegswirtschaft. Personal wurde knapp, auch Rohstoffe, Energie, der Transport wurde schwieriger. Alles. Opa mußte viel zuviel arbeiten. Viel mehr als zu Friedenszeiten. An diesem Abend gab er uns Bescheid, daß er erst am folgenden Tag zum Mittagessen käme. Das war das letzte, was ich mit ihm gesprochen habe.«

Nach einer langen Pause sagte die Mutter: »Ich erinnere mich an einen weiteren blödsinnigen Gedanken, als wir vor der Ruine unseres Hauses standen: Nun ist es endlich passiert, nun brauchen wir keine Angst mehr davor zu haben!«

»Und der Opa?«

»Von ihm wußten wir nichts. Wir konnten ja nicht

mehr telefonieren. Aber wir waren seinetwegen nicht besorgt. Es war mehr die Sorge, was er sagen werde vor den Trümmern des Hauses. Ich hatte plötzlich die verrückte Idee, für ihn und uns ein besonderes Essen zu bereiten. Die Küche war nach hinten hinaus und halbwegs in Ordnung, nur ein Regal war von der Wand gefallen, Scherben überall. Der Wasserhahn tröpfelte wenigstens. Ich kramte im Küchenschrank, im Eisschrank, fand irgend etwas, ich weiß nicht mehr, was es war. Kein Hochzeitsmenü. Ich deckte den Küchentisch, mit silbernen Kerzenleuchtern und Damastservietten. Es wurde Mittag, aber der Opa kam nicht. Ich weiß nicht mehr, wann wir zum erstenmal unruhig wurden. Das Telefon war immer noch tot. Um zwei Uhr machte sich die Oma zu Fuß auf den Weg. Wir beide blieben zu Hause. Wir hätten dich kleinen Steppke ja nicht durch die Stadt schleppen können, über die Trümmer und durch die Brände. Außerdem gab es Plünderer, obwohl die Todesstrafe darauf stand. Sie hätten uns die Reste unseres Hausrates ausgeräumt. Oma lief also allein los.«

Die Mutter überlegte einige Zeit, dann sagte sie: »Sie hat nur einmal davon erzählt. Gleich, als sie zurückkam. Es ist jetzt fast zehn Jahre her, aber sie hat nie wieder davon gesprochen. Sie lief also durch die Innenstadt. Sie hatte ihr feuchtes Tuch vor dem Mund. Glühende Asche sengte ihr Löcher in den Hut, wie wir erst später bemerkten. Feuerwehr und Krankenwagen waren pausenlos unterwegs. Die meisten Leipziger Feuerwehren waren übrigens gerade in Berlin zur Unterstützung. Die Briten, sagte man, hätten das gewußt. Die Oma berichtete, sie habe sich kaum zurechtgefunden, obwohl sie doch schon über zwanzig Jahre in der Stadt lebte. Trümmer versperrten die Straßen, man mußte immer wieder Umwege machen. Das Hotel Astoria am Hauptbahnhof sah sie lichterloh brennen. Der Bahnhof selbst war getroffen, die Westhalle ein Trümmerhaufen. Ein paar Tage später, als wir zum erstenmal in die Innenstadt gingen, sahen wir, das Alte Rathaus war zerstört, die Häuser um den Markt, die Oper, die Hauptpost, das Gewandhaus, die halbe Innenstadt. Die Oma brauchte ungefähr zweieinhalb Stunden, bis sie endlich bei der Firma ankam. Sie bog um die Ecke und erschrak: Die Firma war zerbombt. Das Bürogebäude zur Straße hin hatte einen Treffer, das Dach war ausgebrannt, die Dachbalken qualmten noch. Natürlich keine Feuerwehr weit und breit. Sie lief auf den Hof, schaute sich um, rief. Frau Weinlein, Opas Sekretärin, trat auf sie zu. Sie schaute Oma an, dann brach sie in Tränen aus.«

Nach einer Weile fragte Thomas: »Wie ist er denn ums Leben gekommen?«

»Das wissen wir nicht. Frau Weinlein fand ihn im Treppenhaus der Produktion, als sie morgens kam. Er hatte den Fliegeralarm wahrscheinlich nicht ernst genommen. Er ist wohl in seinem Büro geblieben. Vielleicht hat er, als er vom Alarm wach wurde, weiter gearbeitet. Frau Weinlein vermutete das, weil auf seinem Schreibtisch nicht einmal das Tintenfaß zugeschraubt war, und er sei doch immer übertrieben ordentlich gewesen. Wir wissen es nicht. Als es im Dachstuhl brannte, hat er vielleicht versucht zu löschen, damit die Produktion nicht abbrannte. Aber der Brozulat meinte . . .«

»Der Brozulat? War der nicht im Krieg?«
»Der war u. k. gestellt. Unabkömmlich. Ohne ihn wäre die Heimatfront wahrscheinlich zusammengebrochen. Der Brozulat vermutete, der Opa sei doch gleich zu Anfang in den Keller geflüchtet und erst nach dem Angriff hinauf. Dabei sei er im Rauch ohnmächtig geworden. Frau Weinlein hat den Brozulat damals furchtbar angegiftet, er solle doch einem Toten wenigstens seine Ehre lassen. Dabei wußte sie es ja selbst nicht genau.«
»Was glaubst du?«
»Ich weiß es nicht. Es ändert ja alles nichts. Aber ich habe mir immer vorgestellt, es war wie bei einem Kapitän, der mit seinem Schiff untergeht.«
Thomas nickte, aber Onkel Wolfgang stöhnte vernehmlich: »Anne! Bitte nicht solche dramatischen Gemälde! Kein Heldentod wie bei der UFA! Unser Vater war offenbar sträflich leichtsinnig. Leider. Er hat sich wohl auf Reichsmarschall Meyer verlassen, und das ist unverzeihlich.«
Die Mutter widersprach: »Mit dem Kapitän, das mag ja vielleicht ein bißchen kitschig sein. Aber mir gefällt es eben. Und außerdem behauptest du, du hättest in der Gefangenschaft ziemlich genau an diesem Tag ganz intensiv von Opas Tod geträumt. Das ist auch so eine Sache.«
»Wenn der Opa heute noch lebte«, sagte Thomas, »würde er sich totärgern, daß der Brozulat an seinem Schreibtisch hockt. Sind denn an dem Tag viele umgekommen in Leipzig?«
»Vielleicht zweitausend«, vermutete die Mutter.
»Na, das geht aber. In Dresden waren es Hunderttausende.«

»Quatsch!« widersprach Onkel Wolfgang. »Propaganda.«

Die Mutter schaute auf die Uhr. »Kindergottesdienst. Nun lauf aber!«

Thomas sprang auf.

»Händewaschen!« rief sie ihm nach.

Knack! machte der Wasserhahn im Badezimmer. Thomas hatte drei Teile aus Plaste in der Hand. Er brachte sie der Mutter.

»War ja längst fällig«, fand sie.

»Jetzt beginnt der Kampf mit den Versorgungsmängeln«, seufzte Onkel Wolfgang. »Seid froh, daß ihr ihn nicht mehr ausfechten müßt.«

»Von meinem ersten Geld«, versprach sie, »schicke ich euch einen Wasserhahn. Lauf!« rief sie Thomas nach.

10 In seiner dunkelblauen Sonntagshose und den verhaßten weißen Kniestrümpfen, das Gesangbuch in der Hand, wetzte Thomas die Menckestraße hinauf zur Friedenskirche. Er kam zu früh, Pfarrer Haase stand an der Tür und verabschiedete gerade erst mit Handschlag die Erwachsenen nach ihrem Gottesdienst. Drinnen klang die Orgel aus.

Ehe Thomas ausweichen konnte, trat der Küster auf ihn zu: »Kannst du mal einspringen und dem Organisten treten? Ich meine den Blasebalg.«

Wer zu früh kommt, wird bestraft, dachte Thomas, aber er traute sich nicht, nein zu sagen.

An der Orgel auf der Empore begrüßte ihn der freundliche junge Mann, der zwischen Haupt- und Kinder-

gottesdienst in ein Schmalzbrot biß: »Guten Tag, bist du mein Blasebalg-Operateur?«
»Ja, er hat mich erwischt.«
»Sehr angenehm. Ich heiße Rotzsch.«
»Thomas«, erwiderte Thomas. »Angenehm.«
»Bist du ein musikalisches Kerlchen?«
»Um Gottes willen! Ich klimpere ein bißchen Klavier und singe wie eine Blechbüchse.«
Bloß nichts zugeben! dachte er. Sie wollen dich dauernd für irgend etwas keilen. Dann kann ich in Zukunft jeden Sonntag Blasebalgdienst schieben.
Nach kurzer Einweisung trat er den Balg, als hätte er ihn immer getreten. Der Organist schmetterte das Eingangslied, unten nölten dünne Stimmchen, immer einen halben Takt hinter der Orgel drein, wie sehr der Organist sie auch trieb. Thomas trat und trat.
In diesen Kindergottesdienst und die Christenlehre im Gemeindehaus nebenan kamen nur wenige aus seiner Klasse, die anderen spotteten, wie man denn seine Freizeit mit Bibelzitaten und frommen Liedern vertrödeln könne. Thomas hätte natürlich auch etwas anderes anzufangen gewußt, als die Geschichten von der Arche Noah oder dem Auszug der Kinder Israels zu hören. Aber er stand dazu. Es waren die lästerlichen Reden der Klassenkameraden und die Abfälligkeiten des Neulehrers Krause, die ihn zur Friedenskirche trieben. Religion ist Opium fürs Volk! schimpfte Krause. Thomas kannte kein Opium, aber so wie der Neulehrer das Wort angewidert hervorstieß, mußte es etwas Rechtschaffenes sein. Und wenn Krause vor Ärger platzte: Thomas war entschlossen, hier nächstes Jahr zur Konfirmation . . .

»Treten, treten!« zischte der Organist.

Thomas trat.

Herr Rotzsch spielte fröhlich und sang die Lieder mit.

»Sie sind ganz gut«, lobte Thomas in einer Pause. »Sie sollten vielleicht Sänger werden.«

»Oh, danke! Da bin ich aber beruhigt. Ich bin nämlich schon Sänger.«

»'tschuldigung. So genau hört man das nicht bei dem Radau.«

Thomas war eigentlich stolz, zur Gemeinde zu gehören. Sie mußte sich, wie die anderen, durchschlagen in dieser DDR, von der sie, wie die Oma es ausdrückte, kein Nichts und kein Garnichts bekam. Waren für die Leipziger »sozialistischen Straßen« im Moskauer Zukkerbäckerstil Mittel, Material und Menschen genug da, so kämpfte die Friedensgemeinde ohne Aussicht auf Erfolg um ein neues Gemeindehaus. Das alte war noch kurz vor Kriegsende von einer Luftmine zerstört worden. Pfarrer Haase war unter den Trümmern verschüttet worden, und in der Gemeinde nickte man sich verständnisvoll zu, wenn der Eindruck aufkam, der Pfarrer leide mal wieder unter seiner alten Sache. Die seltenen Neuen in der Christenlehre wurden streng zurechtgewiesen, wenn sie Pfarrer Haase nachzuäffen versuchten. Die Junge Gemeinde der Friedenskirche hatte sich den Keller des zerbombten Gemeindehauses eingerichtet, was ihren Zusammenkünften etwas Geheimnisvolles gab, gar den Ruch des Widersetzlichen. Thomas hatte sich darauf gefreut, bald in diesem Kreis mittun zu dürfen, aber nun . . .

Der Kindergottesdienst war beim Schlußlied angelangt, der Organist versuchte noch einmal, die Stimm-

chen anzutreiben. Dann ließ er den letzten Akkord gewaltig ausklingen.
»Hast gut getreten«, lobte er. »Aus dir wird was.«
Thomas bummelte durch die Menckestraße zurück. Das war, wie ihm die Oma erklärt hatte, die alte Hauptstraße des Dorfes Gohlis, als es noch vor den Toren Leipzigs lag und wegen seiner schönen Umgebung am Rande des Rosentals und seiner gediegenen Lokale ein beliebter Ausflugsort der Städter war. Zwischen Mietshäusern aus jüngster Zeit verbarg sich halb das Gohliser Schlößchen, das ein Leipziger Handelsherr hatte bauen lassen. Es war ein bescheidener Bau, aber immerhin: Im Gegensatz zum Dresdner oder Berliner Schloß stand es noch. Fast am Ende der Straße kam das Schillerhäuschen. Für die Oma, in Erinnerung an ihr geliebtes Weimar, gab es nur zwei bedeutende Dichter, gleich welcher Zunge, nämlich Goethe und eben Schiller. Zahllose seiner Balladen, wenn nicht alle, wußte sie herzusagen. Wenn Thomas sie ärgern wollte, rühmte er Johannes R. Becher als Dritten im Bunde.
Mit Leipzig hatte sich die Oma, als sie herzogen, zunächst schwer angefreundet, aber das Schillerhäuschen in der Nachbarschaft war für sie immer wie ein Stück Zuhause gewesen. Der Dichter hatte hier, wie eine bronzene Tafel an der Wand bestätigte, im Jahr 1785 einige Monate geweilt und unter anderem das »Lied an die Freude« geschrieben.
Thomas stand vor dem schmiedeeisernen Tor und überlegte, endlich einmal hineinzugehen. Wann denn sonst, wenn nicht jetzt?
Der Eintritt kostete für Kinder zehn Pfennig. Im Erdgeschoß waren noch die Küche und eine Wohnstube wie

früher eingerichtet, mit einem grünen Kachelofen, mit altem Geschirr und Hausrat. Im ersten Stock hingen Bilder des Dichters und Dokumente seines hiesigen Aufenthalts. In der Ecke stand eine angegraute weiße Marmorbüste, Schiller mit kühnem Blick und Lorbeer ums Haupt. In der Schlafkammer ein Bett, das aussah, als könne man nur kreuzlahm daraus aufstehen. Thomas war der einzige Besucher. Der Aufseher nickte ihm freundlich zu und setzte ein Grammophon in Gang: »Freude, schöner Götterfunken, Tochter aus Elysium . . .« Die Platte kratzte ziemlich.

»Soll ich dir was erklären?« fragte der Aufseher.

»Nee, nee! Ich hab das alles in der Schule durchgekaut.«

Bei sich dachte Thomas: Hier wollen sie dir doch bloß einreden, Schiller wäre, wenn er noch lebte, Präsident des Kulturbundes.

Er ging wieder, trotz allem beeindruckt.

Zu Hause gab es kein Mittagbrot. Die Oma hatte heute keine Lust zu kochen, die anderen keine Lust zu essen. Die Mutter war schon wieder über ihren Schubladen her.

»Kein Fußball heute?« fragte sie.

»Nee, Chemie spielt in Zwickau.«

Thomas wechselte die unbequemen Sachen und fuhr mit seinem Fahrrad ins Rosental. Sein blaues Fahrrad war sein wichtigster Besitz und ganzer Stolz. Es war über zwanzig Jahre alt, Onkel Wolfgang hatte es als Junge besessen. Seit vorgestern ging Thomas die Frage nicht aus dem Kopf, wie er dieses Fahrrad hinüberbringen werde in den Westen. Er hatte, wie meistens, auf dem Gepäckträger Eimer, Kehrschaufel und Handfeger und hielt Ausschau nach Pferdeäpfeln für den Garten. Aber sonntags war es immer mau, die Fuhrwerke waren nicht unterwegs, kein Rollkutscher, kein Eismann, kein Bierwagen. Von gestern war natürlich kein Fitz liegengeblieben, Pferdeäpfel blieben überhaupt nie länger als ein paar Minuten liegen, dann hatte sie jemand zusammengerafft für seine Tomaten, Gurken, Kürbisse.

Das Rosental mit seinen Buchen, Linden, Eichen, mit seiner großen Wiese war Thomas vertraut von Kindesbeinen. Bis hin zum Knoblauchgeruch des Krauts, das im Schatten der Bäume wuchs, und dem durchdringenden Phenolgestank der Pleiße und der Elster an heißen Sommertagen. Früher hatten für Thomas alle Märchen, auch die Geschichte von Bambi, im Rosental gespielt, auf den Wegen, Wiesen und Lichtungen. Die Abenteuer von Winnetou und Old Shatterhand waren nicht so einfach hierhin zu verlegen, statt dessen spielten längst die eigenen Abenteuer hier, die Kämpfe der Straßenbanden am Leipziger Kinderfesttag »Tauchscher«, die manchmal handgreiflichen Rangeleien mit Parkwächtern um einen konfiszierten Fußball, gelegentlich die Prügeleien mit Russenkindern.

Thomas schloß das Tor des Gartens auf und machte sich mit dem alten Spaten, der im Laub versteckt war, ans Umgraben. Bei dem schönen Wetter, überlegte er, würden sie wahrscheinlich nächste Woche anfangen auszusäen. Gießen und düngen, hochbinden und jäten, schließlich ernten – das mußten nun diesen Sommer die Oma und Onkel Wolfgang allein.

Wegmachen! Warum konnte man diesen Gedanken nicht mal eine halbe Stunde beiseiteschieben?

Eigentlich war es ja nichts Besonderes, oder? Klassenkameraden waren geflüchtet, Verwandte, Nachbarn. Die Kinder hatte keiner gefragt, ob sie mitwollten. Irgendwann, das wußten die meisten, konnten sie auch an der Reihe sein. Da wurde eine Firma enteignet, eine Werkstatt geschlossen, ein Haus beschlagnahmt, eine Stellung gekündigt. Oder jemand bekam gar Wind von seiner anstehenden Verhaftung. Bautzen! Wenn nicht gleich fünfundzwanzig Jahre Sibirien! Da ging man schnell. Ohne Abschied.
Thomas überlegte, zu den Großeltern nach Stötteritz zu radeln. Sie hatten ja noch keinen blassen Schimmer vom 1. Mai. Sie würden sehr traurig sein. Aber mußte es Thomas sein, der ihnen die Nachricht brachte?
Ein Drittel des Gartens war umgegraben, Thomas fand das genug, zumal er die Früchte nicht mehr ernten würde. Er versteckte den Spaten, schloß das Törchen ab und fuhr die paar hundert Meter zum Karussell in der Mitte der großen Wiese. Vom Frühling bis zum Herbst hörte man im Rosental die immer gleiche Melodie, nach der sich das Karussell drehte: »Schön ist so ein Ringelspiel ...« An diesem milden Frühlingssonntag war das Karussell erstmals wieder von Kindern belagert. Auch der Fotograf war mal wieder da, den in Leipzig viele kannten; er war kriegsversehrt, hatte beide Beine eingebüßt und fotografierte von seinem Krankenfahrstuhl aus.
»Guten Tag, Herr Mai«, begrüßte ihn Thomas.
Herr Mai nickte und bat Thomas, sich mit seinem Fahrrad vor die Kamera zu stellen. Er machte Klick und nickte noch einmal zum Dank.
Thomas begrüßte das alte Ehepaar Kießling, das sein

Karussell mit Muskelkraft drehen mußte, denn mitten auf der großen Wiese gab es keinen Strom. Er kannte die Kießlings gut, seit sie ihn einmal beim Schwarzfahren erwischt hatten.
»Na, Thomas, es wird Frühling«, meinte der alte Kießling in einer Pause zwischen zwei Fahrten.
»Ja, sieht so aus.«
»Freust du dich etwa nicht? Im Frühling ist Leipzig doch halbwegs zu ertragen. Der Winter ist so scheußlich in dieser Stadt. Die schwere Luft, der Gestank, der Ruß. Wenn wir nicht so alt wären, würden wir uns eine neue Zugmaschine kaufen und wegfahren. Ganz weit. Nach Süden.«
»Weg von Leipzig?«
»So weit wie möglich.« Er schaute um sich und fügte leise hinzu: »Vielleicht sogar ganz weg.«
Thomas fuhr eine Runde und überlegte, daß noch vor drei Jahren sein innigster Wunsch gewesen war, eines Tages das Karussell von Kießlings zu übernehmen.
Er fuhr weiter durchs Rosental, bis zu der Stelle, wo die Pleiße in die Elster floß. Es stank. Die Weiße Elster brachte pechschwarzes Wasser aus den Kohleabbaugebieten im Süden und trug schillernde Ölflecken mit sich. Die Pleiße verbarg sich unter einer meterhohen Schicht schmutzigweißen Schaums. Nach dem Zusammenfluß zerteilte sich die Schaumdecke in Inseln, die wie Eisberge gemächlich davonschwammen. Thomas dachte an Karl Mays Schilderungen kristallklarer Seen und sprudelnder Bergbäche, aus denen Westmann und Roß sich labten. Ob es das in Wahrheit gab?
Er setzte sich auf die Landzunge und schaute den treibenden Schaumbergen nach. Die Elster floß in die

Saale, die Saale in die Elbe. Und wie weiter? Jedenfalls in die Westzonen. Nach Hamburg? Oder Bremen? Wenn es wirklich in elf Tagen losging, mußte man sich mal mit dem Atlas beschäftigen.
Thomas hatte die Idee, zum Hauptbahnhof zu fahren. Vor der Sperre stand er und überlegte, zwanzig Pfennig für eine Bahnsteigkarte auszugeben. Zwanzig Pfennig war immerhin Geld. In Westberlin bekäme er dafür vier Pfennig. Waren vier Pfennig West viel? Was bekam man dafür? Sollte man lieber sein Erspartes hier ausgeben, um noch etwas davon zu haben? Doch dann stand man drüben mit leeren Händen.
Thomas entschloß sich, keine Bahnsteigkarte zu kaufen. Er stand hinter der Sperre und sah, wie Züge einliefen, Lokomotiven abgekoppelt wurden, Gepäckträger Gepäck trugen, wie Reisende einstiegen, das Fenster herabließen, beim Abfahren winkten. Ein paar der Zurückgebliebenen wischten sich die Augen trocken, als sie wieder durch die Sperre kamen.
Thomas studierte den Fahrplan. Morgens gegen halb sechs ging ein D-Zug nach Berlin-Ostbahnhof. Verdammt früh. Der Zug fuhr auch an Sonn-und Feiertagen. Auch am 1. Mai.

11

Die Küche roch nach Fisch. Die Oma hatte gestern im HO grüne Heringe erwischt und bereitete sie zum Braten vor.
»Ein Festschmaus!« lobte Onkel Wolfgang schnuppernd. »Schon das Abschiedsmahl für unsere Republikflüchtlinge?«

Die Oma schüttelte den Kopf: »Habe mir die Beine in den Bauch gestanden für die paar Fischschwänze. In Friedenszeiten war das ein Armeleuteessen.«
Thomas klemmte sich ans Radio: Sportberichte. »Chemie« bei Motor Zwickau.
»Unglücklich agierten heute die Chemiker«, bellte der Reporter Heinz-Florian Oertel ins Mikrofon.
»Mist!« murmelte Thomas.
1:0 in der 78. Minute, Fehler von Torwart Günther Busch.
Thomas drehte das Radio ab. »Man kann sie wirklich nicht allein spielen lassen.«
Bis aufgetragen wurde, las er die Leipziger Volkszeitung. Im Vorfeld des 1. Mai lag immer ein Klassenaufsatz in der Luft, man mußte auf dem laufenden sein, durfte sich nicht von Fräulein Hase kalt erwischen lassen. Die ganze erste Seite der Parteizeitung war bedruckt mit den Losungen des Zentralkomitees der SED zum »Kampftag der Arbeiterklasse«. Unter den siebzig Losungen kam diejenige für die Kinder wieder einmal weit hinten, unter Nummer zweiundsechzig, hinter Bauarbeitern, Genossenschaftsbauern, schöpferischer Intelligenz, sogar nach den Lehrern. Dabei wurde die Partei doch niemals müde zu versichern, der Jugend gehöre die glänzende Zukunft. »Jungen und Mädchen!« hieß die Parole: »Seid glühende Patrioten eurer Heimat! Lernt und schafft für den Aufbau des Sozialismus!« »Also nichts Neues dieses Jahr«, murmelte Thomas. Den Aufsatz, dachte er, will ich noch hinkriegen, vielleicht wieder mit zwei minus, aber dann müßt ihr das Ding ohne mich aufbauen.
Auf der ganzen Seite drei zog die Volkszeitung gegen

die Junge Gemeinde der Evangelischen Kirche zu Felde. Diese Kampagne lief seit Wochen. »Tarnorganisation im USA-Auftrag« hieß es heute in der Schlagzeile. Die Friedenskirche, wußte Thomas, hatte eine der rührigsten Jungen Gemeinden der Stadt. Als Mitglied mußte man älter sein als er, es waren Oberschüler und Studenten, Lehrlinge und junge Werktätige. Alle riskierten, wo sie lernten oder arbeiteten, Schwierigkeiten, bis zum Rauswurf, vielleicht sogar bis zur Verhaftung. Alles Agenten des amerikanischen Monopolkapitals? Vielleicht auch der freundliche Orgelspieler Rotzsch? So ein Quatsch! Pfarrer Haase hatte im Konfirmandenunterricht nur einmal dazu Stellung genommen. Bitte haltet euch fern, hatte er beschworen, so lange ihr noch nicht alt genug seid, um für euch einzustehen! Thomas war immer entschlossen gewesen, so bald wie möglich bei der Jungen Gemeinde mitzutun. Aber auch das konnte er sich nun aus dem Kopf schlagen.

Durch die Wohnung zogen die Duftschwaden gebratener Heringe, die Oma rief zu Tisch.

»Von Berlin aus«, fragte Thomas die Mutter, »wo machen wir da nun hin?«

»Keine Ahnung. Erstmal hier weg. Von Westberlin aus kann ich Kontakt aufnehmen mit Verwandten und Bekannten in den Westzonen. Ich brauche eine Stellung und ein möbliertes Zimmer. Wo, ist völlig egal.«

»Ich finde es nach wie vor nicht richtig«, ließ die Oma wissen. »Wir sind nun mal hier und müssen durchhalten, bis wieder vernünftige Verhältnisse herrschen. Wenn jeder einfach fortläuft, ist hier bald nur noch Tohuwabohu.«

Alle pickten Gräten aus ihren Heringen.
»Ihr könnt ruhig was dazu sagen.«
Die Mutter sagte nichts, aber Onkel Wolfgang: »Tohuwabohu ist schon. Es wird auch immer schlimmer. Es schliddert so richtig schön in einen Schlamassel. Wenn man nur wüßte, was danach kommt.«
»Ich hab keine Zeit mehr zum Warten«, sagte die Mutter. »Ich bin nun fast vierzig. Wenn ich hier noch einmal jemanden kennenlerne, bleibe ich in dieser Ostzone hängen.«
Sie aßen stumm weiter.
Thomas hatte das Hochzeitsfoto mitgebracht und legte es Onkel Wolfgang neben den Teller: »Du warst auch dabei.«
»Du hast mich ertappt! Ich gestehe alles.«
»Du warst fünfzehn.«
»Auch das leugne ich nicht. Du hast gut gerechnet, wieso hast du eigentlich in Mathe eine Vier?«
»Du hast bei dem Fest ein bißchen viel getrunken«, erinnerte sich die Oma.
»Ein bißchen viel?« staunte die Mutter. »Er war voll wie eine Strandhaubitze!«
Onkel Wolfgang schüttelte den Kopf: »Daran kann ich mich aber gar nicht erinnern.«
»Eben.«
»Du warst auf der Oberschule«, sagte Thomas, »da mußt du aber politisch in Ordnung gewesen sein.«
Onkel Wolfgang antwortete nicht. Thomas hatte das Gefühl, einen Nerv getroffen zu haben. In letzter Zeit hatte er zu Hause immer häufiger Anspielungen auf seine politischen Aktivitäten hören müssen. Daß er seit Stalins letztem – wirklich letztem – Geburtstag das

blaue Halstuch der Jungen Pioniere trug. Daß er freitags zum Pioniernachmittag ging. Daß er nun diese Adenauerpuppe für den 1. Mai bastelte. Aber wozu diente denn die ganze Schauspielerei? Um auf die Oberschule zu kommen. Und warum mußte er sich dafür so mühen? Weil seine Familie als nicht linientreu galt. Wie war es denn nun damals?

»Was heißt schon: in Ordnung?« fragte Onkel Wolfgang endlich. »Wir waren ja keine Widerstandskämpfer.«

»Das meine ich ja nicht«, entgegnete Thomas, seiner Sache ziemlich sicher. »Ich meine, daß ihr damals alle schön gekuscht habt.«

»Wir hatten keine Chance.«

»Aber eigentlich wart ihr dagegen?«

»Eigentlich, eigentlich! Wir haben uns rausgehalten.«

»Aber warum hattest du das ganze Kriegsspielzeug? Das Schlachtschiff und die Panzer und Kanonen? Die Soldaten mit der Hakenkreuzfahne und die toten Franzosen?«

»Ich hatte aber auch die selbstgebastelte Weihnachtskrippe mit dem beleuchteten Stall.«

»Die war aber auch nicht richtig links«, warf die Mutter ein.

»Diese Bücher über Verdun und Scapa Flow«, fuhr Thomas fort, »die sind ja auch ganz schön nazihaft.«

»Du darfst sie mit in den Westen schicken, dann bin ich sie los.«

»Auch die Karl-May-Bände?« fragte Thomas schnell.

»Auch.«

Die Diskussion, spürte Thomas, entglitt ihm, er versuchte sie noch einmal zu beleben: »Ihr sagt immer, ihr wart damals keine Nazis. Aber ihr habt so getan, als wärt ihr welche. Oder wenigstens habt ihr nicht so getan, daß ihr keine wart. Damit Onkel Wolfgang auf die Oberschule durfte. Wo ist denn da der Unterschied zu heute?«

Die Oma schaltete sich ein: »Weil die Nazis zwar Nazis waren, aber keine Kommunisten. Und wenigstens Deutsche.«

Onkel Wolfgang schüttelte heftig den Kopf: »Das ist eine schlechte Erklärung. Das Problem war, daß wir nicht von Anfang an erkannten, was die Nazis vorhatten.«

»Doch!« widersprach die Oma. »Haben wir. Der Opa hat es vom ersten Tag an gesagt. ›Lest Mein Kampf‹, sagte er immer, ›dann wißt ihr alles‹.«

»Hast du es gelesen?« fragte Thomas.

»Teilweise«, antwortete Onkel Wolfgang. »Ein paar Seiten. Es war so langweilig. Und so blöde.«

»Warum warst du dann Hitlerjunge?« bohrte Thomas.

»Es ging nicht anders«, belehrte ihn die Oma. »Er sollte ja auf die Oberschule.«

»Aha!« triumphierte Thomas.

Die Auseinandersetzung schien ihm trotzdem unbefriedigend. Er hatte das Gefühl, einer richtigen Diskussion noch nicht gewachsen zu sein. Mit wem hätte er es auch üben sollen? Mit Neulehrer Krause? Thomas war es gewöhnt, sein Pensum zu lernen und herzusagen, ohne sich auf das Glatteis eigener Überlegungen zu begeben. So war er bisher immer durchgekommen. Nein, diskutieren konnte er nicht. Zumal auch in der Christenlehre, auf andere Weise, abweichende Meinungen und unpassende Fragen ungern gehört wurden.

Thomas verlegte sich aufs reine Ausforschen: »Also, du bist jedenfalls erstmal Junger Pionier bei den Nazis geworden.«
»Pimpf hieß das.«
»Pimpf? Ich dachte, das wäre ein Schimpfwort. Wie Knilch.«
»Pimpf. Es war wie heute. Man ging eben hin, weil alle hingingen und man nicht Außenseiter sein wollte. Wir hatten Nachmittage, an denen wir weltanschaulich gedrillt wurden, aber wir machten auch Nachtwanderungen und Geländespiele und waren ganz stolz auf uns.«
»Aber es war doch für den Krieg.«
»Ach Gott! Wir waren Jungen. Man hätte uns auch einen Federschmuck aufsetzen und das Gesicht rot bemalen können, dann hätten wir im Namen Manitous irgendwelche Bleichgesichter gejagt.«
Thomas war ganz und gar unbefriedigt von dem Vergleich.
»Ihr habt doch gewußt, daß ihr zum Russentotschießen trainieren sollt.«
Onkel Wolfgang schmunzelte: »Du läßt mich aber nicht entwischen. Ich sage dir ganz ehrlich: Ich fand es prima bei den Pimpfen. Und später bei der Hitlerjugend. Ich wollte nicht die Welt erobern, ich wollte in der Dübener Heide die andere Gruppe aufspüren. Die feindliche. Unsere Feinde waren nicht die Russen oder Franzosen, sondern die andere Gruppe. Wenn man uns gesagt hätte, sie seien aus Sachsen-Anhalt, hätten wir sie mit besonderer Inbrunst verfolgt. Mein Vater hat mir zwar tausendmal erklärt, Adolf Hitler sei der Untergang Deutschlands: Ich wollte bloß nicht, daß uns

in der Dübener Heide die andere Gruppe entwischt.«
»Dann muß ich aber schlauer sein als du. Mich kriegen sie mit sowas nicht.«
»Wie soll ich dir den Unterschied erklären? Ich war ja auch felsenfest überzeugt, daß Hitler von Übel war, aber ich fand es fantastisch, daß sie im Ausland wieder Bammel vor uns kriegten. Ich wollte denen kein Haar krümmen, aber sie sollten, bitte schön, Angst vor uns haben. Und höflich grüßen. Sie hatten uns schließlich gedemütigt mit ihrem Schandfrieden von Versailles.«
»Aber deine Eltern waren doch gegen Hitler?« fragte Thomas mit Blick auf die Oma.
Die Oma nickte nur.
»Es ist nicht zu erklären«, gestand Onkel Wolfgang. »Je länger ich es versuche, desto klarer wird mir, daß es nicht zu erklären ist. Wir fanden diesen Hitler und seine SA entsetzlich, aber es ging mit allem bergauf. Wir hatten Angst vor einem Krieg, aber freuten uns, daß Deutschland wieder Respekt entgegengebracht wurde. Wir hätten den Hitler, nachdem er das Wichtigste erledigt hatte, auch zurückerstattet an Österreich. Wir wollten bloß nicht wieder die Watschenmänner der Welt sein. Wir waren hin- und hergerissen. Weißt du, wie man das beim Skat nennt, wenn beide Seiten sechzig Punkte haben?«
»Geteilter Arsch.«
Die Mutter zischte, die Oma wandte sich ab.
»Jedenfalls war es irgendwie so wie heute«, stellte Thomas befriedigt fest. »Und dann, im Krieg? Habt ihr viele Russen totgeschossen?«
»Bitte hört auf!« rief die Oma. »Keine Landsergeschichten! Das kennen wir nun bis zum Erbrechen.«

»Aber ich nicht«, widersprach Thomas.
»Ich erzähle es dir mal, wenn wir allein sind«, versprach Onkel Wolfgang.
»Noch einen Hering jemand?« fragte die Mutter.
Onkel Wolfgang opferte sich für den letzten, Thomas hätte ihn auch gern gegessen. Er holte sich nach dem Essen die Neige aus dem Bierkrug.

12 Seid bereit!« meldete der Diensthabende, »Klasse sieben b angetreten, Schneeberg fehlt unentschuldigt ...«
»Aha!« unterbrach der Neulehrer Krause. Er befahl Setzen, ging einige Schritte vor dem Katheder auf und ab, dann brach er los: »Wahrscheinlich wieder einer abgehauen. Die glauben alle, im Westen fliegen ihnen die gebratenen Tauben ins Maul. Keine Lust, die Ärmel hochzukrempeln und den Trümmerhaufen aufzuräumen, den sie selbst mit angerichtet haben. Bloß weil es vorerst ab und zu mal keine Bananen gibt. Aber es gibt auch keine Nazigeneräle und keine Krautjunker und keine Schlotbarone.«
Bananen, dachte Thomas, gibt's überhaupt nie.
»Da machen sie sich aus dem Staub. Stehlen sich heimlich davon. Ins gelobte Land, wo es Kreppsohlen gibt und Kaugummi. Erst haben sie ihrem Führer zugejubelt. Gerade heute, am zwanzigsten April. Wißt ihr, was am zwanzigsten April war? Da mußten wir früher feiern. Führers Geburtstag!«
Stalins Geburtstag, dachte Thomas. Einundzwanzigster Dezember.

»Sie haben den Karren richtig schön in den Dreck gefahren. Aber jetzt, wo wir ihn geduldig rauszerren, geht es ihnen zu langsam. Dabei packen sie nicht mal mit an, stehen nur mit den Händen in den Hosentaschen dabei und glotzen. Weil wir ihren Dreck nicht schnell genug wegräumen können, schnüren sie ihr Bündel und stehlen sich davon. Und drüben reißen sie das Maul auf und hetzen.«

Thomas fand, Krause wiederholte sich. Auch war überhaupt noch nichts klar. Er fand auch nicht, daß Peter Schneeberg ein so verwerflicher Mensch sei. Er kannte ihn. Sie waren keine Freunde, aber sie hatten den gleichen Schulweg und gingen seit Jahren fast täglich miteinander. Peters Vater hatte mit Büchern zu tun, bei einem Verlag, aber Thomas kannte sich mit diesem Geschäft viel zuwenig aus, um sagen zu können, ob Herr Schneeberg wichtig war beim Aufbau des Sozialismus. Oder hinderlich. Thomas hatte aus den täglichen Schulwegsgesprächen die Sicherheit gewonnen, daß Schneebergs nicht linientreu waren. Trotzdem hatte er politische Diskussionen nach Möglichkeit vermieden. Nur letzthin war er mal unvorsichtig auf das neueste Programm der »Insulaner« zu sprechen gekommen, des politischen Kabaretts im RIAS, das man verbotenerweise in gedämpfter Lautstärke hörte. Peter hatte zu erkennen gegeben, daß auch er den Genossen Klaus-Dieter und Herrn Kummer und Professor Quatschni kannte. Das hatte Thomas einen Stein vom Herzen genommen, denn RIAS hören war ein schlimmes Verbrechen. Peter sollte nun also weggemacht sein?

»Hat jemand was dazu zu sagen?« fragte Krause.

Thomas hätte sich gern gemeldet und zu bedenken gegeben, daß Peter ja vielleicht Grippe oder Durchfall habe. Aber er wollte sich lieber heraushalten.
Nach einer Pause hob sich eine Hand, ihr Inhaber stand auf: »Der Schneeberg ist ein elender Sausack.« Dann setzte er sich wieder.
Das ging Thomas zu weit. »Selber Sausack!« rief er halblaut.
Neulehrer Krause spitzte die Ohren: »War da was? Eine Meinung?«
Thomas schoß das Blut bis in die Ohren, aber er stand auf und schaute den Neulehrer tapfer an: »Erstens wissen wir nicht, ob Schneebergs weggemacht sind, zweitens sind nicht alle Sausäcke, die wegmachen.«
Krause stutzte einen Augenblick, dann kam er langsam auf Thomas zu und fragte im Rhythmus seiner wippenden Schritte leise: »Kannst du mir vielleicht einen anständigen Flüchtling nennen?«
Thomas überlegte kurz: »Mein Stiefvater ist letztes Jahr weggemacht. Der war soweit in Ordnung. Aber der hat in Leipzig keine Arbeit mehr gehabt. Nur deswegen ist er weg.«
»Aha. Was hatte er denn für einen Beruf?«
Die Klasse war mucksmäuschenstill.
»Der war ... der war so 'ne Art Vertreter.«
»Meinst du Schieber?«
Die Klasse platzte vor Lachen.
Krause hatte Oberwasser: »Habt ihr noch mehr so Leute in eurer Familie?«
»Mein Vater war im Krieg im Straflager.«
»Soso. Der Ärmste. Da haben sie ihn wahrscheinlich sogar verhört, was?«

»Nein, umgebracht.«
Ein paar glucksten bei dieser Antwort, aber Krause lachte nicht mehr.
»Tut mir leid. Wußte ich nicht. Konnte er nicht abhauen? Desertieren?«
Thomas konnte das nicht beantworten und hob die Schultern.
»Ich zum Beispiel«, sagte Krause, »ich bin desertiert. Mich hatten sie mit siebzehn Jahren noch eingezogen. Aber nicht mit mir! Ich bin übergelaufen. Ich habe den Genossen Walter Ulbricht gehört, wie er uns von der sowjetischen Front aus aufrief, die Waffen wegzuwerfen. Ich bin übergelaufen. Jawohl! Für Hitler verrekken? Nicht mit mir! Nationalkomitee Freies Deutschland. Die Nazis hätten uns einen Kopf kürzer gemacht, wenn sie uns nur erwischt hätten. Aber wir hatten den Atem der Geschichte auf unserer Seite, weißt du? Die heute überlaufen zu Adenauer, sind schäbige Lumpen.«
Rüdiger Lehmann, der am längsten von allen das blaue Tuch der Jungen Pioniere trug, meldete sich: »Kann man denn die Rote Armee so vergleichen mit den Westzonen von dem Adenauer?«
»Habe ich nicht«, widersprach der Neulehrer Krause schnell.
»Habe ich aber so verstanden.«
Lehmann sah sich in der Klasse um, die meisten schauten angeregt an die Decke, zwei oder drei nickten, Thomas nutzte die Gelegenheit, sich unbemerkt wieder zu setzen.
»Ich habe sie nicht dem Sinn nach verglichen«, verteidigte sich Krause. »Man kann sie nicht miteinander

vergleichen. Jeder Versuch, sie zu vergleichen, wäre von vornherein zum Scheitern verurteilt. Dialektisch.«
Lehmann setzte sich, mit dem Anflug eines befriedigten Lächelns.
In der großen Pause sah Thomas auf dem Hof von ferne Petra und freute sich.
Fräulein Hase, die Klassenlehrerin, gab darauf Erdkunde. Das war Thomas' Lieblingsfach, und er fragte sich manchmal, ob er die Erdkunde so liebte oder Fräulein Hase. Sie war noch jung. Sie hatte ein weiches Gesicht mit graublauen Augen und mittelblondes Haar. Jetzt, im Frühjahr, begann sie wieder Blusen zu tragen, was Thomas ausgezeichnet gefiel.
Seit Anfang des Schuljahres wurden die Westzonen durchgenommen. Das Ruhrgebiet war an der Reihe.
»Im Ruhrgebiet zeigt sich besonders kraß, daß der Kapitalismus die Lebensgrundlagen der arbeitenden Masse vernichtet. Eine ganze Landschaft wurde dem Profitstreben der Monopole geopfert. Fördertürme, Abraumhalden, Gleisanlagen, Hochöfen, Kokereien. Die Städte bestehen aus endlosen grauen Elendsquartieren ohne Grünanlagen, ohne Gärten, ohne Spielplätze für die Kinder. Wenn die Frauen ihre Wäsche aufhängen, wird sie grau vom Ruß. Der Himmel verfinstert sich vom Rauch und läßt die Sonnenstrahlen nicht mehr durchdringen. Die Flüsse sind schwarz von den Abwässern der Industrie.«
Thomas überlegte, ob sie wohl von Westberlin aus in dieses entsetzliche Ruhrgebiet ziehen würden. Wenn es dort eine Stellung und ein Zimmer gab? War das nicht eine furchtbare Aussicht: schwarze Flüsse, grauer Himmel, öde Straßen!

»Der Profit«, erklärte Fräulein Hase mit dem Erdkundebuch in der Hand, »bestimmt die Verhältnisse, unter denen zum Beispiel Kinder aufwachsen müssen. Wie ist es hingegen im Sozialismus?«

Thomas wachte aus seinen Gedanken auf und versuchte neutral zu schauen, um nicht aufgerufen zu werden. Er hatte heute Glück, es schlug hinter ihm ein: »Viehweg, wie ist es im Sozialismus?«

»Besser. Nein, völlig anders. Der Arbeiter- und Bauernstaat sorgt für uns, daß wir froh aufwachsen können. Wir Kinder können unbeschwert spielen in den Trümmern des Hitlerkriegs. Beziehungsweise auf den neuen Spielplätzen der Arbeiter- und Bauernmacht.«

Thomas dachte daran, wie ihm mal ein Fußball, ein echter Lederball aus einem Westpaket, in die Pleiße gefallen war. Er war versunken in den weißgrauen Schaumbergen, die mit dem Fluß abwärts trieben, unwiederbringlich.

»Die schönen Flüsse in der DDR«, flüsterte Thomas.

»Die Flüsse«, sagte Kurt Viehweg.

»Ja, was ist damit?«

Kurt schien zu merken, daß er in einer Sackgasse steckte.

»Was ist mit den Flüssen?«

Kurt hatte einen Geistesblitz: »Die fließen alle in die Westzonen. Das ist unsere Rache.«

Fräulein Hase las schnell weiter über das Ruhrgebiet.

Nach der letzten Stunde paßte Thomas Petra ab. Ihm war in der großen Pause wirklich ein Stein vom Herzen gefallen, denn in diesen Wochen hatte man immer denselben Gedanken, wenn jemand plötzlich, wie Petra am Sonnabend, nicht in der Schule erschien.

»Ich bin aber froh, daß du da bist«, sagte Thomas, als er ihr den Schulranzen abnahm.
Sie schwieg.
Ihm kam plötzlich eine Idee: »Kommst du mit am Sonnabend in die . . . ?«
»Thomaskirche«, hatte er sagen sollen. Aber ein Junge, der freiwillig zu den alten Leuten in die Kirche ging.
»Wohin mit?« fragte Petra.
»In die Stadt. Ich habe eine Überraschung.«
»Sonnabend ginge. Sonntag haben wir schon was vor.«
Thomas wurde von hinten angerempelt.
»He!« rief er.
Der Rempler grinste ihn frech an. Thomas kannte ihn vom Sehen auf dem Schulhof, er mußte aus einer der achten Klassen sein.
»Was soll'n das?«
Der Größere sagte immer noch nichts, grinste spöttisch, herausfordernd. Thomas schoß kreuz und quer durch den Kopf: Hau ihm eine! Wie stehst du sonst vor Petra da? Er ist stärker als du, wird dich fertigmachen. Aber ein mutiger Verlierer wirkt immer noch besser als ein feiger Verlierer. Ran an die Buletten!
»Mach dich bloß dünne!«
»Komm doch her, wenn du was willst!« lockte der Gegner.
Thomas wußte eigentlich nicht, was das ganze sollte. Ihn erfaßte plötzlich Wut, daß dieser feixende Dummkopf das schöne Beisammensein mit Petra störte. Er trat rasch auf ihn zu, packte ihn am Hemd und schrie ihn an: »Mensch, hau ab!«
Der Junge sah ihn erstaunt an, dann wandte er sich tatsächlich um und lief schnellen Schritts davon.

»Du Bolschewist!« rief ihm Thomas nach.
Der Junge blieb stehen und drehte sich um: »Sag das nochmal!«
»Du Bolschewist!«
Thomas' Laune war verdorben, er trottete schweigend neben Petra her.
»Kennst du den?« fragte sie.
»Vom Sehen.«
Was mochte das für einer sein? Ein Linientreuer? Wenn er nun zu Hause berichtete, wie er beschimpft worden war? Wenn er es gar der Pionierleiterin erzählte? Zeugen hatte er ja nicht. Nur Petra. Die würde wohl solidarisch sein. Aber sagte nicht immer Onkel Wolfgang, man müsse nicht recht haben, sondern recht bekommen, und dazu müsse man auf der richtigen Seite stehen?
»Er hat angefangen«, stellte Thomas fest.
»Aber du hast es ihm ganz schön gegeben.«
Thomas versuchte herauszuhören, ob darin Bewunderung mitschwang oder Besorgtheit.
Vor Petras Haus gab er ihr die Hand: »Sonnabend in die Stadt?«
Sie nickte.

13 Thomas schleppte den Handwagen die Kellertreppe hinauf. Es ging los mit den Paketen, die ersten waren fertig gepackt, verschnürt, adressiert und mußten aufgegeben werden. Auf verschiedenen Postämtern, vorsichtshalber.
Der alte Handwagen! Vorkriegsmodell. Viel hatten sie

miteinander erlebt. In der ersten Nachkriegszeit die angesengten Reste aus der zerbombten Wohnung geholt. Die geretteten Möbel aus dem Lager nach Gohlis gekarrt. Einen Möbelwagen mieten? Damals? Bald hatte Thomas ganz allein richtige Fuhren durch die Stadt unternommen, im Auftrag seines Stiefvaters. Der hatte zwar auf seinem Briefkopf »Handelsvertreter« stehen, aber unter vier Augen nannte er sich einen »normalen Schieber«. Er organisierte Waren, die es eigentlich nicht gab: Kochplatten und Tauchsieder, Teddybären und Puppen, Schullandkarten und Atlanten, Chirurgenbestecke und Spritzen, Autoreifen und Bremsklötze. Die Wohnung war zeitweise ein Warenlager gewesen, man hatte kaum noch treten können. »Es wird böse enden«, hatte die Oma prophezeit, und eines Tages hatte wirklich die Volkspolizei das »Schiebernest« ausgeräumt. Der Stiefvater war bald darauf in den Westen gegangen, die Mutter hatte sich nicht entschließen können, Firma und Familie schon aufzugeben. Aber bis dahin hatte Thomas für den Stiefvater mit diesem Handwagen hier Pakete durch die Stadt gekarrt, gegen ein Taschengeld. Oft hatte er einen Freund beteiligt, Peter Schneeberg oder andere, denn zu zweit karriolte es sich lustiger: Der eine saß vorn und lenkte mit der Deichsel zwischen den Beinen, hinten stieß sich der andere rückwärts mit den Füßen ab. Sie gaben sich Namen wie »Horch« oder »Wanderer« oder gar »Mercedes«, hochtrabende Namen, denn mit einem Auto fuhren sie ja nie. Außerdem hatte Thomas im Lauf der Jahre mit dem Handwagen viele Zentner Obst und Gemüse aus dem Garten im Rosental nach Hause geschleppt. Einmal hatte der Stiefvater sogar einen ganzen Rosentalbaum organisiert, schon gefällt und in meterlange Stücke zersägt, als Feuerholz für die Kachelöfen. Der Handwagen! Wenn man den mitnehmen könnte!

Die Mutter hatte schon sechs große Pakete gepackt und mit Anschriften im Westen versehen. Außer Onkel Manfred in Hannover kannte Thomas die Empfänger nur dem Namen nach.

Er parkte seinen Handwagen so vor dem Eutritzscher Postamt, daß er ihn im Auge behielt. Leider wurde trotz Sozialismus noch viel gestohlen. Er schleppte zwei Pakete nach drinnen. Er beobachtete aus den Augenwinkeln die Leute, die vor ihm in der Schlange standen, und taxierte, ob sie wohl Fluchtgut aufgäben. Es war nicht auszumachen. Das nahm ihm ein wenig von seiner Angst.

Ein Junge stellte sich hinter ihm an. Er buckelte ein besonders schweres Paket, ließ es plumpsen und schob es mit kräftigen Fußtritten vorwärts, wenn sich die Schlange bewegte.

»Kaiserslautern«, buchstabierte Thomas auf dem fremden Paket. »Aha!«

»Wieso?« fragte der andere mit unruhigen Augen.

»Fritz Walter.«

»Kenn ich nicht.«

»Naja. Wenn du dich nicht für Fußball interessierst, ist es sowieso Wurscht. Kaiserslautern ist deutscher Meister, verstehst du? Für mich wäre Kaiserslautern deswegen prima.«

»Keene Ahnung, wovon du redest«, murmelte der andere und schaute sich ängstlich um.

Ach, du Schande! dachte Thomas erschrocken.

Als er an die Reihe kam, wurde er wortlos abgefertigt. Genauso erging es ihm mit den beiden nächsten Paketen auf dem Postamt Mockau. Die beiden verbliebenen brachte er ins Postamt Gohlis.
»Welches Steinbach soll das denn sein?« fragte der Schalterbeamte.
»Im Westen.«
»Da gibt's ungefähr fünfundzwanzig.«
»Das bekannte.«
»Die sind alle unbekannt.«
Thomas nahm das sechste Paket wieder mit.
Auf dem Heimweg fuhr er bei Peter Schneeberg vorbei. In den Fenstern des Hochparterres hingen die Gardinen wie immer, an der Wohnungstür stand der Name. Alles wie sonst. Thomas klingelte. Nichts rührte sich. Er klingelte mehrmals. Vom Hof aus versuchte er in Peters Fenster zu schauen. Er zog dazu seinen Handwagen an die Mauer und kletterte hinauf.
»Alles klar«, murmelte Thomas, als er in Peters Zimmer sah. Die Möbel standen, wie er sie von seinen paar Besuchen in Erinnerung hatte, aber im übrigen war das Zimmer leergeräumt. Kein Kissen auf dem Bett, keine Mütze auf dem Haken, keine Schultasche auf dem Tisch, keine Bücher auf dem Regal.
Bücher? Die beiden Karl May! Deswegen also hatte sie Peter am Samstag zurückgegeben!
Das hatten sie wirklich klug eingefädelt! Natürlich hatte Peter am Freitag längst gewußt: sein letzter Tag in der Schule. Aber er hatte beim Abschied nicht mit der Wimper gezuckt. Einwandfrei!
Als Thomas wegfahren wollte, begegnete er einem alten Mann, der ihn fragte, ob er etwas suche.

»Nee, nischt«, antwortete er rasch. »Bloß mal nach Schneebergs geguckt.«
»Die sind scheint's verreist.«
Ihr werdet euch wundern, dachte Thomas.

14 In der Klavierstunde war Thomas diesmal unaufmerksam und verspielte sich oft. Fräulein Sommer wurde ungeduldig. Die Fantasie von Händel übte er seit fast einem Jahr und konnte sie seit einem halben Jahr auswendig. Nun sollte er sie bei einem öffentlichen Schülerkonzert am 3. Mai in der Volkshochschule vortragen. Aber heute, spürte er, war der Wurm drin.
»Was ist denn mit dir?« fragte die Lehrerin.
»Nervöser Tag.«
Seit vier Jahren spielte Thomas Klavier. Anfangs war ihm die wöchentliche Stunde am Dienstagnachmittag als vertane Zeit erschienen, aber mittlerweile fühlte er sich herausgehoben über die Klassenkameraden, die in ihrer freien Zeit gar nichts kannten außer Fußball, Pioniernachmittagen und Keilereien.
Fräulein Sommer war so alt wie die Mutter, wirkte aber viel älter. Sie trug knöchellange Kleider in düsteren Farben und einen strengen Dutt. Ihre Wohnung an der Tschaikowskistraße mußte sie mit Untermietern teilen, die bestimmt inzwischen keine Klaviermusik mehr mochten. Der Musiksalon wurde vom schwarzen Blüthnerflügel beherrscht, dunkle Möbel und schwere Samtvorhänge ließen den Raum noch dunkler wirken. Das Musizieren kam Thomas immer als etwas Ernstes und Erhabenes vor.

»Du bist heute wirklich nicht richtig bei der Sache«, rügte Fräulein Sommer.
Thomas nickte. Er schaute auf die kleine Gipsbüste von Felix Mendelssohn-Bartholdy auf dem Flügel. Der Komponist, schien ihm, lächelte mal wieder ausgesprochen spöttisch. Natürlich war Thomas seit Freitag nicht mehr bei der Sache. Bei keiner Sache.
»Wissen Sie, was ich gesehen habe?« lenkte er ab: »Auf dem Hochzeitsfoto von meinen Eltern, da sind Sie auch drauf.«
»Wir waren ja befreundet, deine Mutter und ich. Wir kannten uns aus dem Mädchenpensionat.«
»Und Ihr Verlobter war auch dabei.«
Fräulein Sommer nickte.
Thomas begann wieder den ersten Satz von Händel, unterbrach sich aber: »Der war Jude.«
Fräulein Sommer nickte wieder.
»Die Nazis haben ihn umgebracht«, stellte Thomas fest.
Fräulein Sommer schien endlich antworten zu wollen: »Es war ein großartiges Hochzeitsfest, das deine Eltern hatten. Ich dachte den ganzen Abend: So soll es eines Tages auch bei mir sein. Bei uns. Dabei ahnte ich ja schon, daß daraus nichts mehr würde. Es war schließlich zwei Jahre vor der Kristallnacht.«
Thomas spielte nicht weiter, sondern wartete. Fräulein Sommer schwieg jedoch.
»Kristallnacht«, sagte Thomas, »haben wir in der Schule drangehabt. Haben Sie das richtig erlebt?«
»Kristallnacht? Ja, das weiß ich noch wie heute. Laß uns doch nochmal den zweiten Satz spielen.«
»Nee. Kristallnacht.«

»Nun ja. Das war für uns der Anfang vom Ende. Die sogenannten spontanen Proteste der Volksgenossen. Es sprang durch die Stadt wie ein Lauffeuer. Ich hörte davon. Eine Nachbarin erzählte es. ›Jetzt geht es ihnen an den Kragen‹, sagte sie. ›Endlich!‹ Sie wohnt immer noch im Haus, die Nachbarin. Ich rannte los. Ich weiß nicht, warum ich nicht die Straßenbahn nahm. Es wäre viel schneller gegangen. Ich rannte zu dem Geschäft, in dem Leo arbeitete. Das war am Brühl.«

»War der Leo Verkäufer?«

»Nein. Er war Musiklehrer. Wir hatten beide auf dem Konservatorium studiert. Aber er durfte doch keine deutschen Schüler mehr unterrichten. Ich meine, keine arischen. Sie hätten sich ja infizieren können. Und die Juden, die ihre Kinder in die Klavierstunde geschickt hatten, die besseren Leute, die waren längst ausgewandert, nach Amerika oder Palästina oder China. Aber nun spiel doch endlich mal!«

»Brühl«, erinnerte Thomas.

»Naja. In dem Geschäft waren die Scheiben zerschlagen, die Fassade mit weißer Farbe beschmiert: Juda verrecke! Ich sah Leo und seinen Chef hinter dem Tresen stehen, wie zu Salzsäulen erstarrt. Er bemerkte mich nicht. Ich wollte hinein, aber davor stand breitbeinig ein SA-Mann und versperrte mir den Weg. Ich wollte den Mann ansprechen. Ihm erklären, daß Leo ein anständiger Mensch sei, ein harmloser Musiklehrer. Wenn er das nicht versteht, dachte ich, schreie ich ihn an, damit er es kapiert. Aber das Gesicht! Ich werde es nie vergessen, und wenn ich hundert Jahre alt werde. Unter dem Helm ein eiskalter Blick und über dem Kinnriemen ein markig hervorgereckter Kiefer.

Ich wurde einfach zurückgerempelt. Ein Wort, dachte ich, und sie packen dich, scheren dir die Haare und hängen dir ein Schild um: Ich treibe es mit einem Judenbengel! Da bin ich nach Hause gegangen und habe geheult und mich so mies gefühlt wie nie im Leben. Aber ich weiß gar nicht, warum ich dir das erzähle.«

»Weil ich gefragt habe.«

Thomas wollte jetzt nicht mehr Klavier spielen. Er wollte etwas erfahren, denn in gut einer Woche war es zu spät dafür. Die Fantasie von Händel brauchte er bald nicht mehr zu können.

»Warum sind Sie nicht weggemacht damals?«

»Geflüchtet? Hätten wir es nur um Gottes willen getan! Aber wir konnten uns doch nicht vorstellen, was auf uns zukam. Wer konnte sich denn vorstellen, daß Deutsche so etwas tun würden? Weißt du, was die scheinbar Vernünftigen damals sagten? Wir haben doch Goethe und Beethoven und Schiller. Es wird nichts passieren! Und hätten wir es uns vorstellen können: Wohin sollten wir Hals über Kopf? Zwei Klavierlehrer ohne Geld? Sogar ohne unsere Klaviere? Reiche Flüchtlinge nahm man ja gern. In der Schweiz oder irgendwo. Aber arme Kirchenmäuse?«

»Heute flüchten auch welche ohne alles.«

Fräulein Sommer dachte eine Weile darüber nach.

»Du hast recht. Aber heute flüchten sie nur von Deutschland nach Deutschland. Das ist schwer genug, aber dennoch kein Vergleich. Wenn heute die Deutschen nach Deutschland gehen, will man sie auch nicht haben: Warum bleibt ihr nicht, wo der Pfeffer wächst? Aber man traut sich nicht, sie zurückzuschicken. Doch ein Jude damals? Wer wollte denn den? Man wäre doch lieber die eigenen Juden losgeworden, anstatt noch fremde aufzunehmen.«

»Aber irgendwie«, wandte Thomas ein.

»Es war zu spät. Es ging nicht mehr. Wir sahen das Unheil auf uns zukommen, aber wir waren außerstande, ihm zu entfliehen. Mancher hätte vielleicht noch gekämpft. Hätte um sich gebissen wie eine Ratte. Aber Leo war anders. Wir warteten schließlich nur noch. Leo war bei Freunden untergekrochen. Bei Ariern. Ja, das gab es. Abends, wenn es dunkel war, kam er zu mir. Wir spielten vierhändig. Ist das nicht kitschig? Wir spielten leise. Man durfte niemanden mehr auf sich aufmerksam machen. Es war jeden Abend wie ein Abschiedskonzert. Wir sprachen kaum mehr miteinander. Es war nichts mehr zu sagen. Wir spielten.«

»Hier?« fragte Thomas.

»Hier. An diesem Flügel. Wir spielten am liebsten Mendelssohn-Bartholdy. Du weißt, daß sein Denkmal vor dem Gewandhaus von den Nazis bei Nacht und Nebel abgerissen worden war. Und daß unser Oberbürgermeister aus Protest zurücktrat, der berühmte Carl Goerdeler. Das hast du vielleicht in der Schule gelernt. Wir verehrten Mendelssohn. Diese Büste hier mußte ich tagsüber, wenn meine Schüler kamen, im Schrank verstecken. Aber abends holten wir sie heraus und stellten sie auf den Flügel. Verrückt, was? Wir lebten damals fast für uns allein. Ich gab tagsüber Unterricht, weil ich Geld brauchte, aber abends kam Leo. Wir sahen so gut wie niemanden mehr. Die einzigen, die wir ab und zu besuchten, waren deine Oma und dein Opa.«

»Meine Oma und meinen Opa?«

»Ja. Sie waren die einzigen, die sich noch trauten.«
Die Oma! Thomas erinnerte sich an eine politische Auseinandersetzung zu Hause vor drei Jahren. Da hatte sich die Oma strikt geweigert, zur Volkswahl zu gehen. Wählen? hatte sie gespottet: Die Kommunisten regieren doch so und so. Gewählt oder ungewählt. Genau wie früher die Nazis. Da soll ich als erwachsener Mensch einen solchen Affentanz mitmachen? Das einzige Mal, erinnerte sich Thomas, daß sie eine unvornehme Wendung gebraucht hatte: Ob ich wählen gehe oder in der Nase bohre, ist schnurzpiepegal! Sie war am Ende doch losgezittert ins Wahllokal, aber nur, weil Onkel Wolfgang ihr eindringlich vor Augen hielt, daß die Partei bloß einen Anlaß suche, die Firma zu enteignen. Opas Firma!
»Und dann?« fragte Thomas.
»Ja. Und dann.«
Es klingelte an der Wohnungstür, Fräulein Sommer ging aufmachen. Es war das kleine Mädchen, das immer nach Thomas Unterricht hatte.
»Die Stunde werden wir nicht berechnen«, sagte Fräulein Sommer, »wir haben ja überhaupt nicht gespielt.«
»Lassen Sie mal«, wehrte Thomas ab, »das geht schon in Ordnung.«

15 Vom Waldplatz fuhr Thomas, seine Klaviernoten unter dem Arm, mit der Linie 6, links neben dem Fahrer stehend wie immer, über den Friedrich-Engels-Platz, den die meisten noch Fleischerplatz nannten, durch den Brühl, wo also Leo gearbeitet hatte, zum

Karl-Marx-Platz, den die meisten noch Augustusplatz nannten. Die Schaffner riefen allerdings auf gut Sächsisch aus: Gormorgsblotz! Thomas kam zu früh, die Oma war noch nicht eingetroffen.
Er sah sich auf dem Platz um, dessen Größe die Leipziger selbstbewußt anführten, wenn die Dresdner mit ihrem Altmarkt protzten. Dem Altmarkt natürlich, wie er vor dem 13. Februar 1945 gewesen war. In der Universitätskirche, wußte Thomas nun, hatten 1936 seine Eltern geheiratet. Vielleicht konnte er vor der Flucht noch einmal mit der Mutter die Kirche anschauen. Nebenan die ausgebrannte Universität, in der Onkel Wolfgang, wie er sagte, studiert hätte, wenn er nicht mit achtzehn in den Krieg gezogen wäre, um mit dreißig aus der Gefangenschaft heimzukehren. Schräg gegenüber die Ruine der Gemäldegalerie, die die Leipziger einfach Bildermuseum nannten. Die Gemälde hingen nun im Reichsgericht, das jetzt Georgii-Dimitroff-Museum hieß. Auf der anderen Seite des Platzes war das neue Opernhaus im Bau. Alle, die Thomas kannte, schworen, es könne kein richtiges Opernhaus werden in diesen Zeiten. Am meisten am Augustus-Morgs-Platz mochte Thomas das Krochhochhaus mit den beiden Glockenmännern auf dem Dach. Jede Viertelstunde schlugen sie mit ihren Hämmern bedächtig die Zeit. Jetzt war es genau eine Minute vor halb, Thomas schaute nach oben.
Die Großmutter tippte ihm auf die Schulter. Sie war pünktlich, wie jeden Dienstagnachmittag, wenn sie sich nach Thomas' Klavierstunde hier trafen. Sie hatte, wie immer, ihr dunkelgraues Kostüm an, das an immer mehr Stellen zu glänzen anfing. Sie trug keinen Mantel

mehr, da der Frühling angebrochen war. Sie hatte, wie immer, das Einkaufsnetz am Arm, falls irgendein Geschäft etwas hereinbekommen hatte. Sie trug, da ihre Augen immer schlechter wurden, eine Brille mit sehr dicken Gläsern. Thomas gab seiner Großmutter einen Kuß.

»Na, mein Junge!« sagte sie, wie immer.

»Alles in Ordnung!« sagte Thomas.

»Was machen wir heute?« fragte sie, auch wie immer.

Die Großmutter hatte stets einen fertigen Plan. Was Thomas von seiner Stadt kannte, außer seinem Vorort Gohlis und ein paar Fußballplätzen, kannte er durch die Nachmittage mit seiner Großmutter.

Ausnahmsweise hatte Thomas heute selbst einen Vorschlag: »Ich möchte in die Baumwollspinnerei.«

Die Großmutter sah ihn überrascht an: »Die Baumwolle? Da war ich seit fünfundvierzig nicht mehr.«

»Eben«, antwortete Thomas.

»Ich wollte heute mit dir in die Nikolaikirche, die kennst du noch nicht. Die älteste Kirche in Leipzig. Eine ganz ungewöhnliche Kirche. Die Säulen sind wie Palmen. Es wirkt auf den ersten Blick ganz modern, aber in Wahrheit ...«

»Die Baumwolle«, bat Thomas.

»Ich habe mir geschworen, nie wieder hinzugehen.«

»Aber ich muß das nochmal sehen«, sagte Thomas. »Ich war ja damals erst fünf.«

Die Großmutter schüttelte den Kopf, dann hob sie die Schultern.

Sie stiegen in die Linie 2. Die Straßenbahn, morgens und abends stets überfüllt, war um diese Zeit fast leer. Thomas setzte sich neben die Großmutter auf eine

Holzbank, obwohl er sonst immer neben dem Fahrer stand und der Ansicht war, die Bänke seien nur für Kleinkinder, Greise und Versehrte. Er kannte fast alle Straßenbahnlinien von Endstelle zu Endstelle, aber mit der 2 nach Plagwitz war er nie mehr gefahren, seitdem die Großeltern, kurz nach dem Krieg, aus ihrer Werkswohnung in der Leipziger Baumwollspinnerei hinausgeworfen worden waren.

Bis zur Karl-Heine-Straße schwieg die Großmutter. Dort endlich siegte ihr Mitteilungsdrang, und sie wies Thomas auf das zerstörte Haus hin, das einmal Max Klingers Atelier gewesen sei: »Der Beethoven, weißt du?«

Am »Felsenkeller« sprach sie wieder: »Da war ich zweimal. Kurz vor dem Krieg. Vor dem ersten. Da hatten die Kommunisten ihre Versammlungen. Ich wollte einfach mal wissen, was die wollten.« Sie schaute sich um und dämpfte in der leeren Straßenbahn die Stimme: »Wenn der Großvater das gewußt hätte! Für den waren das alles Umstürzler und Staatsfeinde. Rotes Gesindel. Mich haben sie aber auch nicht überzeugt. Ich kannte ja unsere Arbeiter. Die Vorstellung, die würden nun über alles bestimmen? Na, ich weiß nicht.« Sie sprach wieder etwas lauter: »Beim zweitenmal hat Rosa Luxemburg gesprochen. Die hat mir gefallen. Ich war richtig traurig, als sie später ermordet wurde. Aber dem Großvater erzählst du nichts davon, nicht wahr?«

Weiter die Karl-Heine-Straße. Manchmal schien Thomas eine Ecke bekannt. Eine alte Villa, in der jetzt die Volkssolidarität saß oder eine Kinderkrippe war. Die Landmaschinenfabrik Rudolf Sack, die jetzt ein VEB war. Der Blick in die baumlosen Querstraßen, in denen kleine Fabriken mit Mietskasernen Wand an Wand standen. Die Brücke über den Kanal, der bis an die Saale führen sollte, aber ein totes Gewässer geblieben war. Die Endstelle der 2 vor dem Bahnhof Plagwitz, mit dem putzigen Häuschen, in dem die Fahrer und Schaffner ihr Pausenbrot aßen, ehe sie die Rückfahrt nach Sellerhausen anklingelten.

»Ich hatte ganz vergessen«, sagte die Großmutter auf dem Weg zur Baumwolle, »wie häßlich es hier ist. Fast vierzig Jahre haben wir hier gewohnt.«

Der Weg wurde Thomas mit jedem Meter vertrauter. Die graue lange Mauer mit den Glasscherben auf der Krone. Jawohl, dahinter lag der Garten. Sein Kinderparadies! In seinem Album, das 1945 ziemlich abrupt endete, hatte er Fotos: der große Garten, die Obstbäume, die Laube. Thomas, in einer Sandkiste schaufelnd, auf einem Dreirad strampelnd, Futter streuend für eine Schar pickender Hühner zu seinen Füßen, Kaninchen streichelnd auf seinem Arm. In diesem Garten, der nun verschlossen war. Hinter diesem schmiedeeisernen Tor, das Rost angesetzt hatte. Erinnerte er sich an den Garten oder nur an die Fotos?

Die Großmutter stand lange vor dem Tor, dann drückte sie die Klinke. Es war nicht abgeschlossen, aber es quietschte wie lange nicht benutzt. Sie traten in den Hof und taten ein paar Schritte.

»Die Bäume sind noch einmal ein Stück gewachsen.«

»Wo waren die Kaninchen?« fragte Thomas.

»Die Bäume sind jetzt fast fünfzig Jahre alt. Als wir Anno sieben einzogen, stand noch keiner. Heute sieht es aus wie ein Schuttabladeplatz.«

»Ich habe hier gespielt.«
»Auch dein Vater, als er klein war. Seine Brüder. Die Freunde. Die Gartenfeste mit den Freundinnen. Das Verlobungsfest deiner Eltern. Ich wollte ja hier nie wohnen, in der scheußlichen Gegend, der scheußlichen Straße. Aber wenn ich einen Ort nennen sollte, der mit meinem Leben zu tun hat . . .«
»He, Sie da!« rief es. Ein Mann im blauen Kittel kam auf sie zu und stellte streng eine Frage: »Was ham Sie'n hier zu suchen?«
»Nichts«, antwortete die Großmutter.
»Aber Sie sind auf das Territorium des VEB eingedrungen.«
Die Großmutter zuckte mit den Schultern und wandte sich zum Gehen.
»Moment mal!« rief der Mann.
Sie hatten das schmiedeeiserne Tor fast erreicht, aber der Mann stellte sich ihnen in den Weg. Er wiederholte laut seine Frage. Aus der Wache im Erdgeschoß lief ein anderer herbei in einer Art Uniform mit Schirmmütze.
»Ach nee!« rief er. »Das is ja de Frau Direggder!«
Die Großmutter lächelte: »Das war mal die Frau Direktor, mein Lieber.«
»Kennst du die Bürgerin?« fragte der Mann im blauen Kittel. Der Pförtner nickte und bedeutete dem Kollegen, er brauche sich nicht mehr zu kümmern.
»Mir ham uns ooch ene halwe Ewichgeit nich gesehen«, stellte der Pförtner fest, als sie unter sich waren.
»Daß Sie noch hier sind«, sagte die Großmutter.
Er lächelte verschwörerisch: »Nu, ich war ja bloß e kleener PG. Mich ham'se gelassen. Dr Herr Direggder war ja e großes Dier bei de Nazis.«

»Mein Großvater?« fragte Thomas neugierig.
»Nu! Was gloobste denn? Wie der de Juden nausgeschmissen hat, gleich dreindreißch. Wissen Se's noch, Frau Direggder?«
Die Großmutter nickte mit einem unfrohen Gesichtsausdruck.
»Was macht der Arm?« fragte sie.
»Nu, bei schlechdn Wedder ziepts ähmnd. Mr gloobt ja nich, wie ä abber Arm wehduhn kann. Awwer dr Herr Direggder, wissense noch? Wenn eener ankarjohlt kam mit e ameriganischen Audo, e Verdreeder, den durften mr nich neilassen. Bloß Audos aus'n Reich! S'war e gnibbelharder Gnochen, dr Herr Direggder.«
»Die Kaninchenställe sind auch weg«, stellte die Großmutter fest.
Der Pförtner nickte: »Alles is weg. S'is ooch ä jeden wurschtegal.«
»Sind Sie denn wieder in die Partei?« fragte die Großmutter.
»Nee! Eenmal geniecht. Un beim erschten Mal bin ich ja ooch nischt geworden. Da braucht mr ä Dalent. Mancher eener wird iewerall was. Wolln Se denn mal nei in Ihre Wohnung?«
»Nein!« wehrte die Großmutter heftig ab.
»Oh ja!« rief Thomas.
»Nein, nie wieder!«
»Aber ich.«
Thomas folgte dem Pförtner in den ersten Stock. Er erkannte den langen Flur der Wohnung wieder, so lang, daß damals der schwere Medizinball nie bis ans Ende gerollt war, so kräftig er ihn auch angeschoben hatte. Regale mit Aktenordnern standen an den Wänden, wo

früher Bilder gehangen hatten und Großvaters Sammlung langstieliger Tabakspfeifen. Auch die Veranda voller Aktenschränke. Hinter den Schiebetüren unter den Fenstern war das Spielzeug versteckt gewesen, die Eisenbahn zum Aufziehen, das Schaukelpferd, die Kisten mit Bauklötzen, das Dorf aus bunten Holzhäusern. Das Badezimmer, jetzt Abstellkammer mit Besen und Putzzeug. In der Küche Frühstückspakete und Thermoskannen. In den ehemaligen Wohnzimmern saßen Frauen an Schreibtischen, klapperten auf Maschinen, blätterten in Ordnern und sahen nur flüchtig hoch. Thomas entsann sich des schwarzen Blüthnerflügels und des weißen Eisbärenfells. Am Fenster zum Fabrikhof hatte er auf seinem erhöhten Stühlchen gesessen und stundenlang zugeschaut, wie Güterwagen rangiert und entladen und von der kleinen Dampflok wieder hinausgezogen wurden.
Thomas hatte noch auf der Treppe gedacht, hier oben werde ihn eine große Rührung überkommen. Aber er nickte nur und wandte sich bald zum Gehen.
»Nischt mehr los«, flüsterte der Pförtner.
»Mein Großvater«, fragte Thomas leise, »war der wirklich so'n Nazi?«
Der Pförtner nickte.
»Hat er auch Leute ins KZ gebracht?«
Der Pförtner dachte einen Augenblick lang nach: »Nee, is mr nischd bekannt. Ich gloobe, so eener war er nich. Awwer mit'm Mundwerk, mei liiieber Mann!«
Die Großmutter hatte draußen gewartet.
»Wissen'Se noch«, fragte der Pförtner, »wie dr Herr Direggder jeden Middach um zwelfe iebern Hof is zum Middachbrot?«

Die Großmutter lächelte zum ersten Mal: »Wir mußten schon alle bei Tisch sitzen. Schweigend. Das Mädchen trug die Suppe auf, und wehe, die war schon kalt! Oder noch zu heiß! Dann gab's ein Donnerwetter.«
»So war er«, bestätigte der Pförtner, »genauso war er! Oh, Endschuldchung! Er is doch noch nich dood, oder?«
»Nein. Aber er ist ganz anders geworden.«
Die Großmutter wandte sich zum Gehen, aber der Pförtner hatte noch etwas: »Ham'Se denn ooch gelesen?« – er sprach hochdeutsch – »von unserem berühmten Prozeß?«
»Ja, ich habe davon gehört«, antwortete sie ausweichend.
Thomas hatte es natürlich in der Volkszeitung verfolgt, denn wer wußte, ob nicht auch über dieses Thema ein Aufsatz zu schreiben wäre. Letzte Woche war im großen Saal der Baumwollspinnerei, vor ungefähr fünfhundert Werktätigen, einer Bande der Prozeß gemacht worden, die angeblich große Mengen Lebensmittelkarten gefälscht und unter die Leute gebracht hatte. Mit Unterstützung des amerikanischen Geheimdienstes, hatte das Blatt berichtet, hätten sie die Lebensmittelversorgung der Republik sabotiert und gleichzeitig noch Kriegshetze gegen die Deutsche Demokratische Republik und alle Länder des Friedenslagers betrieben. Die Arbeiter hätten mit großer Genugtuung das Urteil gehört und bedauert, daß der Hauptangeklagte einfach nur die Todesstrafe bekam, anstatt zuvor noch einmal richtig arbeiten zu müssen.
»Ich glaube nicht, daß die das gemacht haben«, sagte Thomas.

Die Großmutter gab ihm einen Stoß in die Rippen.
»Beziehungsweise«, verbesserte sich Thomas erschrokken, »ich war ja nicht dabei. Aber wenn das Gericht sagt .... Wie hat es Ihnen denn gefallen?«
»Nu, 's war mal was anderschdes. Hier is ja normal nischd los. Un 's wird schon was dran gewäsen sin.«
Die Großmutter nickte: »Wenn das Gericht es festgestellt hat. Aber wir müssen jetzt gehen. Alles Gute!«
Der Pförtner nahm die Mütze vom Kopf und gab der Großmutter mit einer Verbeugung die Hand: »Un scheenen Gruß an Herrn Direggder! Soll de Ohren steif halten.«
Auf dem Rückweg zur Straßenbahn wurde nicht gesprochen. In der Eisenbahnunterführung blieb die Großmutter stehen und lehnte sich an die schmutzige Mauer.
»Ich muß mal verschnaufen«, erklärte sie. »Der Kreislauf, weißt du. Und der Besuch eben.«
Kurz vor der Endstelle der Straßenbahn sagte Thomas: »Wir machen weg.«
Die Großmutter blieb wieder stehen: »Ihr macht was?«
»Wir machen weg. Wir hauen ab. Nach Westberlin. Nächste Woche.«

16 Im »Feierabendheim Martin Andersen-Nexö« in Leipzig-Stötteritz wohnten die Großeltern mit über zweitausend alten Leuten. Die Großmutter sagte, da ihr Leben in diesem »Spittel« ende, sei der Begriff »Feierabend« der einzig angemessene. In der Ein-

gangshalle hing über Blumenschalen ein Foto von Martin Andersen-Nexö, dem fortschrittlichen dänischen Dichter. Thomas hatte gehört, Andersen-Nexö, der nicht mit Hans Christian verwandt war, habe gut gedichtet, aber er kannte niemanden, der etwas von ihm kannte. Verdächtig erschien, daß er sich die DDR zum Wohnen ausgesucht hatte, wo doch die meisten Vernünftigen überlegten, wie man entkommen könne. Neben Nexö hingen, erstaunlicherweise in kleinerem Format, Pieck, Grotewohl und Ulbricht. Die Großmutter hatte es immer furchtbar eilig, an den »Ölgötzen« vorbeizukommen. Der Weg führte durch endlose Gänge, die nach gebohnertem Linoleum und nach alten Leuten rochen. Hinter der Tür mit der Nummer 765 wohnten die Großeltern.
Tabakqualm schlug ihnen entgegen. Der Großvater saß beim Skat. Jeden Dienstag spielte er mit seinen beiden Skatbrüdern aus dem Heim. Seitdem er wegen seiner Venenerkrankung kaum noch aus dem Haus kam, war das seine Leidenschaft. Thomas kannte seit Jahren die beiden anderen. Herr Sonnemann stammte aus Königsberg und sprach oft sehnsüchtig von daheim, bis der zweite Skatbruder ihn energisch daran erinnerte, daß die Stadt jetzt Kaliningrad heiße und er sich jeden Revanchismus verbitte. Der zweite, das war Herr Plaumann, den die Großmutter immer nur »den Kommunisten« nannte. Herr Plaumann reizte gerade, Thomas kiebitzte. Er sah schwarz für Herrn Plaumann bei dessen Blatt. Er fand auch, die Eichel Zehn hätte nie und nimmer blank ausgespielt werden dürfen. Der lernt's nie, sagte ja auch immer der Großvater. Herr Plaumann verlor mit Pauken und Trompeten.

»Machen wir Schluß für heute«, bestimmte der Großvater und begann abzurechnen.
Der Kommunist stichelte wieder einmal: »Na, Junger Pionier, alles klar für den Ersten Mai? Kampftag der Arbeiterklasse?«
»Klar. Ich bastele an einer Adenauerpuppe, die wird angekokelt, wenn wir auf dem Karl-Marx-Platz an Paul Fröhlich vorbeimachen.«
»Revolutionäre Tat«, lobte der Kommunist.
»Latschen Sie auch mit?« fragte Thomas. »Ich meine, ob Sie auch demonstrieren.«
»Auf Arbeiterehre!«
Der Großvater hatte inzwischen sechsundvierzig Pfennig Verlust für den Kommunisten errechnet, von denen er selbst das meiste und Herr Sonnemann den Rest bekam.
Herr Plaumann klagte wie immer: »Daß ich als Aktivist der revolutionären Klasse immer blechen muß, noch dazu an einen alten PG, ist nicht im Sinn der historischen Wahrheit.«
»Es ist furchtbar ungerecht«, bestätigte der Großvater. »Es ist überhaupt alles furchtbar ungerecht.«
»In unserem Staat?« fragte der Kommunist.
»Auch in unserem Arbeiter- und Bauernstaat.«
Thomas erschrak.
»Auch in unserem Staat«, bestätigte der Großvater nochmal: »Sehen Sie: Dreiunddreißig sind Sie als Leiter beim Konsum rausgeflogen. Da hatten wir gewonnen. Fünfundvierzig bin ich bei der Baumwolle rausgeflogen. Da hattet ihr gewonnen. Heute sitzen wir beide in diesem Spittel und löffeln mittags die gleiche dünne Suppe. Wo ist denn nun, bitte, Ihr Sieg?«

Herr Plaumann dachte nach, dann nickte er: »Da haben Sie recht.«
»Sehen Sie! Die Frage ist nur: Sollen jetzt Sie eine Villa kriegen oder ich hier rausgeschmissen werden?«
»Villen gibt's nicht mehr. Die sind alle belegt. Oder beschlagnahmt.«
»Also dann: nächsten Dienstag wieder hier.«
Der Großvater stand auf, um seine Gäste an die Tür zu geleiten.
»Dieser furchtbare Mensch«, klagte die Großmutter, als die Tür zu war. »Kannst du nicht mit jemand anderem spielen?«
»Warum denn? Früher hätte ich ihn aus der Baumwolle rausgeworfen, und er hätte mir an einer dunklen Ecke am Plagwitzer Bahnhof eins übergezogen. Heute spielen wir zusammen Skat, und ich lasse ihn ab und zu gewinnen. Ist das nicht die perfekte Versöhnung der Klassen?«
»Er wird uns nochmal anschwärzen.«
»Weswegen? Alle meine Verfehlungen bis fünfundvierzig habe ich gebüßt. Neue nehme ich nicht auf mich. Ich bin für nichts und gegen nichts. Mir kann keiner mehr.«
Nazi! dachte Thomas. Der Pförtner der Baumwolle hatte klipp und klar gesagt, der Großvater sei ein Nazi gewesen. Thomas hätte gern danach gefragt, aber er traute sich nicht. Er tröstete sich damit, daß noch knapp zehn Tage Zeit zum Fragen waren.
»Thomas und seine Mutter gehen nach Berlin«, sagte die Großmutter.
Immer, fiel Thomas auf, war es still nach so einem Satz.

»Wir packen schon«, beendete er die Pause. »Ich bringe die Pakete zu verschiedenen Postämtern, damit keiner Verdacht schöpft.«
Der Großvater schüttelte den Kopf.
»Zuerst war ich wie vor die Birne geknallt«, gestand Thomas, »aber so ganz langsam gewöhne ich mich dran.«
»Der Großvater«, erklärte die Großmutter, »ist der Meinung, man sollte nicht flüchten.«
Der schüttelte wieder den Kopf: »Das stimmt so nicht. Ich bin der Meinung, wir Alten sollten nicht mehr flüchten. Ich selbst sollte nicht mehr flüchten. Ich löffle aus, was ich mit eingebrockt habe.«
Die Großmutter ging nebenan das Abendbrot vorbereiten.
»Wir waren heute in der Baumwolle«, erzählte Thomas, um von dem Thema abzulenken.
»Ach ja?«
Thomas war überrascht, daß der Großvater nichts fragte. Hatte er nicht beinahe vierzig Jahre dort gearbeitet? Praktisch sein ganzes Berufsleben lang? Tausende von Mitarbeitern kommen und gehen sehen? Verantwortung getragen bis zu seinem Rauswurf vor acht Jahren? Gab es da keine Fragen?
Es gab keine Fragen.
»Der Plaumann«, fragte Thomas nach einer Zeit, »ist das nun ein echter Kommunist oder so ein Nachkriegskommunist wie unser Brozulat?«
»Nein. Kein Trittbrettfahrer. Ein Kommunist von echtem Schrot und Korn. Arbeiterfamilie. Lupenreiner proletarischer Stammbaum. Vater Sozi, Deserteur im Ersten Weltkrieg. Er selbst KPD. Nach dreiunddreißig

Illegaler, KZ-Häftling, Arbeitslager. Flucht über Schweden in die Sowjetunion. Ich habe große Achtung vor ihm. Manchmal beneide ich ihn sogar dafür, daß er für seine Idee was riskiert hat. Das habe ich nicht. Ich war nur bei der Mehrheit.«

»Und du kabbelst dich nicht mit ihm?«

»Ich? I wo! Nicht im Ernst. Wir sind zwei alte Männer. Früher hatte ich recht, weil ich gegen ihn war. Danach hatte er recht, weil er gegen mich war. Es steht eins zu eins. Im Augenblick hat er eindeutig die Nase vorn. Aber wie es ganz am Ende ausgeht, weiß kein Mensch.«

»Aber ...«

Thomas fand, so einfach sei es ja nun auch wieder nicht.

»Abendbrot!« rief die Großmutter.

Sie hatte Ölsardinen aus dem Westen und Tee aus selbstgesammelten Hagebutten: »Festessen. Ist ja wohl das vorletzte Mal mit dir.«

Immer am Dienstag, wenn Thomas kam und übernachtete, aßen die Großeltern nicht im Speisesaal. Es war ihr Festabend der Woche. Thomas war froh, nicht hinauszumüssen aus den vier Wänden, die ihm so vertraut waren. Die wenigen, eng gestellten Möbel aus der großen Wohnung in der Spinnereistraße, der Grammophonschrank mit den krächzenden Platten, das quietschende Sofa, auf dem er später sein Nachtlager bekam. Hinter der Tür mit der Nummer 765 war ein kleines Reich.

»Wenn wir drüben Geld haben, schicken wir euch mal einen Räucheraal.«

Thomas wußte, seine Großmutter liebte Räucheraal, konnte sich förmlich hineinlegen. Wenn mal so ein Aal aus dem Westen ankam, aß sie so viel davon, daß sie, wie der Großvater sagte, sich den Magen verrenkte. Einmal hatte es sogar auf der Krankenstation geendet. »Aber nur im Winter«, riet sie. »Im Sommer liegen die Pakete so lange auf der Post, daß der Aal grün hier ankommt.«

»Ihr habt noch nicht gesagt, wie ihr findet, daß wir wegmachen.«

»Furchtbar für uns«, sagte die Großmutter, »aber richtig für euch.«

»Und was sagst du?«

»Für euch wahrscheinlich richtig.«

»Du würdest also nicht wegmachen?«

Der Großvater schüttelte den Kopf: »Wie gesagt. Wir können nicht. Wir haben ausgespielt, weißt du? Wir müssen das jetzt hier zu Ende bringen.«

»Unfug!« rief die Großmutter. »Wir brauchen nur unseren Mut zusammenzunehmen.«

»Wir haben keinen mehr.«

»Du hast keinen mehr.«

Der Großvater nickte: »Richtig.«

»Du denkst, du mußt abbüßen. Das ist ja ehrenwert. Aber warum ausgerechnet wir? Alle, die richtig Dreck am Stecken hatten, leben längst in Saus und Braus. Drüben! Im Westen. Greifen sich gegenseitig unter die Arme. Werden sogar wieder was. Das wollen wir ja nicht mal. Was ist mit deinem Neffen? Ein großes Tier war er, prächtig anzusehen in seiner schwarzen Uniform. Wenn er bei uns zu Besuch war, mußtest sogar du ängstlich deine Worte abwägen. Er schrieb in seiner Zeitung glühende Artikel zu Ehren des Führers. Denunzierte nachweislich mehrere Kollegen. Jetzt, im

Nadelstreifen, schreibt er im Westen glühende Artikel über die Demokratie. Verdammt die Bolschewisten. Beschwört das Gewissen. Aber du? Warst PG, schlimm genug. Hast aber keinen ans Messer geliefert. Denkst nun, du mußt in diesem Spittel sitzen und abbüßen.«

»Ja, denke ich.«

Die Großmutter winkte ärgerlich ab.

»Wenn es irgendeine Möglichkeit gäbe«, sagte der Großvater zu Thomas, »würde ich gern nach Norwegen fahren und das Grab deines Vaters besuchen. Das wäre ich ihm schuldig. Es waren schließlich meine Parteifreunde, die ihn umbrachten. Aber wie komme ich von Leipzig nach Norwegen? Ehe ihr geht«, fuhr er fort, »müssen wir übrigens noch etwas erledigen. Ich wollte dich eines Tages, wenn du groß bist, mit einem Mann zusammenbringen, der beim Tod deines Vaters dabei war. Ich dachte, mit achtzehn oder so wäre die richtige Zeit, daß du alles erfährst. Jetzt bist du erst dreizehn. Aber es hilft ja nichts. Wer weiß, ob du noch einmal nach Leipzig kommst. Ob wir dann noch leben. Du mußt in diesen Tagen noch sehr vieles tun, wofür es eigentlich zu früh ist.«

Später, als er zur Nacht auf dem Sofa lag und die Großmutter in ihrem Bett, während nebenan der Großvater vom Rauchen hustete, fragte Thomas: »In dieser Wohnung, wo wir heute waren, war es da schön?«

»Das weißt du doch.«

»Ich meine früher, als es mich noch nicht gab.«

»Es war wunderschön. Eine wunderbare Wohnung für ein so junges Ehepaar. So groß! Viel zu groß. Der Garten! Ein Paradies. Der Großvater hatte eine phantastische Stellung für sein Alter. Direktor! Nein, es war furchtbar schwer heute da draußen, an diese Zeit zu denken. Unsere Familienfeste, die Abiturfeiern der Jungs, die Verlobung deiner Eltern. Es war der wichtigste Teil meines Lebens, der sich dort abgespielt hat. Fast vierzig Jahre. Jetzt ist alles nur ein Nachklang.«

»Die Hochzeit meiner Eltern, erinnerst du dich daran?«

»Natürlich. Ich bin ja noch nicht verkalkt. Ein rauschendes Fest. Natürlich mußte ich mich an unsere eigene Hochzeit erinnern. Ich denke manchmal, es ist ein Naturgesetz, daß die Hochzeitsfeier der Höhepunkt ist. Der Höhepunkt des Lebensgefühls. Der Gipfel des Optimismus. Danach kommen die Schläge des Schicksals. Oder ist es nur eine Besonderheit unserer Zeit? Unserer Generation? Wird es bei dir wieder anders sein?«

Darüber hatte sich Thomas noch keine Gedanken gemacht.

»Der Großvater soll so 'ne Rede gehalten haben, daß alles in Butter wäre unter Adolf.«

»Das glaubte er ja auch. Darüber stritt er ja dauernd mit deinem Opa. Was hatten wir für eine Mühe, deine Oma und ich, die beiden Kampfhähne auseinanderzubringen.«

Thomas sprang in seinen Gedanken: »Eigentlich habt ihr's doch ganz schön hier. Ich meine, wer weiß, wo wir drüben landen. Nach so zwei Zimmern würden wir uns vielleicht die Finger lecken.«

»Richtig. Aber vergiß mal nicht, daß du am Anfang stehst und deine Mutter wenigstens in der Mitte, aber wir am Ende. In diesem Spittel! Die zwei kleinen Stübchen. Ohne fließend Wasser. Klo über den Gang. Der

Speisesaal mit ein paar hundert schlürfenden, schmatzenden alten Männlein und Weiblein. Das mir! Wo ich immer so etepetete war. Aber ich habe zufrieden zu sein. Es ist nun mal der Ausklang. Die Zeit damals kann mir keiner nehmen. Meine Großmutter, ich hatte auch mal eine, sagte immer: Die Erinnerung ist das einzige Paradies, aus dem wir nicht vertrieben werden können.«

»Berlin«, fragte Thomas, »da bist du doch aufgewachsen. Kennst du den Nollendorfplatz?«

»Natürlich.«

»Emil. Wenn wir jetzt nach Berlin kommen, möchte ich sehen, wo Emil und die Detektive den Herrn Findeisen mit dem geklauten Geld geschnappt haben.«

»Da hast du recht. Das ist wichtig. Das mußt du dir anschauen.«

Thomas überlegte zu fragen, wieso der Großvater, um Himmels willen, Nazi gewesen sei. Aber er konnte sich nicht überwinden. Er versuchte sich auf andere Weise dem Thema zu nähern.

»Dieser Kommunist, der ist ja eigentlich kein Umgang für den Großvater. Ich meine, da liegen doch Welten dazwischen. Die müßten sich doch von Rechts wegen hassen wie die Pest.«

»Nein, nein«, widersprach die Großmutter, »die passen ganz gut zusammen. Soll ich dir was erzählen? Du wirst erst am Ende merken, worauf ich hinaus will. Mein Vater war ja ein weiser Mann. Er hatte in seinem Leben große Erfolge und bittere Niederlagen. Der Kaiser verlieh ihm den höchsten Orden, nicht für einen Sieg im Felde, sondern für eine Tat, die den Menschen half. Am Ende verlor er gegen eine böse, heimtückische

Krankheit und nahm sich das Leben. Er kannte sich wahrhaft aus. Er hat mich etwas gelehrt, und darauf will ich hinaus: Die Gläubigen, sagte er, sind unser Übel und Untergang. Alle Gläubigen. Die Gläubigen der Kreuzzüge, die Eroberer des Heiligen Landes. Die Gläubigen des Dreißigjährigen Krieges. Die gläubigen Hexenverbrenner. Die Gläubigen Hitlers und die Gläubigen Stalins in unseren Tagen. Dabei hat mein Vater das Ende des Dritten Reichs und die Segnungen des Stalinismus gar nicht mehr miterlebt. Aber er wußte es. Sie wollten, sagte er, anfangs vielleicht etwas Gutes, vielleicht das Beste, wie sie es verstanden. Aber eines Tages lernten sie ein süßes Gift kennen und berauschten sich daran: die Macht. Mißtraue ihnen allen! Das lehrte mich mein Vater, als ich noch ganz jung war. Das war mein Glück. Dein Großvater hatte das Glück nicht. Er war schon als Kind ohne Vater. Er lernte beizeiten, daß das Leben Kampf ist, Kampf jeder gegen jeden. Die Welt voller Feinde. Die Reichen. Die Einflußreichen. Aber auch die Sozialisten, obwohl er eigentlich einer der ihren hätte sein müssen. Die Juden. Die reichen Juden waren seine Feinde, weil sie reich waren. Die armen Juden, weil sie seine Konkurrenten waren. Das internationale Judentum, glaubte er wirklich, wolle Deutschland vernichten. Adolf Hitler, glaubte er wirklich, werde Deutschland retten. Seine drei Söhne wollte er mit Gewalt auf seinen Glauben einschwören. Bei dem einen gelang es ihm auch. Was haben wir gestritten! Kein Konzentrationslager, keine Reichskristallnacht konnten ihn irre machen. Der Führer muß hart durchgreifen! Erst das Schicksal deines Vaters bekehrte ihn. Am Ende des Krieges und des Dritten

Reichs war er kein Nazi mehr. Aber da war es ja auch kein Kunststück. Heute hat er keinen Glauben mehr, an nichts. Wie so viele. Aber zum Glück beklagt er sich nicht. Niemals. Er lebt sein Leben zu Ende. Spielt Skat mit seinem Kommunisten, den er früher aus der Firma geworfen und der Polizei überantwortet hätte. Dieser Kommunist seinerseits könnte ja frohlocken über den Sieg seiner Idee, aber manchmal habe ich den Eindruck, die beiden alten Männer haben eingesehen, daß sie ein Leben lang völlig umsonst gehaßt haben.«
Nach einer Weile fragte die Großmutter: »Hast du überhaupt verstanden, was ich gesagt habe.«
»Ich weiß nicht«, antwortete Thomas. »Es ist vielleicht noch ein bißchen hoch für mich.«

17

Beim Frühstück nahm Thomas seinen Mut zusammen: »Warum warst du bei den Nazis dafür?«
Er traute sich nicht zu fragen: Warum warst du Nazi?
Der Großvater antwortete lange nicht. Thomas fürchtete schon, ins Fettnäpfchen getreten zu sein.
»Ich muß heute vormittag in die Stadt. Wegen meiner Rente. Ich fahre mit dir zusammen rein. Ich will dir etwas zeigen, ehe du mittags in die Schule mußt.«
Sie redeten beim Frühstück über anderes. Über die immer schlechter werdende Versorgungslage in der Zone, die Mindestrentnern kaum noch eine Anschaffung erlaubte oder mal ein Abendessen im Lokal. Alles war knapp, selbst Medikamente auf Rezept waren kaum noch zu kriegen, man mußte bei den Verwandten und Freunden im Westen darum betteln. Sie sprachen über

die immer deprimiertere Stimmung in der Zone. Die wachsende Angst nicht nur vor Enteignung, damit mußte jeder rechnen, der etwas besaß, sondern vor Verhaftung wegen »Wirtschaftsvergehens«, und als solches konnte fast alles ausgelegt werden, wenn man jemanden kaputtmachen wollte. Sie sprachen über den von Monat zu Monat anschwellenden Strom von Flüchtlingen. Die Zahlen im RIAS sanken kaum mehr unter zweitausend Flüchtlinge am Tag. Thomas erzählte von Peter Schneeberg, der bis zur letzten Minute nicht mit der Wimper gezuckt hatte.

»Freust du dich eigentlich auf den Westen?« fragte der Großvater.

»Nee. Das heißt, ich weiß es nicht.«

Genau dies war die Frage, die man Thomas zur Zeit am wenigsten stellen durfte. Er fragte es sich selbst, immer öfter, inzwischen fast jede Stunde. Aber er wußte es doch, verdammt nochmal, nicht!

»Gespannt bin ich«, sagte er.

»Wir müssen euch Adressen mitgeben. Wir haben so viele Freunde und Bekannte drüben, die vor euch gegangen sind. Sie werden euch helfen. Den Westdeutschen seid ihr nämlich nicht willkommen. Sie haben nur Angst, ihr nehmt ihnen was weg. Arbeit, Wohnung, Essen. Ihr braucht jetzt ein wenig Solidarität. Aber die kriegt ihr nur von denen, die auch geflüchtet sind.«

»Aber im RIAS sagen sie doch immer: unsere lieben Brüder und Schwestern in der Zone.«

»Richtig. Das ist eben der feine Unterschied: in der Zone. Sie sagen nicht: aus der Zone.«

Nach dem Frühstück fuhren sie mit der Linie 6 bis zum

Karl-Marx-Platz und stiegen um zum Neuen Rathaus. Thomas war seit erdenklichen Zeiten nicht mit seinem Großvater unterwegs gewesen. Wenn er es recht bedachte, war er immer nur allein oder mit der Großmutter auf Achse gewesen. Denn einen Vater hatte er ja nicht mehr, sein Stiefvater war ebenfalls tot, sein zweiter Stiefvater in den Westen geflüchtet, die Mutter hatte bis letzte Woche von früh bis spät in die Firma gemußt, Onkel Wolfgang ebenfalls, die Oma hatte den Haushalt um die Ohren und den Einkauf, der Opa war seit zehn Jahren tot, der Großvater schlecht zu Fuß und viel bettlägerig, die meisten Verwandten und Freunde geflüchtet, Fremden konnte man nicht vertrauen. Genaugenommen, dachte Thomas, bist du in der Zone verdammt allein.
Am Neuen Rathaus machte ihn der Großvater auf die Uhr aufmerksam mit dem lateinischen Spruch: ›Mors certa, hora incerta.‹ Er übersetzte: Der Tod ist gewiß, die Stunde ungewiß. Aber, erklärte er schmunzelnd, man könne auch übersetzen: Todsicher geht die Uhr falsch. Thomas lächelte dem Großvater zuliebe, obwohl er diesen alten Leipziger Witz schon auswendig mitsingen konnte. Mehr beeindruckte ihn die Schilderung, wie beim großen Angriff am 4. Dezember 1943 die Werksfeuerwehr der Baumwollspinnerei das Rathaus mit gelöscht und also verhindern geholfen hatte, daß eines der Wahrzeichen der Stadt abbrannte.
Sie gingen die paar Schritte zum Reichsgericht, das jetzt Georgii-Dimitroff-Museum hieß, weil der bulgarische Kommunist, wie Thomas gelernt hatte, im Reichstagsbrandprozeß der faschistischen Klassenjustiz unerschrocken die Stirn geboten hatte. Der be-

rühmte Disput des Angeklagten mit Göring, wovon es sogar Schallplattenaufnahmen gab, hatte allerdings nicht, wie viele meinten, im Reichsgericht stattgefunden, sondern Dimitroff war zur Gegenüberstellung nach Berlin gebracht worden, wo er dem dicken Nazi höllisch eingeheizt hatte. Der Großvater blieb vor dem Dimitroff-Reichsgericht stehen, wandte dem mächtigen Bau mit der grünen Kuppel jedoch den Rücken zu.
»Weißt du, was da drüben ist?«
»Klar. Da hockt die Vopo.«
»Ja. Dort drüben in der Wächterstraße, hinter dem Fenster im vorletzten Stockwerk ganz rechts, war ich nach Kriegsende eingesperrt. Fast ein halbes Jahr lang. Das ist einerseits nicht sehr lange, wenn man weiß, warum man eingesperrt ist. Ich wußte es ja: PG gewesen. Aber viele waren mit mir dort, die es nicht wußten. Wir konnten ja kaum miteinander reden, aber aus Brocken machte man sich ein Bild. Da waren welche, die einfach nur denunziert worden waren. Vielleicht vom Konkurrenten in ihrer Firma. Oder vom Liebhaber ihrer Frau. Ja, das gab es: Da kam einer unerwartet aus der Gefangenschaft heim, störte die neue Zweisamkeit und mußte aus dem Wege. Sie alle saßen da mit mir. Ich konnte das ungläubige Erstaunen beobachten: Die müssen sich doch geirrt haben! Die können mich doch gar nicht meinen! Es wird sich in ein paar Tagen aufklären! Dann bin ich wieder draußen. Ich wußte, wie gesagt, warum ich hier war. Zwar hatte ich niemanden umgebracht, aber ich hatte dieses Regime mit getragen, das so viele umgebracht hatte. Das war fast ebenso schlimm. Hatte Leute aus politischen Gründen nicht befördert oder sogar aus der Firma ge-

worfen. Dennoch, auch mir wurde die Zeit endlos lang, denn was hatten sie mit mir vor? Wenn wenigstens Verhöre gewesen wären. Wenn sie mir den Prozeß gemacht hätten. Aber sie hielten mich eingesperrt, Tag um Tag, Woche um Woche, Monat um Monat.«
Aus dem Gefängnis kamen zwei Volkspolizisten, der Großvater drehte sich um und tat, als betrachte er interessiert das Reichsgericht. Thomas tat ebenso.
»Hättest du doch gesagt, du hättest es dir anders überlegt und wärst jetzt Kommunist. Der Brozulat war auch Nazi und ist jetzt der schärfste Kommunist.«
»Eben! Die wechseln ihre Überzeugung schneller als das Hemd! Dazu muß man aber geboren sein. Als im Krieg mein ältester Sohn, dein Vater, verhaftet und verurteilt wurde, dachte ich zuerst noch: Es wird wohl recht sein! So schmerzlich es für einen Vater ist. Doch dann begann das Nachdenken. Und hörte nicht mehr auf. Aber wenn du ein Jahrzehnt lang das Regime gewünscht hast und, als es endlich an der Macht war, es ein Jahrzehnt lang gefördert hast, kannst du nicht auf den letzten Metern bis zum Untergang plötzlich aus dem sinkenden Schiff aussteigen. Irrtum! Pech gehabt! Nein, da mußt du eben bekennen.«
»War es schlimm in dem Gefängnis?« fragte Thomas.
»Natürlich. Ich meine nicht die Wassersuppe und die Wanzen. Daran gewöhnst du dich. Ich meine die Ungewißheit. Nichts zu erfahren. Dein Vater war ja tot, aber seine Brüder in Gefangenschaft. Du und deine Mutter hoffentlich am Leben, irgendwo in eurem Dorf in Thüringen. Die Großmutter durfte mich nur einmal im Monat besuchen, aber ich war nie allein mit ihr und erfuhr nichts über meine Familie. Deine Großmutter,

mußt du wissen, war immer anderer Meinung als ich gewesen, über das Dritte Reich und über Hitler. Nun hätte sie gut sagen können: Siehst du! Diesen Schlamassel hast du mit angerichtet. Aber sie hatte einfach nur Angst um mich. Ich selbst hatte natürlich auch Angst. Wir erfuhren bald von neu ankommenden Häftlingen die Gerüchte über Buchenwald und Sachsenhausen. Wir erfuhren erstens, was dort im Dritten Reich geschehen war, was wir nie genau gewußt hatten und auch nicht hatten wissen wollen. Aber zweitens hörten wir, diese Lager seien nicht aufgelöst und wir könnten dorthin kommen. Wir hatten Angst. Schreckliche Angst. Ich weiß noch, daß ich betete: Laß mich wenigstens hier bleiben! Oder vorher sterben.«

»Aber diese Lager sind doch befreit worden.«

»Ja. Aber nicht aufgelöst. Und manchmal wurden dieselben Leute wieder hineingesteckt. Nach einem halben Jahr in meiner Zelle dort drüben wurde ich eines Morgens weggeschickt. So plötzlich, wie ich abgeholt worden war. Allerdings wurde ich nicht wieder mit dem Auto transportiert wie bei der Verhaftung, sondern einfach aus dem eisernen Tor geschoben. Ich mußte nach Hause laufen, da ich kein Geld für die Straßenbahn hatte.«

»Da wäre ich aber schwarz gefahren.«

»Ja, du. Ich war wieder frei. So frei, wie man in der Ostzone sein konnte. Ich war rausgeschmissen aus der Firma, natürlich ohne Pension. Dafür bekam ich nie eine offizielle Begründung, so wenig wie für die Verhaftung. Aber ich sagte mir: Den anderen ging es früher ebenso, jetzt bin ich an der Reihe«.

»Aber das kann man doch nicht vergleichen«, prote-

stierte Thomas. »Der Krause sagt, wo gehobelt wird, da fallen zwar ein paar Späne, aber trotzdem sei das ganz was anderes.«
»Wir werden sehen. Wir werden warten, bis wir alles wissen über diese Ostzone und die glorreiche Sowjetunion. Dann können wir vergleichen. Beziehungsweise: Ihr könnt vergleichen. Wir sind dann lange tot. Was ich mit alledem sagen will: Es lohnt sich, verdammt nochmal, nicht. Ich hoffe, du wirst so alt, daß du eine Zeit erlebst, in der alle Ideologien gescheitert sind.«
Das war ein so großer Gedanke, daß sich Thomas vornahm, in Ruhe darüber nachzudenken, wozu jetzt keine Zeit war.
»In der Baumwolle hat uns der Pförtner von dem Prozeß erzählt. Findest du in Ordnung, daß sie den einen 'nen Kopf kürzer gemacht haben?«
»Ach, das Würstchen! Ein Kleinkrimineller mit seinen paar gefälschten Lebensmittelmarken. Aber es ist eben genauso wie früher: Wenn der Laden nicht läuft, werden Saboteure gesucht. Es darf ja nicht sein, daß es am System liegt. Ulbricht gehörte vor Gericht, nicht dieser ungeschickte Fälscher.«
»Also hätte man ihn laufenlassen sollen?«
»Nein, aber ein paar hinter die Ohren hätten gereicht.«
»Ihr hattet doch früher in der Baumwolle auch Kommunisten. Was habt ihr mit denen gemacht?«
»Ganz früher? Vorm ersten Krieg? Rausgeschmissen.«
»Fandest du das in Ordnung?«
»Damals ja. Die wollten weniger als sechzig Stunden die Woche arbeiten. Die wollten mehr als sechzig Pfen-

nig die Stunde verdienen. Wo sollte das hinführen! Damals. Wir hätten mit ihnen verhandeln sollen, anstatt die Polizei zu rufen.«
Thomas fragte nach der Zeit, der Großvater zog seine Uhr hervor. Thomas kannte sie: golden, mit Sprungdeckel, römischen Ziffern, einer eisernen Kette, in die eingeprägt war: ›Gold zur Wehr – Eisen zur Ehr – 1916‹.
»Elf durch.«
»Oh, ich muß.«
»Die Taschenuhr«, sagte der Großvater, »schenke ich dir, ehe ihr geht.«
Thomas lief zur Straßenbahn. Er drehte sich nochmal um und wollte winken, aber der Großvater schaute hinauf zu dem vergitterten Fenster.

18 Zu Hause wollte Thomas nur rasch seine Klaviernoten ablegen und seinen Schulranzen schnappen, um loszulaufen, aber die Mutter hielt ihn am Handgelenk zurück: »Onkel Manfred hat aus Hannover geschrieben.«
»Prima«, sagte Thomas, »grüß ihn schön.«
»Bleib doch mal stehen! Es ist ernst.« Sie nahm den Brief: »Er schreibt zum Beispiel: ›Wir erfahren hier ja manches beizeiten. Es gibt den Eindruck einer Zuspitzung. Man würde sich hier nicht wundern, wenn gewisse Bewegungen erschwert würden.‹ Verstehst du das, Thomas?«
»Nee.«
»Er mußte es verklausulieren. Der Brief ist ja wieder

mal aufgemacht worden. Hier, der Klebestreifen. Die bemühen sich nicht mal, es raffiniert zu machen. Was hier steht, heißt auf deutsch: Sie rechnen damit, daß die Grenze bald dichtgemacht wird.«

»Meinst du wirklich?«

»Es gibt zu viele Flüchtlinge. All die Bauern, die sich nicht in eine Kolchose zwängen lassen wollen. Sogar die Neubauern, die gerade erst mit großem Tamtam ihr Stück Land gekriegt haben. Die enteigneten Handwerker. Die kleinen Fabrikanten. Die Gastwirte. Die Ladenbesitzer. Jetzt will man denen sogar die Lebensmittelkarten streichen. Wer kann denn alles im HO kaufen, bei diesen Preisen? Der furchtbare Ulbricht will jetzt mit Gewalt seinen Sozialismus durchpauken.«

»Ach, der Spitzbart. Meinst du wirklich?«

»Ja, der Spitzbart. Es spitzt sich zu. Im RIAS gestern wieder: zweitausendfünfhundert Flüchtlinge an einem Tag! Und im Westen warnen sie immer lauter vor dem Flüchten. Weißt du was? Ich würde mich nicht mal wundern, wenn sie eines Tages von drüben den Hahn abdrehten.«

»Aber wir machen doch bald weg.«

»Ja, am ersten Mai. Aber ich frage mich, ob es dann nicht schon zu spät ist. Onkel Manfred deutet ja ganz vorsichtig die Gerüchte an. Sie könnten die Grenzkontrollen so verschärfen, daß wir nicht mehr rüberkommen.«

»Also?« fragte Thomas.

»Also kann es sein, daß wir etwas früher als am ersten Mai gehen. Das wollte ich dir nur sagen.«

»Eigentlich wollte ich dich fragen, ob wir nicht am zweiten Mai wegmachen können. Dann könnte ich am

ersten noch zu ›Chemie‹ gehen gegen Lok Stendal. Weißt du, noch ein letztes Mal, das wäre toll. Aber am dritten sollten wir auf jeden Fall weg sein, weil ich da bei diesem Konzert in der Volkshochschule auftreten soll.«
»Junge, du hast vielleicht Nerven! Ich glaube, du hast noch gar nicht begriffen, was hier gespielt wird.«

19 Das Stalin-Gedicht! Thomas hatte vergessen, es auswendig zu lernen. Das Gedicht von Johannes R. Becher zum Tod des großen Weisen. Aber der Kelch ging an Thomas vorüber, Fräulein Hase rief den linientreuen Rüdiger Lehmann auf, bei dem sie sicher sein konnte. Lehmann betonte zwar jede Zeile auf der letzten Silbe, blieb aber nirgendwo hängen.
In der großen Pause wurde Thomas zur Pionierleiterin gerufen. Er betrat ihr Zimmer mit etwas weichen Knien, denn ein solcher Ruf bedeutete meistens einen Tadel wegen ungenügenden Engagements für die Sache des Friedenslagers oder den Auftrag zu irgendeiner freiwilligen Selbstverpflichtung.
Thomas legte zum Pioniergruß die Hand mit den gespreizten Fingern auf den Kopf: »Seid bereit!«
»Immer bereit!«
Bloß nicht verquasseln! dachte Thomas und ballte heimlich eine Faust.
»Du bist nun seit fünf Monaten Junger Pionier«, begann die Pionierleiterin, am Tisch sitzend.
Thomas, vor ihr stehend, nickte wortlos.
»Du bist sehr spät Junger Pionier geworden.«

Es war auch höchste Eisenbahn, dachte Thomas. Die letzten vier der Klasse, die sich standhaft geweigert hatten, waren damals gemeinsam eingetreten. Das Fähnlein der dreieinhalb Aufrechten, wie Onkel Wolfgang sie spöttisch nannte. Sie waren natürlich vor allem eingetreten, weil sie sonst von vornherein keine Aussicht gehabt hätten, nach der achten Klasse auf die Oberschule zu kommen. Seit dem Eintritt gab es endlich keine lästigen Aufforderungen mehr, keine Anzüglichkeiten des Neulehrers Krause. Das blaue Halstuch trug sich wie ein Schutzschild, hinter dem man sich zunächst einmal unangreifbar fühlte.

»Am Geburtstag des großen Stalin sind wir eingetreten. Der Genosse Stalin ist der beste Freund des deutschen Volkes.«

Die Pionierleiterin nickte nachdrücklich.

»War«, verbesserte Thomas.

Er bereute erschrocken die Einschränkung. Das Ableben des teuren Genossen war zwar nicht zu bestreiten, sogar öffentlich eingeräumt worden. Aber historisch gesehen, das war jedem denkenden Menschen klar, konnte es sich nur um einen Irrtum handeln.

»Ich meine, warum du so spät eingetreten bist.«

Vorsicht!

Thomas überlegte blitzschnell Antworten: Ich hab's übersehen. Ich dachte, ich wäre schon drin. Alles Unsinn! Er hatte nicht gewollt. Zu Hause waren sie geteilter Meinung gewesen: Der Junge muß mit den Wölfen heulen, sonst bleibt er auf der Strecke! Das hatten wir unter Adolf schon mal, haben gebrüllt wie die Löwen und sind trotzdem auf der Strecke geblieben! Thomas hatte einfach nie eintreten wollen.

»Ich wollte eben zu Ehren von Stalins Geburtstag eintreten.«
Uff! Aus dem Schneider! Gegen dieses Argument war kein Einwand denkbar.
»Der Genosse Stalin«, lächelte die Pionierleiterin, »hat aber jedes Jahr Geburtstag. Oder hatte.«
Verdammt!
»Ja. Daran habe ich nicht gedacht.«
Die Pionierleiterin ließ zum Glück diesen Punkt links liegen und sprach etwas anderes an: »Wir leben in einer gefährlichen Zeit.«
Thomas nickte wieder. Bei dieser Behauptung konnte man mit Nicken überhaupt nichts falsch machen.
»Warum?« fragte sie.
»Warum? Naja, ganz allgemein. Wegen den Kriegstreibern und Monopolkapitalisten und so weiter.«
»In der Volkszeitung lesen wir gerade jeden Tag von den Jugendlichen, die geflüchtet sind, aber reumütig zurückkehren und über die Ausbeutung berichten und die verbrecherischen Machenschaften. Was hältst du von diesen Jugendlichen?«
»Die finde ich prima. Ich meine nicht, daß sie weggemacht sind, das ist dumm und verbrecherisch. Aber daß sie zurückgekommen sind. Und daß sie uns jetzt richtig mit der Brechstange die Augen öffnen. Und daß das sogar in der Volkszeitung steht, denn da kann man sicher sein, daß es auch stimmt.«
Die Pionierleiterin nickte wieder nachdrücklich.
»Hast du übrigens das Gefühl, daß in eurer Klasse der rechte Geist ist?«
»Sie meinen: der richtige? Manchmal denke ich, es könnte sein, daß nein.«

Wasserdichte Antwort, dachte er.
»Da hast du recht. Mir scheint, daß reaktionäre Elemente noch Einfluß ausüben. Einzelne gehen sogar noch in die Christenlehre.«
Die Pionierleiterin machte eine bedeutungsvolle Pause. Thomas schüttelte den Kopf, als könne er eine derart reaktionäre Haltung überhaupt nicht verstehen.
»Du gehst auch noch hin.«
»Ich?«
Thomas dachte jetzt schnell. Warum sollte er sich nicht mit der Pionierleiterin über Kreuz legen? In Grenzen natürlich. Was konnte sie ihm noch anhaben? Sie würde ihn schon nicht verhaften lassen, neun Tage vor der Flucht. Konnte man ihr jetzt nicht in aller Vorsicht ein paar bittere Wahrheiten sagen?
Aber nein! Die Mutter hatte auf der unauffälligsten Unauffälligkeit bestanden, sie geradezu verordnet. Bloß keine Experimente! Bloß nicht aus dem Ruder laufen! Im Gegenteil: einfach frech lügen.
»Ich gehe da hin, weil schon Lenin gesagt hat, man muß den Feind studieren, um ihn zu schlagen. Oder so ähnlich.«
»Unsinn! Ihr seid so heilig. Deswegen.«
»Nee, nee! Nix da! Diese Betschwestern kriegen mich nicht. Oder meine Seele. Die Brüder habe ich durchschaut. Auf Pionierehre!«
Die Pionierleiterin sah ihn durchdringend an: »Du kannst mich nicht veräppeln.«
»Pionierehrenwort!«
Sie sah ihn noch durchdringender an: »Bist du bereit, hier an diesem Tisch jede Woche zu berichten, was in der Christenlehre gehetzt wurde?«

Thomas erschrak. War er plötzlich in einen Agentenfilm geraten? Spion in der Christenlehre? Pfarrer Haase ans Messer liefern? Aber was wurde dort schon geredet! Letztes Mal die Geschichte aus der Bibel, in der Christus mit einem Fisch zweitausend Leute gesättigt hatte. Bei unserer augenblicklichen Versorgungslage, dachte Thomas, ist der SED wahrscheinlich sehr an diesem Trick gelegen. Aber warum fragten sie ausgerechnet ihn?

»Die Kirche«, erklärte die Pionierleiterin, »ist ein Hort der Reaktion. Der harte Kern der Feinde des Sozialismus. Junge Gemeinde. Agenten des amerikanischen Monopolkapitals. Diesen Sumpf müssen wir trockenlegen.«

Thomas verlegte sich aufs Hinhalten: »Was soll ich denn da rauskriegen? Die Bibelgeschichten sind ja an und für sich bekannt.«

»Bibel, Bibel! Wir wollen wissen, was diese Popen für staatsfeindliche Äußerungen machen. Wie sie Kinder und Jugendliche indoktrinieren. Diese sogenannte Bibel kennen wir natürlich auch.«

»Vielleicht sollte man für sowas jemand Geschulten haben. Man sagt ja, unsere Kämpfer an der unsichtbaren Front sind besonders qualifizierte Leute. Ob ich da ...«

»Auswerten wird das jemand anderes. Du sollst nur berichten. Wenn du das nicht mal hinkriegst, weiß ich wirklich nicht, ob du auf einer Oberschule was verloren hast.«

Aha! dachte Thomas. So läuft der Hase.

»Na gut, ich kann's ja mal versuchen. Diese Woche fällt die Christenlehre aber aus. Ich weiß nicht, ob es für Ihre Leute ’ne wichtige Information ist, aber der Herr Pfarrer hat einen Hexenschuß.«

»Naja, viel ist es nicht. Aber von Mai an kann ich mich auf dich verlassen!«

»Seid bereit!« grüßte Thomas zum Abschied.

20

Ich soll spionieren«, sagte Thomas abends, als er der Mutter beim Paketepacken half.

»Du sollst was?«

»Rumschnüffeln in der Christenlehre. Und der Pionierleiterin Bericht erstatten.«

»Dieses Pack!« rief die Mutter. »Kinder zu Spitzeln abrichten! Was haben sie dir denn dafür geboten?«

»Nichts Genaues. Die Sache mit der Oberschule. Aber nur vielleicht.«

Die Mutter war außerordentlich zornig: »Höchste Zeit, daß wir unser Bündel schnüren. Diese Ulbricht-Bande ist wirklich und wahrhaftig genauso schlimm wie die Nazis!«

»Aber es gibt auch welche«, wandte Thomas ein, »die richtig an den Kommunismus glauben. Es muß also was dran sein.«

»Immer gibt es welche, die daran glauben.«

»Sind das immer bloß die Doofen?«

Die Mutter unterbrach ihre Packerei und überlegte sich eine Antwort. Thomas war gespannt darauf, denn dies hatte ihm in seiner Familie noch niemand schlüssig erklären können: Das System, sagten sie, sei hundsmiserabel. Andererseits gab es einige intelligente und sogar sympathische Menschen, die daran glaubten.

Zum Beispiel Onkel Wolfgangs Freundin Eva, die gerade mit ihrer Studentengruppe der FDJ in Berlin war, Trümmer zu räumen und auf der Baustelle der Stalinallee das Werden der sozialistischen Hauptstadt der Deutschen Demokratischen Republik zu studieren. Zwar hielt die Oma diese Eva ganz unverblümt für ziemlich unbedarft, aber Onkel Wolfgang beharrte darauf, sie sei ein kluges Mädel, das außer dem Marxismus-Leninismus nur noch ein wenig das Leben studieren müsse.

»Die Frage ist immer«, begann die Mutter, »wie lange sie daran glauben. Wann ihnen endlich ein Licht aufgeht. Wenn einer fünfundvierzig meinte, nun müsse etwas ganz anderes kommen, das genaue Gegenteil des Gescheiterten, dann war das ja in Ordnung. Aber jetzt haben wir dreiundfünfzig. Jetzt haben wir nicht nur nichts Vernünftiges zu essen und anzuziehen, das wäre ja noch hinzunehmen.

Aber wir dürfen nicht sagen, was wir denken. Wir dürfen nicht lesen, was wir wollen. Wir dürfen nicht reisen, wohin wir möchten. Wir müssen zur Wahl gehen, obwohl jeder weiß, daß wir nichts zu wählen haben. Wir müssen ›Freundschaft‹ rufen, wie wir früher ›Heil‹ gebläkt haben. Wir müssen am ersten Mai vor diesen Ölgötzen vorbeimarschieren und Fähnchen schwenken wie Kindergartenkinder.«

»Diesmal nicht mehr.«

»Wem also acht Jahre nach dem Krieg noch immer kein Licht aufgegangen ist, dem kann nicht mehr geholfen werden.«

»Also sind es doch nur die Doofen?«

»Nein. Jetzt sind es vor allem die Gerissenen. Die mit

ihrem Bonbon am Revers ein gutes Leben haben. Irgendwo Leiter sind. Dienstwohnung. Dienstwagen. Diensttelefon.«

»Aber wenn man zu Anfang dafür war, meinst du . . .«

»Ich will dir mal ein Beispiel geben aus allernächster Nähe«, sagte die Mutter und ließ das Paketpacken sein, so daß Thomas mit einer längeren Geschichte rechnete. »Dein Stiefvater Werner, der mit dem Popo-scheitel auf dem Hochzeitsfoto. Er war als Oberschüler in den zwanziger Jahren und als Student vor dreiunddreißig ein glühender Hitlerianer. Ging in diese NSDAP, sobald sie ihn nur aufnahmen. Trug ewig diese entsetzliche braune SA-Kluft. Diesen Deckel auf dem Kopf mit diesem Kinnriemen, der das Gesicht so markig machte, weil man immer aufpassen mußte, daß der Riemen nicht rutschte. Abend für Abend war Werner mit seinen Kumpanen auf Kreuzzug. Von Gohlis bis Stötteritz und Connewitz. Für Deutschland! ›Proleten hetzen‹, wie sie es nannten. Kommunisten vermöbeln. Oft genug kriegte er selbst eins auf die Nase, aber das war ihm recht, denn sein Blut floß ja für Deutschlands Zukunft. Werner und ich waren, wie du weißt, Freunde seit dem Sandkasten. Aber diese Hitlerei ging mir ganz und gar gegen den Strich. Übrigens auch seiner eigenen Familie. Was diskutierten wir! Bei jedem Fest, und wir feierten viele, hieb Werner dazwischen. Jede harmonische Stimmung verwüstete er schon dadurch, daß er beim Eintreten den Arm hochriß und ›Heil Hitler!‹ brüllte. Er brachte jede Unterhaltung zu Tode, indem er auswendig aus ›Mein Kampf‹ zitierte und Stellungnahmen einforderte, natürlich zustimmende. Er war eine Landplage.«

»Warum habt ihr ihn nicht rausgefeuert?«

»Wir waren zu Toleranz erzogen. Auch gegen Intolerante. Wir glaubten, wir müßten geduldig mit ihm diskutieren. Mein Vater sagte, er könne verstehen, wenn nach dem verlorenen Krieg und in der wirren Weimarer Republik und der großen Wirtschaftsdepression junge Leute nach neuen Ufern strebten. Werner, sagte er, strebe nur nach dem falschen, man müsse seinen Glauben und seine Begeisterung auf ein anderes Ziel lenken. Manchmal denke ich, man hätte diese Kerle überall, wo sie auftauchten, einfach am Kanthaken nehmen und rauswerfen sollen. Vielleicht hätte das geholfen. Aber da ja ihre Häuptlinge in den vornehmsten Kreisen des Geld- und Blutadels verkehrten, hofiert und geschmiert wurden, konnten wir doch unseren armen Werner nicht vor die Tür setzen! Also ließen wir ihn räsonieren. Er versprach uns die Tilgung der Schmach von Versailles. Das Ende der Systemzeit. Den Sieg über das perfide Albion. Über die feigen Rothosen. Das waren die Franzmänner. Über die jüdisch-bolschewistische Macht der Finsternis. Die Brechung der Macht des internationalen Finanzjudentums. Den Anbruch des Tausendjährigen Reichs. So waren damals die Schlagworte. Sie klangen so ähnlich wie heute. Wären meine Brüder und ich nicht von Kindesbeinen zu Vernunft und Toleranz erzogen worden, hätte uns Werner vielleicht imponieren können. Statt dessen schauten wir ihn mit erstaunten Augen an und tippten uns hinter seinem Rücken an die Stirn. Machten unsere Witze, zum Beispiel über sein Gefasel von der germanischen Herrenrasse: Blond wie Hitler, groß wie Goebbels, schlank wie Göring. Was man so redete.

Wir nahmen diesen ganzen Quatsch überhaupt nicht ernst. Bis eines Tages, am dreißigsten Januar dreiunddreißig, das Radio meldete, dieser komische Rumpelstilz mit seinem Schuhwichsbart und seinem schnarrenden Österreichisch sei deutscher Reichskanzler geworden. Für ein paar Wochen! Dachten wir. Der konnte das doch gar nicht. Den würden doch die alten Kräfte in die Zange nehmen! In der Pfeife rauchen! Dachten wir. Unser Werner mit seinem DKW-Motorrad war zur Machtergreifung nach Berlin gerast. Historischer Augenblick! Noch in tausend Jahren werden sie davon sprechen! Ich weiß noch, wie er am nächsten Tag zurückkam, blaugefroren, es war ja Winter, aber glühend vor Begeisterung. Freu dich mal! sagten wir. Ehe es wieder vorbei ist. Tausend Jahre! schwor er. So war Werner. Feuer und Flamme.«

»Hat er euch verpfiffen?«

»Ich glaube nicht. Er sagte, sowas mache er nicht. Verprügelt hat er viele, die nicht seiner Meinung waren. Hatte dafür sogar einen hohen Parteiorden bekommen und ein paar Narben. Aber er war ein bißchen anders als die vielen Mitläufer, die dreiunddreißig urplötzlich ihr Herz für Hitler entdeckten. Oder fünfundvierzig für Stalin. Nein, Werner war ein glühender Nationalsozialist. Aber nun kommt das Entscheidende, auf das ich hinaus will: Er begriff nach dreiunddreißig schnell, was geschah. Er wurde daraufhin nicht, wie Millionen, ein lauer Nationalsozialist, sondern ein überzeugter Anti-Nationalsozialist.«

»Werner? Ja, das war einer!«

Die Oma war unbemerkt eingetreten. Sie trug mit beiden Händen das Paar bunter Pagageien aus Porzellan, das, fast lebensgroß, auf dem Vertiko in ihrem Zimmer stand.

»Wollt ihr die Viecher nicht mitnehmen? Opa hat sie mir zur Silberhochzeit geschenkt. Echt Meißen. Wenn ich sterbe, werden sie doch bloß verschleudert. Wolfgangs Eva stellt sich doch lieber eine Leninbüste hin.«

Die Mutter schüttelte energisch den Kopf: »Erstens stirbst du nicht so schnell. Zweitens ist nicht ausgemacht, daß Wolfgang am Ende Eva heiratet. Drittens stehen die Chancen fünfzig zu fünfzig, daß das Paket mit den Viechern unterwegs draufgeht. Herzlichen Dank, aber wir lassen sie hier.«

»Ich bin wirklich ganz deprimiert«, klagte die Oma. »Es werden immer mehr, die gehen. Dein Bruder Manfred und seine Familie, die Nachbarn, die alten Freunde, mein halbes Kaffeekränzchen. Jetzt ihr. Man fühlt sich richtig im Stich gelassen.«

Die Mutter schwieg. Seit fast einer Woche drehten sich diese Gespräche im Kreise. Die Oma klammerte sich an die Hoffnung, ihre Tochter zum Bleiben zu bewegen. Die Wiedervereinigung müsse doch kommen, warum also noch flüchten? Man müsse die Stellung halten. Bereitstehen, wenn der Umschwung komme. Nichts aufgeben, was sich dann andere unter den Nagel rissen. Die Wohnung, die Möbel, das Porzellan.

»Aber du kannst doch mit wegmachen«, sagte Thomas.

»Ich? Wo denkst du hin, Bub! Einen alten Baum ...«

»... verpflanzt man nicht. Weiß ich ja. Aber ein junger Baum macht ja auch nicht gern weg. Denkst du, ich bin wild darauf? Wo ich noch nicht mal weiß, wo ich hinkomme?«

»Die Papageien sind ja ganz staubig«, bemerkte die Mutter und stand auf, »komm mit, ich wische sie dir ab.«

»Ewig diese Erörterungen«, murmelte sie beim Zurückkommen und machte sich wieder über ihre Packerei her.

»Er wurde also Widerstandskämpfer?« fragte Thomas.

»Werner? Nein. Widerstandskämpfer wurde er nicht. Er wollte ja noch ein bißchen leben. Er wurde nur ein überzeugter Anti-Nazi. Das war damals schon viel. Nicht mitmachen, keine Fahne hissen, keine Nachbarn denunzieren, das war schon was! Wie heute. Den Freunden aus dem Ausland, Werner hatte viele ausländische Freunde, immer wieder klarzumachen, daß das Dritte Reich nicht das ganze Deutschland war. Das war nicht einfach, denn auf dem Höhepunkt der Begeisterung, bei den Olympischen Spielen, waren ja auch die meisten Ausländer von Deutschland begeistert. Werner verließ die Partei, als Scharen anderer eintraten, dein Großvater zum Beispiel. Auszutreten, war damals ein mutiger Akt, fast tollkühn. Als träte eben heute einer aus der SED aus. Warum habe ich dir das jetzt alles erzählt?«

»Weil du mir erklären wolltest, daß jemand Kluges nicht auf Dauer Nazi bleiben konnte.«

»Richtig. Oder Kommunist. Aber jetzt muß ich wirklich packen. Wir wollen nächste Woche weg und haben gerade ein Dutzend Pakete geschickt.«

»Heute mittag hast du gesagt, wir wollen vielleicht früher weg. Wegen Onkel Manfreds Brief.«

»Ach, vergiß das mal! Wir wollen uns nicht irre machen lassen. Es ist schon so eine aufregende Sache.«

Thomas half packen. Das Geschirr war an der Reihe, das einfache mit Streublumenmuster, denn das Meißner Service blieb in Leipzig. Sie würden drüben nicht zu großen Festgelagen einladen, vermutete die Mutter, sondern in ihrem möblierten Zimmer ihr Brot mit Margarine und Streichwurst essen. Onkel Wolfgang meinte zwar, dazu wäre Meißen ein außerordentlich reizvoller Kontrast, aber die Mutter dachte ganz nüchtern an die Chance der Pakete, im Westen anzukommen: fünfzig zu fünfzig. Also blieb das Meißner hier. Statt dessen wickelte Thomas das etwas stumpfgewetzte Streublumenservice in die Leipziger Volkszeitung und verstaute es in einem Karton.

»Und warum hast du Werner dann geheiratet?«

»Warum?«

»Ja, warum?«

»Weil ich Witwe war und nicht für immer mit dir alleinbleiben wollte. Nein, weil ich ihn nach Jahren wiedertraf und wir uns verliebten. Oder vielleicht auch nur, weil er an die Ostfront zurückmußte, wo sie starben wie die Fliegen.«

»Mit anderen Worten: Du weißt es selbst nicht.«

»Wahrscheinlich hast du recht. Wir trafen uns nach langen Jahren auf ganz verrückte Weise. Es war im Sommer vierundvierzig auf dem halbzerbombten Leipziger Hauptbahnhof. Ich hatte Kleidung und Wäsche aus der zerstörten Wohnung geholt und wollte zurück nach Georgenthal, unser Thüringer Schlupfloch, wo wir uns vor den Angriffen sicher fühlten. Ich buckelte mit meinen Koffern über die Holzbohlen auf dem Querbahnsteig zum Zug nach Gotha. Er ging von Bahnsteig siebzehn, das weiß ich noch aus irgendeinem

Grunde. Ich mußte die Koffer abstellen und verschnaufen. Da trat ein Soldat auf mich zu, ein Landser in gewöhnlicher Uniform, lüftete sein Käppi und verbeugte sich: ›Gnä' Frau, darf ich behilflich sein?‹ Ich dachte, mich trifft der Schlag. Werner! Nach meiner Hochzeit sechsunddreißig hatten wir uns zwei-, dreimal wiedergesehen. Das letztemal vor Kriegsausbruch. ›Mensch, wo kommst du denn her?‹ Er lachte. ›Ich komm nicht her, ich will hin. Oder muß. An die Ostfront.‹ Wir hatten noch Zeit, gingen meine Koffer im Zug verstauen, einen Sitzplatz kriegte ich sowieso nicht, man war froh, wenn der Zug überhaupt noch bis Gotha durchfuhr und man einen Stehplatz hatte. Wir gingen einen Kaffee trinken. Was man vierundvierzig eben Kaffee nannte. Ich sehe uns noch in dem überfüllten Restaurant sitzen, wohin du jetzt manchmal mit deiner Großmutter eine Fleischbrühe trinken gehst. Das Restaurant war damals ziemlich demoliert, wie der ganze Bahnhof. Wir saßen nicht allein am Tisch, redeten ganz leise, tuschelten eigentlich. Daran hatte man sich im Dritten Reich gewöhnt wie heutzutage. Außerdem im Krieg überall die Plakate: ›Feind hört mit!‹ Werner war als einfacher Soldat eingezogen worden, konnte wegen seiner Vorgeschichte trotz Abitur nicht Offizier werden. Funker war er. Das heißt, er lag immer in vorderster Linie in seinem Erdloch und funkte seine Beobachtungen zurück zu seiner Einheit. So erklärte er es mir jedenfalls. Wenn sie unter feindlichem Beschuß lagen, erzählte er, kamen die Essenträger manchmal zwei Tage lang nicht nach vorn. Und man kam auch nicht aus seinem Loch heraus. Nicht mal, um aufs Klo zu gehen. Die Läuse fraßen einen schier auf. Im Winter, erzählte Werner, hatten sie manchmal fünfunddreißig Grad unter Null, im Sommer ebenso viel über Null. Er sagte: ›Ich weiß gar nicht, warum wir das alles aushalten. Warum wir nicht einfach kaputtgehen.‹ Als wir auf dem Bahnsteig waren, wo man unbelauscht reden konnte, sagte er: ›Wir sind dort draußen nicht zum Gewinnen. Nie waren wir dort zum Gewinnen. Das wußte jeder Einsichtige. Es war immer nur die Frage, ob ein paar von uns überleben.‹ Dann mußte er zu seinem Zug nach Rußland und ich zu meinem nach Thüringen. Zum Abschied gab er mir einen Kuß.«

»Aha! Und da war's passiert.«

Thomas dachte: So werden wir nie fertig mit Packen. Aber er war mit einemmal gespannt auf alle diese Geschichten, nach denen er vorher nie gefragt hatte. Werner war nie mehr als ein Name für ihn gewesen. So wie sein leiblicher Vater, der Hans geheißen hatte. Über beide wußte er bis zu diesem Tage so gut wie nichts. Er überlegte, daß er vor allem die Großeltern und die Oma und Onkel Wolfgang noch einiges fragen müsse bis zum 1. Mai. Denn wann, wenn überhaupt, würde er sie wiedersehen? Und Fräulein Sommer mußte auf jeden Fall die Geschichte von Leo zu Ende erzählen.

»Wir schrieben Feldpostbriefe. Wir schrieben über all die normalen Dinge dieses unnormalen Alltags. Wir schrieben keine Liebesbriefe, aber kurz vor Weihnachten schlug er mir Silvester als Hochzeitstag vor. Ich fand das völlig normal und antwortete, ich würde in Leipzig alles organisieren. Aber was heißt alles? Den Termin beim Standesamt, mit Vorzug, da Werner nur ein paar Tage Heiratsurlaub bekam. Aber kein Fest. Keine Gäste, keine Freunde, keine Verwandten. Ein

Abendessen zu zweit. Der Krieg ging ja dem Ende entgegen, das wußte jeder, danach wollten wir mit den Überlebenden groß feiern, so groß es ging in den Trümmern unserer Existenz. Die paar Tage um Silvester in Leipzig waren eigentlich deprimierend. Es war nicht nur kalt und naß, es war jede Freude versiegt. Die Menschen duckten sich förmlich unter ihrem Schicksal, das längst entschieden war, dessen Vollzug sich aber unsinnigerweise Woche um Woche und Monat um Monat hinauszögerte. Wir besuchten ein paar Freunde, dann mußte Werner wieder an die Front. Beim Abschied sagte er: ›Wie heißt es in der Internationale? Auf zum letzten Gefecht!‹ Das waren wirklich seine Worte, ehe er in den Zug stieg.«

»Und dann ist er gefallen.«

»Ja, dann ist er gefallen. Vielmehr verwundet worden.«

»Wie ist das passiert?«

»Eine Granate ist in der Nähe explodiert. Ein großer Splitter traf ihn im Rücken. In die Lunge. Riß Uniformfetzen in die Lunge. Das Blut strömte. Er schrie um Hilfe. Aber er lag lange in seinem Loch, ehe sie ihn bergen konnten. Dann das Feldlazarett, wo sie nichts machen konnten. Wo sie nur wie am Fließband Gliedmaßen amputierten, weil das noch mit relativ einfachen technischen Mitteln zu machen war. Dann ab in den Verwundetentransport Richtung Heimat. Tagelang auf der Bahn. Kaum noch Verpflegung an den Bahnhöfen. Manchmal gerade noch Wasser. So erzählte er es mir. Fieber. Schmerzen. Angstträume. Nach Dresden. Dresden war damals ein einziges Lazarett, vom Krieg noch nicht berührt. Schulen als Notlazarette, in so eines kam er, wurde auf einem Flur abgestellt, wartete. Das erfuhr ich ja alles erst, als ich endlich in Dresden ankam.«

»Wie kam man denn damals von Georgenthal nach Dresden?«

»Wir saßen in Georgenthal beim Abendbrot, als ich von unseren Wirtsleuten ans Telefon gerufen wurde. Auf dem Postamt in Gotha lag ein Telegramm für mich und wurde mir vorgelesen, ungefähr so: ›Ihr Gatte in besorgniserregendem Zustand ins Lazarett Dresden eingeliefert. Sofortiges Kommen erwünscht.‹ Ich packte sofort ein Köfferchen, das konnten wir ja inzwischen gut, ließ dich bei der Oma und machte mich auf den Weg. Mit der Bimmelbahn bis Gotha. Mitternacht. Von Gotha kam ich nicht weiter. Es gingen fast keine normalen Züge mehr, nur Wehrmachtszüge, Fronturlauberzüge, aber die durfte ich nur mit Genehmigung benutzen. Für die Genehmigung brauchte ich das Telegramm des Lazaretts, aber das lag ja auf dem Postamt. Also lief ich in der Kälte durch die verdunkelte Stadt zum Postamt. Da war sogar jemand, es war ja Krieg, aber für das Telegramm müsse ich um acht wiederkommen. Ich bettelte, ich schimpfte, ich schrie. Ich muß so lästig gefallen sein, daß er mir das Stück Papier heraussuchte. Zurück zum Bahnhof. Um vier ein überfüllter Zug, der sogar über Dresden gehen sollte. Ich kauerte in einer Ecke des Gangs und schlief. Gegen acht war auf freier Strecke Fliegeralarm. Ich weiß nicht mehr, wo das war. Alle raus und in den Wald gerannt. Vier Tiefflieger, die hatten ja inzwischen freies Tanzen über dem Reichsgebiet. Einer zerschoß zwei der mittleren Waggons, sie konnten aber nicht abgekoppelt werden, fuhren weiter mit, in den anderen wurde es noch enger. Gegen Mittag Dresden. Das Rote Kreuz bemühte sich, das Lazarett ausfindig zu machen, wo Werner lag. Sie telefonierten und telefonierten, fast eine Stunde lang. Ich saß wie auf glühenden Kohlen. Es konnte doch um jeden Augenblick gehen. Diese Schule nannten sie mir endlich, drüben in Neustadt. Straßenbahn, Dresden war ja noch intakt. Über die Brücke. Die Schule, das Treppenhaus, der Gang, das Bett! Gott sei Dank! Er lebte. Er sah entsetzlich schlecht aus. Versuchte zu lächeln: ›Heimatschuß. Wojna kaput! Der Krieg des Gefreiten Werner ist zu Ende.‹ Ja, in diesem Moment war ich glücklich.«

Thomas wollte fragen, wie es weiterging, aber er schwieg. Er überlegte, daß er damals von alledem nichts geahnt hatte. In Georgenthal hatte er gesessen, gerade fünf Jahre alt, betreut von seiner Oma, die ihm bestimmt nichts erzählt hatte, weil das doch keine Geschichten für Kinder waren. Es war Winter gewesen, schöner thüringischer Waldwinter. Bestimmt waren sie gerodelt, nicht so viele Stunden des Tages wie sonst, denn die Oma war schon alt, Mitte sechzig. Nichts hatte Thomas davon mitbekommen, daß auch sein zweiter Vater nun tot war. Hatte er wenigstens beachtet, daß die Mutter als Witwe in schwarz zurückkehrte? Er konnte sich nicht erinnern.

»Ich kriegte irgendein Zimmer in der Nähe, aber da war ich fast nie. Frühstück, soweit sie was hatten, Schwarzbrot, Marmelade, Muckefuck, aber es war mir egal. Ich war den ganzen Tag und die halbe Nacht im Lazarett. Saß an seinem Bett. Konnte ihm nicht helfen. Den Schwestern half ich die Verwundeten versorgen.

Sie hatten viel zuviel zu tun, jeden Tag neue Transporte von der Ostfront. Eine furchtbare Arbeit. Als kleine Kinder, im Ersten Weltkrieg in der Pfalz, hatten wir Lazarett gespielt, Verwundete und Krankenschwestern. Marmelade geklaut, damit wir Blut hatten, Taschentücher als Verbandszeug, den armen Soldaten dramatisch Wasser eingeflößt. Aber nun Ernst. Noch nie in meinem Leben hatte ich soviel Blut und so viele Wunden gesehen. Manchmal dachte ich, ich kann nicht mehr hinsehen. Aber man kann. Die Schwestern konnten es ja auch. Irgendwie vertrieb es mir sogar die schlimmen Gedanken. Ich sah ja, Werner ging es immer schlechter, und hörte von dem Arzt: ›Wenn wir bloß Penizillin hätten!‹«

»Was für Zillin?«

»Das Wundermedikament. Die Wunderwaffe gegen den Tod. Die anderen hatten es, wir Deutsche nicht. Oder besser gesagt: Wir hatten Penizillin nur für ganz wenige. Für die Goldfasane und Parteibonzen. Aber nicht für den Gefreiten von der Ostfront.«

»Warum denn nicht? Der hat doch nicht mehr mitgekämpft. Dem hätten sie doch was geben können.«

»Du denkst immer so schön logisch. Warte nur, bis du erwachsen wirst! Wenn man sich so in Haß verstrickt wie in diesem widerwärtigen Krieg, ist es eine Freude, die Verwundeten sterben zu lassen. Die feindlichen. Auf beiden Seiten. Nun, wir sprachen, wenn Werner bei Bewußtsein war, über das Ende des Krieges und das Leben danach. Ich hatte das berühmte Foto von meiner ersten Hochzeit, wo Werner ja Gast war, zufällig kurz vorher in Georgenthal ausgekramt und beim Aufbruch in die Tasche gesteckt. Ich weiß auch nicht warum. Wir amüsierten uns über seinen Poposcheitel. Wir planten unser eigenes nachgeholtes Hochzeitsfest nach dem Krieg, mit geborgtem Geschirr und Besteck, falls wir überhaupt was Eßbares auftreiben könnten. Mit allen Freunden, die noch lebten und nicht gefangen oder vermißt oder evakuiert waren. Dann solltest du noch Geschwister bekommen, mindestens aber eine Schwester, die sollte Marlene heißen. Ihr solltet eines Tages das Geschäft übernehmen, die Weinhandlung, die bis dahin natürlich längst aus den Trümmern wieder aufgebaut wäre. Vielleicht würden wir sie zusammenlegen mit Opas Firma und Wein und Suppenpulver anbieten. Wir waren manchmal richtig ausgelassen, aber ich wußte Bescheid. Und er wohl auch.«

Nach einer Weile fuhr sie fort: »Er wurde fast fünfunddreißig Jahre alt. Ganz schön alt für einen Deutschen in dieser Zeit. Wir werden nächste Woche, ehe wir abfahren, noch auf den Südfriedhof gehen und alle Gräber besuchen.«

»Und dann war der Angriff auf Dresden?« fragte Thomas.

»Ja, aber den habe ich gar nicht richtig wahrgenommen. Ich fuhr spätabends zum Hauptbahnhof. Schaute nicht aus dem Fenster, wollte nichts mehr sehen. In den Zug, wieder so ein Wehrmachtszug. Kurz hinter Dresden Fliegeralarm, wir stiegen wieder mal auf freier Strecke aus. Irgendwo zwischen Dresden und Döbeln. Dann hörten wir in der Nacht die Bomber, hundertfach dieses Geräusch, das ich nie vergessen werde. Die Explosion der Bomben, der Feuerschein. Wir ahnten nicht, was mit Dresden geschah. Ich erfuhr es erst später im Radio. Ich war auch so weit weg mit meinen Gedanken. Ich dachte nur: Daß Werner heil nach Leipzig kommt, damit sie ihn auf dem Südfriedhof begraben können. Neben seiner Schwester. Und daß ich zur Beerdigung wieder einen Zug erwische. Verrückt, nicht wahr? Ich dachte nicht daran, was den Lebenden in Dresden geschah.«

»Habe ich dir gesagt, daß wir nächste Woche mit der Klasse nach Dresden fahren?«

»Nein.«

»Doch. Montag. Morgens hin, abends zurück. Thermosflasche mit Tee und zwei hartgekochte Eier. Wenn wir haben.«

»Na, dann wirst du ja noch kennenlernen, wie Dresden nach diesem Krieg aussieht. Ich selbst will das gar nicht mehr wissen. Ich habe, wie wir alle, Dresden geliebt. Wie oft fuhren wir hinüber, zum Beispiel in die Semperoper zu Karl Böhm. Oder in die Gemäldegalerie zur Sixtinischen Madonna. Ins Grüne Gewölbe zu Dinglingers Kunstwerken. Mir ist erst nach dem Krieg bewußt geworden: Diese schönste Stadt Deutschlands, in Jahrhunderten erbaut, in ein paar Stunden vernichtet, wird nie wieder sein wie früher. Nie. Ich habe das alte Dresden noch eine Stunde vor seinem Tod gesehen, aber nicht beachtet. Ist es nicht verrückt?«

»Ja. Und dann?«

»Zurück nach Georgenthal. Zu dir und Oma. Warten, warten, warten. Auf das Ende des Wahnsinns. Um dann ganz neu zu beginnen. Konnte man überhaupt neu beginnen? Wozu sollte man? Ich weiß nicht, was ich getan hätte, wenn du nicht gewesen wärst.«

Die Mutter gab sich einen Ruck: »Jetzt packen wir mal endgültig dieses blöde Geschirr ein.«

21 Mutti muß zur Volkspolizei«, flüsterte die Oma, als Thomas am Donnerstagmittag aus der Schule kam. Sie flüsterte so leise, als könne der Hausbeauftragte das Ohr an der Wohnungstür haben.

»Warum?«

»Das ist es ja! Wir haben keine Ahnung. Wir haben Angst, die wollen euch verhaften. Hättet ihr das alles bloß gelassen!«

Im Wohnzimmer stand das Essen unangetastet auf dem Tisch. »Was heißt schon: ›zur Klärung eines Sachverhalts‹?« fragte Onkel Wolfgang gerade. »Das kann alles oder nichts heißen. Jeden Tag werden hundert Leute einbestellt zur Klärung eines Sachverhalts. Wenn sie euch wirklich einbuchten wollten, würden sie keine Vorladung für nächsten Montag schicken, sondern morgen früh halb fünf vor der Tür stehen.«

»Wieso halb fünf?« fragte Thomas.

»Weil das die übliche Zeit ist, um den Bürger kalt zu erwischen in seinem warmen Bett.«

»Vielleicht stehen sie eine Ecke weiter im Hausflur«, überlegte die Mutter, »und warten, daß wir mit unseren Koffern zur Straßenbahn loszittern. ›Machn' Se ma den Goffer uff! Was schlebbn' Se denn da wech? Wo wolln Se denn hinmachen?‹ Und dann sitzen wir in der Wächterstraße hinter schwedischen Gardinen.«

»Anne, du gerätst jetzt in Panik. Überleg doch mal! Das wäre viel zu aufwendig. Da müßten sie ja Tag und Nacht im Hausflur stehen. Ausgerechnet euretwegen! Ihr seid ganz kleine Lichter. Da müßten sie ja in jedem

dritten Hausflur von Leipzig stehen. Ach was, in jedem! Die Leute hauen zur Zeit ab wie die Lemminge.«
»Falsches Wort«, verbesserte die Mutter. »Lemminge stürzen sich bekanntlich scharenweise in den Tod. Wir stürzen uns in ein neues Leben.«
»In ein höchst ungewisses Abenteuer«, verbesserte die Oma.
»Das Abenteuer Ostzone ist hingegen ganz gewiß«, erwiderte die Mutter mit Schärfe.
Thomas hatte Hunger und griff zu, obwohl er die schlechten Kartoffeln jeden Tag mehr haßte und Schellfisch mit Senfsoße auch nicht sein Fall war. Von irgend etwas mußte man aber leben bis zur Flucht.
Seit fast einer Woche gab es bei Tisch die Gespräche um Für und Wider, Sinn und Unsinn von Bleiben und Flüchten. Die Oma ließ nicht locker in den Bemühungen, ihre Tochter zum Bleiben zu bewegen. Onkel Wolfgang zeigte Verständnis, redete aber nicht zu, um nicht eines Tages Vorwürfe zu bekommen. Die Mutter wirkte von Tag zu Tag entschlossener. Thomas hatte begonnen, sich mit dem Gedanken abzufinden, und spürte manchmal schon Neugier auf diesen Westen und das neue Leben. Hätte er selbst entscheiden können, wäre er jedoch immer noch eher geblieben.
»Warum haust denn du eigentlich nicht ab?« fragte er Onkel Wolfgang.
Der warf einen Blick zur Oma und hob die Schultern.
»Du weißt ja«, sagte er, »sobald Eva ihr Examen hat.«
»Und wenn sie bis dahin in Berlin wirklich 'n Zaun gezogen haben?«
Das Fluchtthema war Onkel Wolfgang spürbar unangenehm.

»Jetzt weiß ich immer noch nicht, ob wir bis zum ersten Mai warten oder einfach heute zum Hauptbahnhof fahren und in den Zug nach Berlin steigen«, sagte die Mutter.
»Wart ab und verhalte dich unauffällig«, riet Onkel Wolfgang. »Kannst ja mal bis Montag aufhören, Pakete zu packen und zur Post zu schleppen. Tu die leeren Kartons wieder in den Keller. Räum deinen Kram wieder in die Schränke. Benimm dich ganz normal.«
»Was ist schon normal in der Zone?«
»Bestell Karten fürs Gewandhaus. Bring irgendwas zur Reparatur. Den Tauchsieder oder so. Er wird sowieso nicht repariert. Aber wenn sie dich wirklich überwachen, kannst du sie damit nasführen. Sie können sich nicht vorstellen, daß jemand weniger blöd ist als sie selbst. Geh doch mal und bemüh dich um eine neue Stelle! Das macht einen zuverlässigen Eindruck. Es glaubt dir sowieso keiner, daß du zu Hause sitzt und wartest, daß dir eine Arbeit in den Schoß fällt. Ja, das wäre wirklich das beste: Losgehen und dich um eine neue Stelle bemühen.«
»Das machst du ja selbst nicht.«
»Ich will ja im Moment auch nicht weg.«
Thomas versuchte den Gedanken zu ordnen: Onkel Wolfgang, der vorläufig bleiben wollte, bemühte sich noch nicht um eine neue Stelle; die Mutter, die gehen wollte, sollte es tun. Die sind ja plemplem, dachte er.
»Wenn ich bloß wüßte, was sie von mir wollen! Thomas, hast du irgendwas ausgefressen?«
»Ich? I wo!«
»Habt ihr mal wieder mit dem Fußball was zerschossen?«

»Nein. Das heißt, es hat niemand gesehen.«
»Hast du dich irgendwo verplappert? Politisch?«
»Ich doch nicht.«
Du Bolschewist! Thomas stieg das Blut in den Kopf. Der blöde Kerl, der ihn beim Heimweg mit Petra belästigt hatte. Thomas hatte ihn wütend angeschrien: Du Bolschewist! Das konnte man drehen und wenden, wie man wollte: Es war nicht in Lob und Anerkennung umzudeuten. Kam jetzt das dicke Ende? Thomas preßte die Lippen zusammen.
Die Oma hatte sich bisher nicht eingemischt, jetzt riet sie: »Am besten verschiebt ihr die Flucht, bis Gras über die Sache gewachsen ist.«
»Über welche Sache denn? Wir wissen es ja nicht mal.«
»Das ganze ist sowieso zu gefährlich.«
Die Mutter schüttelte den Kopf: »Alles Unsinn! Wir gehen. Und es bleibt beim ersten Mai. Da müssen wir jetzt durch.«
Sie tat sich Kartoffeln und Schellfisch auf.
Es klingelte. Sie schraken zusammen. Thomas lief zum Fenster und schaute hinunter auf die Straße.
»Keine Vopos«, flüsterte er.
Auf ein Kopfnicken Onkel Wolfgangs lief er zur Wohnungstür.
»Ach, der Herr Mohrmann!« rief er erleichtert und strahlte den Hausbeauftragten an.
»Darf ich mal?« fragte Herr Mohrmann und trat bereits ein.
Er schaute sich mit dem suchenden Blick um, der einem wirklich aufmerksamen Hausbeauftragten anstand. Es schien, als wolle er am Tisch Platz nehmen, aber niemand forderte ihn dazu auf.

»Die Hauswandzeitung«, sagte er schließlich. »Thomas, du hast das letztesmal zum Ersten Mai sehr ordentlich gemacht. Wenn du diesmal wieder, gell?«
»An und für sich habe ich mit der Adenauerpuppe ...«
Er spürte einen Knuff im Rücken.
»Ich mach das schon«, versprach er rasch.
»Uff!« machte die Mutter erleichtert, als Herr Mohrmann gegangen war.
Thomas schob seinen Teller weg. Er konnte keinen Bissen mehr essen.

22 Die Mutter räumte die Hälfte des Mittagessens ab und ging Geschirr spülen. Onkel Wolfgang zog sich in sein Zimmer zurück, wo er seit Tagen in Schubladen und Kartons kramte. Er müsse sein Leben neu ordnen, antwortete er lapidar auf neugierige Fragen. Wenn er genug geordnet hatte, hörte man ihn auf seinem Akkordeon spielen: »Wenn bei Capri die rote Sonne ...« oder »Bei dir war es immer so schön«.
Thomas saß unschlüssig mit der Oma am Tisch.
»Warum erzählst du nie vom Krieg?« fragte er.
»Nein, ich erzähle nicht vom Krieg.«
»Aber warum nicht?«
»Nein, das sollen die anderen machen. Der Krieg, das ist nicht mein Leben, verstehst du?«
»Nein, versteh ich nicht. Du hast ihn doch erlebt und lebst noch.«
»Ja, ich lebe noch. Ich kann mich ja nicht umbringen. Aber mein Leben, das war etwas anderes.«

Die Oma faltete ihre Serviette zusammen und verstaute sie in der bestickten grünen Leinentasche. Sie nahm ihre Brille von der Nase und brachte sie im Futteral unter. Dies waren stets die Vorbereitungen zum Mittagsschlaf.

»Was war denn dein Leben?«

»Mein Leben war sehr glücklich.«

Die Oma stand auf, aber Thomas ließ sich nicht abschütteln. Bis nächste Woche frage ich alle aus, dachte er, und wenn sie platzen.

»Jetzt erzähl doch mal! In acht Tagen bin ich weg. Dann hast du deine Ruhe. Die Großmutter erzählt auch.«

Er wußte, das war immer ein Ansporn, es ihr gleichzutun.

»Diesen Krieg habe ich vergessen. Es gab ja vorher schon mal einen großen Krieg, vierzehn-achtzehn. Aber der betraf uns nicht so. Der war weit weg. In Verdun und so.« Die Oma setzte sich endlich wieder hin. »Der Opa war vom Frontdienst freigestellt, wegen seiner miserablen Augen. Machte nur so ein paar Übungen mit. Mußte eine Zeitlang ein Munitionsdepot bewachen in der Pfalz. Ich war glücklich, keine Angst um ihn haben zu müssen. Wir mußten so ab sechzehn ziemlich darben, man sprach vom Steckrübenwinter. Aber es war kein Vergleich mit fünfundvierzig. Und wir zu Hause hatten keine Angst um unser Leben. Das war etwas ganz anderes als im Zweiten Krieg, wo wir jeden Tag eine Bombe auf den Kopf kriegen konnten.«

»Das muß ja richtig gemütlich gewesen sein.«

»Naja, nach dem Ende achtzehn hatten wir in der Pfalz Besatzung. Das war nicht lustig, aber überhaupt kein

Vergleich mit heute. Einzig die Afrikaner waren ziemlich wüst, denen mußte man aus dem Weg gehen. Es gab Einquartierungen, wir wohnten mit den Kindern in der Küche. Im Wohn- und Schlafzimmer hatte sich Monsieur Bergerac eingenistet, ein sehr kultivierter Offizier aus Bordeaux. Unter dem Dach sein Bursche. Es war eng im Haus, aber nicht unangenehm. Wir saßen oft in unserem Wohnzimmer, das ja jetzt seines war, tranken Wein aus seiner Heimat und redeten sehr vernünftig über diesen vermaledeiten Krieg und daß es nun wohl der letzte gewesen sei. Immerhin war Monsieur Bergerac in Verdun gewesen, in dieser mörderischen Schlacht, wo so viele Tausende gefallen waren. Er erzählte, wie Tausende und Abertausende Menschen in diese Schlacht gepumpt wurden, um vernichtet zu werden, damit Platz war für weitere Menschen. Damals lernten wir das Wort ›Kanonenfutter‹ kennen. Aber der Erste Krieg war noch ein Krieg, bei dem man sich anschließend achten konnte. Nicht wie der Zweite, der nur noch aus Haß bestand. Nein, über den rede ich nicht.«

»Aber wir müssen doch was darüber erfahren. Wir Kinder, meine ich.«

»Frag die anderen. Oder lies die Bücher. Nicht hier, die lügen alle. Lies die Bücher, wenn ihr drüben seid.«

»Meinst du, die lügen nicht?«

»Jedenfalls weniger. Oder geschickter.«

»Aber bis zum Krieg war alles in Butter?«

»Ja. Sogar bis Opa starb. Wenn er noch lebte, ließe sich diese Zeit vielleicht besser ertragen. Aber so ist es . . .«, sie überlegte eine Zeitlang: ». . . so ist es nur noch ein Nachspiel.«

»Was hast du denn auszusetzen? Außer der Zone allgemein?«

»Persönlich habe ich nur auszusetzen, daß ich, wie viele, immer einsamer werde. Alle gehen, einer nach dem anderen. Mein Kaffeekränzchen, über das ihr immer so schön lästert, begann mal vor dem Krieg mit vierzehn Damen. Heute sind wir sechs. Vier sind tot, vier im Westen. Allgemein habe ich auszusetzen, daß die Umstände dieses Lebens immer trister werden. In der Volkszeitung lese ich dauernd von Kultur, aber im Theater spielen sie nur noch ganz selten unsere Klassiker, die Karten werden an die Werktätigen verteilt, die lieber Bier trinken gingen. Ich würde gern, wie früher, gepflegt essen gehen, aber im Ratskeller oder im Thüringer Hof knallen sie dir einen schmuddeligen Teller auf die bekleckerte Tischdecke. Da bleibe ich lieber zu Hause. Da ist das Schnitzel genauso zäh, aber wir haben ein bißchen Meißen zu Festtagen und ein bißchen Damast und müssen uns nicht anmaulen lassen. Das Proletarische ist heute das Ideal. Opa und ich, weißt du, sind nicht mit goldenen Löffeln im Mund geboren worden, Opa hat sich schwer heraufgearbeitet. Wir waren deswegen nie hochnäsig gegen unsere Leute. Wir haben geholfen, wo es ging, in der Rezession zum Beispiel. Wir waren den einfachen Leuten sehr verbunden. Aber ich mag mich heute nicht wie eine Straßenkehrerin behandeln lassen. Nein, es ist nichts mehr.«

»Und wenn du mit wegmachst?«

»Das fragt ihr dauernd. Ich gehe nicht mehr weg. Ich sage immer, ich müsse mich um Opas Grab kümmern. Ihr mokiert euch darüber. Das weiß ich auch, daß er davon nichts hat, zumal es nicht mal gescheite Blumen zu kaufen gibt. Aber es ist ja nur symbolisch gemeint. Ich könnte mit in den Westen gehen und auf meine letzten Tage neu anfangen. Aber dann hätte ich das Gefühl, ihm untreu zu werden. Hier in Leipzig hat sich der glücklichste Teil unseres Lebens abgespielt, hier bringe ich es zu Ende.«

Thomas dachte darüber nach, was ihn an Leipzig hielt. Die Verwandten und Freunde, die Gewohnheiten, die Kenntnis der Örtlichkeiten? War es nicht reizvoll, woanders neu zu beginnen? Auch gegen Widerstände? Sich durchzubeißen? Es den anderen zu zeigen? Noch war er nicht soweit, diesen Kampf freudig anzunehmen, aber er begann sich hineinzudenken.

»Wir hatten ein schönes Leben«, sagte die Oma.

Immer öfter in den letzten Tagen stellte Thomas fest, daß die Menschen, einmal gefragt und zweimal gemahnt, bereitwillig ihre Geschichten erzählten. Als hätten sie nur auf ein Stichwort gewartet.

»Es war unser Glück, daß Opa so mutig und tüchtig war. Als er hier in Leipzig seine Firma gründete, rieten ihm alle ab. Es war die große Depression. Die Wirtschaftskrise. Aber Opa war überzeugt von seiner Idee und sagte: Wann denn, wenn nicht jetzt, da die anderen aufgeben? Er machte große Schulden und hatte ungezählte schlaflose Nächte. Aber bald verdiente er viel Geld, wurde hofiert, wurde beneidet. Die Warner von gestern sagten, sie hätte ihm ja gleich zugeraten. Er half vielen Menschen, auch seinen Verwandten, sie hielten es für selbstverständlich und beschwerten sich hinter seinem Rücken, daß es zuwenig sei. Wie es so ist im Leben. Es gibt viele Brozulats, es sind nicht nur die Betriebsgewerkschaftsleiter.«

»Den hast du gefressen, was?«
»Ach, dieser arme Mensch! Er weiß es nicht besser. Er denkt, es komme im Leben nur darauf an, nach oben zu buckeln und nach unten zu treten. Nun hat er triumphiert, für dieses Mal. Aber für wie lange? Er kann gar nicht, was er sich zumutet. Ich sehe ihn schon verzweifelt über seinen Büchern schwitzen, weil dies nicht geht und jenes nicht funktioniert. Aber ich gönne es ihm. Da bin ich gehässig. Er ist ein Schuft und Intrigant.«
»Aber so sind nicht alle Kommunisten«, warf Thomas ein, der immer noch nicht glauben wollte, daß in der Zone ausschließlich Schufte das Sagen hatten.
»Nicht alle. Ein paar mühen sich redlich. Aber wenn sie sich kaputtgeschunden haben und einen Fehler machen, werden sie von den Ulbrichts an die Wand gestellt.«
Ehe die Oma erneute Anstalten machen konnte, sich zum Mittagsschlaf zurückzuziehen, forderte Thomas sie auf: »Erzähl doch mal, wie es früher mit dem Opa war!«
»Wie es mit Opa war? Wenn ich an die Zeit mit ihm denke, kommen mir fast nur schöne Erinnerungen. Die schweren Zeiten sind in Vergessenheit geraten. Das ist wohl so, wenn man ein glückliches Leben miteinander hatte. Ich denke an die Feste in unserem Haus an der Kaiser-Wilhelm-Straße. Mein Geburtstag fiel immer in den Fasching, wir machten große Bälle. Am phantasievollsten verkleidet waren immer unsere Freunde Löwenstein. Orientalisch. Als Sultan und Haremsdame oder so.«
»Wer war das?«

»Du schleppst doch immer dieses Hochzeitsfoto rum, da sind sie drauf.«
Thomas ging rasch das Foto holen. Er begegnete der Mutter, die ihn zum Geschirrabtrocknen gewinnen wollte, aber er lehnte ab: »Ich hab was Wichtiges. Die Oma erzählt endlich mal.«
»Hier, die beiden«, erklärte die Oma, »die schwarzhaarige Dame und der etwas dickliche Herr, das waren Löwensteins. Ich glaube, sie waren unsere besten Freunde. Wir überlegten sogar, für unser Alter, wir waren etwa gleichaltrig und um die sechzig, zwei Häuser direkt nebeneinander zu bauen, so gut verstanden wir uns. Ich habe mich oft gefragt, ob sie noch leben.«
»Wieso nicht?«
»Weil sie Juden waren. Zum Glück waren sie reiche Juden. Konnten noch vor Kriegsausbruch die Ausreise schaffen. Für viel Geld.«
»Warum sind sie denn nicht beizeiten abgehauen?«
»Beizeiten? Wann ist beizeiten? Flüchtet ihr beizeiten? Oder zu früh? Oder zu spät? Vielleicht machen sie morgen die Grenze dicht. Dann war es zu spät. Oder nächsten Monat kommt die Wiedervereinigung. Dann war es zu früh. Nein, Leute wie Löwensteins waren überzeugte Deutsche und konnten sich nicht vorstellen, daß das Land ihrer Ahnen sie wirklich ausrotten wollte. Wie haben wir ihnen zugeredet, auszuwandern nach Palästina oder Amerika oder sonstwohin. Wir sind doch Deutsche! Ja, aber die heute das Deutschsein verwalten, sehen das anders! Nächtelang diskutierten wir. ›Ihr seid auch gegen uns‹, schrie Laura Löwenstein mich mal an, ›ihr wollt unser Land für euch haben und unser Haus und unsere Praxis.‹ Abel Löwenstein war

Kinderarzt, hatte deine Mutti und ihre Brüder behandelt, Grippe, Mumps, Ziegenpeter. Als die ersten Juden abgeholt wurden, zusammengetrieben beim Zoo, im Flußbett der Parthe, da begriffen sie. Schafften es mit Mühe und Not ins Ausland. Es wollte sie ja dort keiner haben. Höchstens mit Geld, aber Geld oder Wertsachen durften sie nicht mitnehmen. Sie schrieben noch einmal, Mitte vierzig, aus Marseille. Sie hofften, nach Südamerika zu entkommen. Oder China. Wer weiß, ob sie noch leben? Vielleicht in Amerika? Oder Israel? Ich denke immer, wir waren so gute Freunde, daß sie alles versucht hätten, nach dem Krieg wieder den Kontakt aufzunehmen. Von der Zone kann ich ja nichts unternehmen.«

Ob es möglich wäre, dachte Thomas, im Westen etwas in Erfahrung zu bringen? Vielleicht gab es dort etwas ähnliches wie im »Augenzeugen«, der DEFA-Wochenschau, wo seit Jahren jeweils zu Beginn Kinder vorgestellt wurden, die in den Wirren des Kriegsendes ihre Eltern verloren hatten. Vielleicht konnte man es auch über die Polizei versuchen, das war ja wohl eine andere Polizei als die Volkspolizei.

»Wahrscheinlich leben sie nicht mehr. Aber ich denke gern an die Bälle mit ihnen. An die Besuche im Gewandhaus und in der Oper. An die Autotouren sonntags, mit diesen alten Benzinkutschen damals, wir hatten einen Stöwer, sie einen Mercedes. Obwohl es warm war, mußten wir uns dick in Pelze einmummeln und verkleiden mit Lederkappen und Autofahrerbrillen. Waren verstaubt bis tief in die Nasenlöcher, wenn wir ankamen in der Dübener Heide oder an der Mulde. Machten Picknick und Ballspiele mit den Kindern. Ja, das waren die Zeiten, von denen ich heute zehre. Die Urlaube an der Ostsee. Zinnowitz. Heringsdorf. Jedes Jahr trafen wir dieselben Bekannten, bauten unsere Burgen nebeneinander, luden uns gegenseitig zum Abendessen ein. Ein paar dieser Bekannten aus dem Westen schicken mir Weihnachten noch jedes Jahr Päckchen mit Kaffee und meinem geliebten Ingwer in Schokolade. Das haben sie sich gemerkt. Die Reisen! Italien war damals wie auf einem anderen Stern. Venedig! Manche nannten Leipzig ›Klein-Venedig‹, weil wir so viele Flüsse haben, aber ich kann dir versichern, uns fehlt noch ein bißchen was. Die große Kreuzfahrt nach Norwegen, bis zum Nordkap mit dem K. d. F.-Schiff.«

»Is'n das?«

»›Kraft durch Freude‹. Eine Urlaubsorganisation. In Sachsen nannten wir es ›Mumm durch Gagsch‹«.

»Mein Vater war auch in Norwegen, aber ohne Gagsch.«

»Ich weiß, im Straflager. Aber das war erst während des Krieges. Wir waren neununddreißig dort oben. Im August. Direkt vor Kriegsausbruch. Oslo. Bergen. Narvik. Die Menschen waren freundlich zu uns, bewunderten sogar das neue Deutschland. Es war schwer, ihnen zu sagen, sie würden sich noch wundern über das Reich. Wir konnten ja nicht offen reden, waren immer in der Gesellschaft von Volksgenossen. Oben am Nordkap standen wir eines Abends an der Reling und betrachteten das Nordlicht. Ein Mann neben uns sagte mit einemmal: ›Wie entferntes Geschützfeuer‹. Daran habe ich später oft gedacht.«

Im Nebenzimmer begann wieder bei Capri die rote Sonne im Meer zu versinken.

»Der mit seiner Quetschkommode!« stöhnte die Oma. »Vielleicht macht er ja auch bald weg.«
»Natürlich geht er über kurz oder lang in den Westen. Was soll er denn hier? Er ist mit neunzehn in den Krieg, mit über dreißig aus der Gefangenschaft gekommen. Er muß sein Leben nachholen. Das kann er doch nicht in dieser Zone. Es ist das Schicksal von uns Alten, daß wir hier übrigbleiben. Aber wir haben ja unser Leben gehabt.«
Die Mutter rief: »Thomas, nun hilf mir doch mal aufräumen! Die Kartons wieder in den Keller. Es muß doch alles normal aussehen, wenn sie wirklich kommen und schnüffeln.«

23 Du packst ja doch weiter, wunderte sich Thomas. »Ich denke, wir dürfen nicht auffallen.«
»Ich sortiere bloß aus. Kinderkram. Puppenkleider. Mädchenbücher. Ich dachte, das müßte ich alles aufheben für meine Tochter. Aber jetzt habe ich bloß dich.«
»Ärgerst du dich?«
»Ihr solltet mindestens drei werden. Darunter ein Mädchen. Wie es bei uns zu Hause war.«
»Aber jetzt wird ja alles anders. Jetzt ist ja noch jede Menge drin.«
»Oh je! Ich bin fast vierzig, und drüben werde ich ja auch nicht gleich ein Kind bekommen.«
Thomas schaute eine Weile zu.
»Was sind Juden?« fragte er.
»Ach, kannst du das nicht Pfarrer Haase fragen? Der hat Religion studiert.«

»Der erzählt mir doch bloß vom gelobten Land und den Kindern Israels. Das weiß ich alles. Aber das meine ich nicht. Ich meine, warum die Juden vergast wurden.«

»Das müßtest du normalerweise eure Lehrer fragen.«

»Normalerweise. Aber ihr warnt mich ja immer, daß man denen kein Wort glauben kann.«

»Also, ich versuche es mal. Ich denke mir das so: Wenn ein Diktator das Volk hinter sich bringen will, muß er ihm erstens ein Ziel setzen und zweitens einen Feind geben. Zum Beispiel: Wir Deutsche können die Größten auf der Welt werden, aber die Juden wollen es sabotieren. Also: Juda verrecke! Oder: Uns Kommunisten gehört die Zukunft, aber die Schieber, Sozialdemokraten und Lebensmittelkartenfälscher fallen uns in den Rücken. An den Galgen! So etwas glauben die Leute, weil sie es glauben wollen. Die kleinen Leute können den Gedanken nicht ertragen, daß sie kleine Leute sind, bloß weil die anderen besser sind als sie selbst. Es muß eine finstere Macht geben, die die kleinen Leute daran hindert, große Leute zu sein. Und da eignen sich die Juden am besten. Weil sie nicht richtig zu begreifen sind. Weil die meisten Juden auch etwas Besonderes bleiben wollen. Weil manche von ihnen so gut sind, als Kinderärzte, als Kaufleute, als Künstler. Das können die kleinen Leute nicht aushalten. Auch weil die Juden sich so schlecht wehren können, denn sie sind zu wenige. Also wirft man ihnen nach fast zweitausend Jahren immer noch vor, sie hätten Christus umgebracht, und tut so, als wäre Christus einer von uns gewesen, dabei war er auch Jude. Selbst Atheisten benutzen diesen Vorwurf, wenn sie ihn benötigen.

Der Trick ist: Man muß die Juden klein machen, dann kommt es einem so vor, als sei man selbst plötzlich viel größer. Das war jetzt keine wissenschaftliche Erklärung, aber so ähnlich denke ich es mir.
»Wie waren diese Löwensteins?«
Die Mutter mußte eine Zeitlang nachdenken. Thomas fiel auf, daß bei den einfachen Fragen die Antworten immer am längsten auf sich warten ließen.
»Bei unserem Hochzeitsfest gingen sie ziemlich früh nach Hause. Sie konnten wohl die politischen Tiraden deines Großvaters und einiger anderer Herren nicht mehr ertragen. Sie durften ja auch kaum mehr widersprechen. Ihre Töchter hatten sie übrigens zu dieser Zeit schon nach England geschickt, offiziell zum Studieren, aber in Wahrheit zum Überleben. Das war das Schizophrene: Sie beteuerten immer wieder ihren Glauben an Deutschland, aber ihre Töchter brachten sie beizeiten in Sicherheit. Die englischen Universitäten seien besser. Meine beste Freundin Lea ist deswegen nicht auf dem Hochzeitsfoto.«
»Lebt sie noch?«
»Ich weiß es nicht. Sie haben sich alle nie wieder gemeldet. Entweder sind sie tot, oder sie wollen nichts mehr zu tun haben mit Deutschland. Auch mit uns nicht.«
»Aber wie waren sie denn nun?«
»Mein Gott, wie waren sie? Gute Freunde. Gute Menschen. Er war ein guter Arzt. Keine besonders überzeugten Juden. Nur wenn sie sich über besonders überzeugte Deutsche ärgerten, wurden sie besonders überzeugte Juden. Manchmal gingen sie in die Synagoge, so nennt man bei ihnen die Kirche. Ihre Synagoge gibt es

nicht mehr, sie wurde in der Kristallnacht angesteckt und später abgerissen. Manchmal nahmen sie mich mit zum Gottesdienst. Mir gefiel das. Die Schlichtheit. Der schöne Gesang. Sie erklärten mir, sie redeten direkt mit ihrem Gott, ohne Sohn und Heiligen Geist und Heilige als Zwischenträger. Aber ich dachte: Euer lieber Gott ist auch nicht besser als unserer. Hat auch so manchen Krieg zugelassen. Meistens gingen wir aber nicht in die Synagoge, sondern ins Schwimmbad oder zum Tennis oder zum Tanztee. Und wir feierten rauschende Feste. Sie hatten eine große Wohnung, bei ihnen versammelte sich immer die ganze Verwandtschaft. Ich mittendrin. Lea und ich waren ganz normale Freundinnen. Wir waren uns nicht bewußt, unterschiedlich zu sein. Ich jedenfalls war es nicht. Bewußt waren wir uns allenfalls, daß wir gemeinsam zu den sogenannten besseren Kreisen gehörten. Das half uns zwar später allen zusammen nichts, aber wir hatten so einen Dünkel.«

»An und für sich«, stellte Thomas fest, »sind ja alle Menschen gleich.«

»Hast du das von Neulehrer Krause?«

»Nee, von Pfarrer Haase.«

Die Mutter mußte, endlich mal wieder, lachen: »Es gibt immer bessere Leute. Damals rechneten wir uns dazu. Natürlich wußten wir, daß es noch bessere gab, und ärgerten uns bisweilen darüber. Aber mal abgesehen von diesem Jungmädchenhochmut, den meine Eltern mir immer austreiben wollten: In normalen Zeiten sind wirklich die besseren die besseren. Zu Zeiten wie im Dritten Reich oder heute sind die sogenannten besseren Leute meistens nur die charakterloseren. Oder die besseren Komödianten.«

»Die Oma«, fragte Thomas: »Hat sie die Löwensteins nun gerettet?«
»Gerettet? Unsinn! Wie denn? Sie hat ihnen bloß so lange zugesetzt, daß sie gingen, solange es noch ging. Die Oma denkt immer geradeaus, du kennst sie ja. ›Schön‹, sagte sie zu Herrn Löwenstein, ›daß du aus dem Ersten Krieg das EK I hast, aber im KZ darfst du es nicht tragen. Es sieht auch blöd aus zu der Sträflingskluft. Also sieh zu, daß ihr in euer gelobtes Land kommt, und sei es nur mit einer Zahnbürste. Wenn alles vorbei ist, besuchen wir euch. Oder ihr kommt zurück‹. Als Löwensteins endlich gingen, fast zu spät, da ging die Oma sie mit einem großen Rosenstrauß verabschieden. Das war neununddreißig, wohlgemerkt! Unsere Familie zitterte vor Angst, aber die Oma sagte nur: ›Das sind meine besten Freunde seit fast zwanzig Jahren. Die werden anständig verabschiedet. Ich weiß, was sich gehört.‹
Wir überlegten tatsächlich, ob wir sie im Ernstfall entmündigen lassen könnten. Am nächsten Tag stand, wie erwartet, dieser fürchterliche Blockwart mit ›Heil Hitler!‹ vor der Tür, ein PG bis zu den Haarwurzeln. Die Oma ließ ihn nicht in den Salon, bloß an den Küchentisch, bot ihm ein Bier an, aber ohne Glas. Er trug seine Beschwerde vor, aber die Oma fiel ihm sofort ins Wort: ›Hören Sie mal, das sind alte Freunde von mir! Die lasse ich doch nicht ohne Gruß ziehen. Das haben wir noch nie gemacht. Würden Sie das machen, wenn Ihre alten Freunde Knall auf Fall wegziehen würden? Na also! Im übrigen sollten Sie froh sein, daß das Deutsche Reich diese Leute los ist! Jetzt kriegt Doktor Löwenstein kein gutes deutsches Geld mehr dafür, daß er

deutsche Kinder heilt. Jetzt machen wir das alles allein, und er muß vielleicht für Dollar arbeiten. Aber zum Abschied gibt es Blumen, das war in unseren Kreisen immer so, schon vor der Machtergreifung. Bei Ihnen nicht?‹ Damit stand sie wieder vom Küchentisch auf, der Blockwart wußte einfach nichts zu sagen, trank schnell sein Bier aus und reckte den Arm: ›Heil Hitler!‹ So ist die Oma.«

»Die Oma mußte doch dieses KZ besichtigen«, sagte Thomas.

»Ja, Buchenwald. Nach der Befreiung. Sie war im März fünfundvierzig nach Weimar gefahren, weil dort ihre uralte Mutter gestorben war. Und kam nicht wieder weg aus Weimar. Die Amerikaner waren inzwischen da. Sie hatten Buchenwald befreit und befohlen, daß die Weimarer auf den Ettersberg liefen, um das KZ zu besichtigen. Die Oma hat uns ein einziges Mal davon erzählt. Die Berge von Leichen. Zu Skeletten abgemagerte Körper. Der Gestank von Verwesung. Den Menschen wurde übel, viele mußten sich übergeben, aber die Amerikaner trieben sie immer weiter: ›Come on, come on! Open your eyes!‹ Das heißt, sie sollten sich das ansehen. Ich mußte später in den Film, den sie in Buchenwald gedreht haben. ›Todesmühlen‹, hieß er. Es war entsetzlich. Aber ich konnte kein richtiges Schuldgefühl empfinden. Ich mußte nur immer denken: Meinen Mann haben sie auch so umgebracht.«

Thomas erinnerte sich, einmal in seinem Leben KZ-Häftlinge gesehen zu haben. Das war in dem kleinen thüringischen Ort gewesen, in Georgenthal, wo sie den Krieg zu überleben versuchten. Beim Schützenhaus am Hammerteich parkte ein Lastwagen, von dem ausgemergelte Männer in schwarz-weiß gestreiften Anzügen abstiegen, um sich die Beine zu vertreten. Andere Männer in Uniform bewachten mit Gewehren die Häftlinge. Thomas und die Mutter blieben stehen und kamen in ein kurzes Gespräch. Einer der Männer strich ihm über den Kopf und sagte, er habe zu Hause auch so einen kleinen Jungen, aber den werde er wohl nie wiedersehen. Die Mutter fragte leise, ob sie etwas ausrichten könne, aber der Häftling schüttelte nur den Kopf. Dann rief einer der Uniformierten barsch: »Weitergehen!«

»Die Sträflinge in Georgenthal, weißt du noch?«

»Natürlich. Ich mußte ja gleich an deinen Vater denken. Die Sträflinge waren aus dem Lager Ohrdruf, gleich zwei Dörfer weiter. Man flüsterte hinter vorgehaltener Hand, in Ohrdruf werde eine riesige Sache gebaut. Ein neues Führerhauptquartier. Ein letztes. Von eben diesen Häftlingen. Tiefe Stollen in den Berg. Ausbetoniert. Eingerichtet mit Möbeln, Teppichen, Porzellan. Wie ein Schloß. Technik aller Art, Telefon und Funk und alles. Beim Bau kämen viele Häftlinge ums Leben, hieß es. Natürlich erfuhren wir nichts Genaues, kannten nur diese Gerüchte, aber wir hatten große Angst, daß Hitler tatsächlich zu uns in den Thüringer Wald käme und die Amerikaner unsere Gegend unter Beschuß nähmen. Vielleicht mit einer neuen Wunderwaffe. Alle sprachen damals von Wunderwaffen. Von deutschen Wunderwaffen, die den Krieg doch noch herumreißen würden, und von amerikanischen, die uns alle mit einem Schlag auslöschen würden. Selbst in unserem Nest schwirrte die Luft von Gerüchten. Als dann Anfang April die Amerikaner da waren, so um den dritten oder vierten, ging wieder das Gerede herum unter den Einheimischen. Warum wurde der Nachbarort Crawinkel von der SS so verbissen verteidigt? War dort tatsächlich der Zugang zum letzten Führerhauptquartier? Hatten sie dort alles mögliche gehortet? Wunderwaffen? Gold? Kunstwerke? Es muß etwas Besonderes in unserer Ecke gewesen sein, denn nach der Eroberung kam sogar der General Eisenhower nach Ohrdruf. Das habe ich aber erst viel später erfahren. Als alles vorbei war, sagten die einen nun offen, sie hätten immer von den KZ-Häftlingen gewußt, die beim Bau zu Tausenden umgekommen seien. Andere beharrten, das sei alles nur feindliche Propaganda. Viele meinen das ja heute noch.«

»Krause sagt, die Deutschen hätten immer alles gewußt über die KZs.«

»Der Schlauberger!«

»An der Front hätten sie darüber geredet. Wegen dieser Sachen wäre er auch desertiert.«

»Na, da hatte sogar euer Krause einmal in seinem Leben recht.«

»Du meinst . . .«

»Ich meine, dein Vater hätte auch desertieren sollen. Beizeiten. Dann lebte er vielleicht noch. Und dein Stiefvater hätte es auch tun sollen. Dann lebte auch er vielleicht noch.«

»Aber dann hätten wir ja zwei . . . Onkel Wolfgang meint, so einfach wäre das nicht gewesen.«

»Onkel Wolfgang hat sich nicht getraut. Dem Krieg muß man aus dem Wege gehen. Das ist meine unheroische Meinung. Aber ich gebe zu, das ist eine weibliche Meinung. Die meisten Mütter wirst du nämlich nie rufen hören: ›Wir wollen den totalen Krieg!‹ Das waren nur diese jungfräulichen Nazi-Ziegen mit dem Dutt auf dem Kopf. Ich habe nie begriffen, warum die Männer, die meisten jedenfalls, meinen, sie hätten sowas wie eine Ehre im Bauch, die ihnen befiehlt, sich mit Gebrüll massakrieren zu lassen.«

»Du bist ja ganz schön wütend.«

»Jawohl.«

Sie stand von dem Spielzeug und den Puppenkleidern auf, die sie während des Redens ohne große Aufmerksamkeit sortiert hatte: »Weißt du was? Wir machen wirklich Schluß. Ich packe erst am Montag weiter, wenn ich von der Volkspolizei komme. Falls sie mich nicht gleich einsperren.«

»Hast du wirklich Schiß vor Montag?«

»Hättest du keinen? Hast du keinen, wenn du außer der Reihe zu deiner Klassenlehrerin gerufen wirst? Oder zu eurer Pionierleiterin? Das ist doch das Prinzip, nach dem dieser Staat funktioniert: Jeder muß ständig Angst haben. Sogar wenn er heimlich im RIAS die Insulaner hört. Keiner darf ein gutes Gewissen haben. Nur deswegen funktioniert dieser sogenannte Staat noch. Aber deswegen klappt auch alles so schlecht.«

»Meinst du, die Bonzen wissen das nicht?«

»Na, so schlau werden sie ja gerade noch sein! Aber für die ist ja auch nur wichtig, daß sie an den Futtertrögen bleiben.«

Sie schaute aus dem Fenster. Die Sonne schien, im Baum vor dem Schlafzimmer tschilpten die Spatzen, als wollten sie den Frühling noch weiter hervorlocken.

»Gehen wir spazieren?« fragte die Mutter.

»Wieso denn das?« fragte Thomas überrascht.

»Ich weiß, das machen wir sonst nie. Kommst du trotzdem mit? Letztes Angebot vor der Flucht.«
Thomas nickte: »In Ordnung. Aber wenn du dich nun verdächtig machst mit sowas Ausgefallenem?«
Sie bummelten durch den Schillerhain und über die Pleißebrücke ins Rosental. Thomas erinnerte sich, daß sie vor ungefähr drei Jahren zum letztenmal zu zweit hiergewesen waren. Da hatte er auf Onkel Wolfgangs altem blauen Fahrrad, das nun ihm gehörte, radfahren gelernt. Die Mutter hatte ihn am Sattel festgehalten, bis er so schnell gestrampelt hatte, daß sie nicht mehr mitkam. »Du fährst allein!« hatte sie ihm nachgerufen. Thomas hatte sich umgeschaut – und war vor Schreck ins Unterholz gestürzt.
»Das Fahrrad muß mit«, sagte er.
»Das Fahrrad? Damit belasten wir uns auf keinen Fall. Da warten wir, bis du drüben ein anderes kriegst.«
»Oh je, das kann dauern.«
»Ich muß auch auf meinen Pelzmantel warten.«
»Aber ein Fahrrad hilft Straßenbahngeld sparen.«
Immer, wenn ihnen auf dem Weg durchs Rosental jemand entgegenkam, dämpften sie ihre Stimmen oder schwiegen wie Verschwörer.
»Wir dürfen uns um Gottes willen durch nichts verdächtig machen. Deswegen kann ich ja auch unsere übriggebliebenen Möbel nicht vor der Flucht verkaufen. Die paar Mark, die wir dafür kriegen würden, könnten wir drüben gut gebrauchen, auch wenn sie uns nur fünf zu eins eingetauscht werden. Aber wir dürfen uns nicht verraten.«
»Soll ich mein Geld eigentlich ausgeben oder mitnehmen?«

»Wieviel hast du denn?«
»Zur Zeit ungefähr einundzwanzig Mark. Das wären drüben nach Adam Riese vier Mark zwanzig. West.«
»Nimm sie mit, sonst bist du in Berlin völlig blank.«
Von weitem hörte man die bekannte Melodie von Kießlings Karussell. Die Mutter fragte, ob Thomas fahren wolle, aber er schüttelte den Kopf. Dazu war er nun wirklich zu alt. Über Georgenthal wollte er gern reden. Das hatten sie seit Jahren nicht getan. Georgenthal, sein Kinderparadies. Nach dem großen Angriff auf Leipzig am 4. Dezember 1943 waren sie dorthin umgezogen, mit der Oma zusammen in ein möbliertes Zimmer mit Veranda. In ein Haus am Ortsrand, zwischen Wald und Feldern. In diesem Ort, hatte sich die Mutter ausgerechnet, würden sie höchstwahrscheinlich nicht von Bomben getroffen, dort würden sie das unausweichliche Ende des Kriegs abwarten. Das Geld reichte noch, um die Miete zu bezahlen und Essen zu kaufen. Im Sommer sammelten sie in den endlosen Wäldern Pilze und Beeren zum Abendbrot, Löwenzahn und Sauerampfer für den Salat, Reisig und Tannenzapfen zum Heizen im Winter. Ab November lag hier im Gebirge tiefer Schnee, der eigens zum Rodeln zu fallen schien. Im Sommer wanderten sie stundenlang oder ruderten auf dem Hammerteich. Den Geruch von Wald, richtigem moosigem Wald, glaubte Thomas noch in der Nase zu haben, so ganz anders als den Knoblauchgeruch des Rosentals mit dem Gestank der Pleiße. Unbesorgt schien ihm im Rückblick die Zeit in Georgenthal.
Inzwischen wußte er längst, wie es wirklich war: daheim in Leipzig die Wohnung und die Firma ausge-

bombt, der Vater, der Stiefvater, der Opa nicht mehr am Leben, die Onkels an der Front oder in Gefangenschaft. Der Krieg, der einfach nicht enden wollte, obwohl er längst entschieden war, drohte auch über die Kinderidylle hereinzubrechen. Immer öfter war auch in Georgenthal Fliegeralarm. Jeder wußte, daß die Amerikaner und Briten es nicht auf die Sommerfrische abgesehen hatten, sondern auf die Waggonfabrik in der nahen Kreisstadt Gotha. Vom Dachfenster des Hauses war zu sehen, wie über Gotha »Christbäume« abgesetzt wurden, die den Bomberpiloten den Weg zu ihrem Ziel wiesen. Dann die fernen Detonationen, der Feuerschein. Manchmal drehten die Bomber über Georgenthal ab, dann liefen alle in den Keller. Am nächsten Tag sammelten die Kinder auf den Feldern hinterm Haus Kondensstreifen, die die Maschinen abgeworfen hatten. Eines Tages kamen deutsche Soldaten die Straße herab und gruben im Vorgarten ein Maschinengewehr ein. Der Nachbar bestürmte sie, doch weiterzuziehen, sich selbst und den Ort in Sicherheit zu bringen. Aber der Ortsgruppenleiter der NSDAP kam hinzugesprungen und drohte, den Nachbarn an die Wand stellen zu lassen. Die MG-Schützen feuerten ein paarmal ziellos und zogen weiter. Ein paar Tage später entdeckten Thomas und die Mutter im Wald frische Birkenkreuze mit Stahlhelmen und ein paar Frühlingsblumen.

Die Erlebnisse des Kriegsendes hatten aber Thomas' Eindruck der glücklichen Zeit nicht getrübt. Alle paar Tage träumte er noch immer davon, in Georgenthal durch den Wald zu streifen oder über die Hänge zu rodeln.

»Ob wir noch einmal im Leben nach Georgenthal kommen?«
»Vielleicht im nächsten«, scherzte die Mutter.
»In Georgenthal war ich gern.«
»Ich weiß. Ich nicht. Für dich war es das Kinderparadies. Für mich war es das Mauseloch, in das ich mich verkroch, um den Hagelschlägen zu entgehen. Ich war damals nirgendwo gern.«
»Hatten wir dort eigentlich keine Angst?«
»Angst vor dem Krieg? Doch. Der Krieg war überall. Obwohl wir andererseits völlig naiv waren. Als die Amerikaner vom Nachbardorf aus, von Catterfeld, über Georgenthal hinweg die Reste der deutschen Wehrmacht beschossen, da liefen wir beide im Wald umher und suchten, ob es schon ersten jungen Löwenzahn für einen Salat gab. Über uns hinweg zischten die Granaten mit einem ganz gemeinen Geräusch, aber wir suchten nach Löwenzahn. Völlig verrückt! Angst hatten wir erst, als die Amerikaner einrückten. Was wußten wir, was sie mit uns vorhatten? Was man ihnen über die Deutschen erzählt hatte? Angst hatten wir, als die freigelassenen polnischen Fremdarbeiter durch den Ort zogen und nach Schnaps und Frauen suchten. Angst hatten wir, als im Juli fünfundvierzig die Amerikaner abzogen und die Russen einrückten. Was wußten wir von ihnen? Daß sie Untermenschen seien, hatte uns Goebbels eingetrichtert. Wir wußten, daß sie das nicht waren. Aber was hatten sie alles durchgemacht, wofür sie sich jetzt rächen wollten! Natürlich hatten wir Angst.«
An die Amerikaner konnte sich Thomas erinnern. Zuerst hatten alle atemlos dem nahenden Geräusch ihrer

Panzerketten gelauscht. Dann hatten sie vorsichtig die Nase über die Fensterbank gesteckt, wo ein weißes Bettlaken zum Zeichen der Kapitulation baumelte. Auf dem Panzer: Mohren! Noch nie, außer im »Struwwelpeter«, hatte Thomas ein schwarzes Gesicht gesehen. Eigentlich war er mit seinen fünf Jahren der Meinung gewesen, ein Mohr sei eine Märchenfigur wie ein Zwerg oder eine Elfe. Die Schwarzen hatten ihre Waffe schußbereit auf dem Schoß und ließen ab und zu weiße Zähne blitzen. Nach einiger Zeit traute sich Thomas mit den anderen Kindern des Hauses hinunter auf die Straße. Neugierig beäugten sie den Panzer, immer auf dem Sprung hinter die rettende Gartenmauer. Die Schwarzen grinsten und riefen unverständliche Worte. Als das nicht half, warfen sie Päckchen vom Panzer, Schokolade und ein zähes weißes Zeug, das nach Pfefferminz schmeckte, aber nur mit Gewalt hinunterzuschlucken war. Nach kurzem machte einer der Schwarzen Zeichen, die Kinder sollten auf den Panzer klettern. Die zwei größeren Jungen trauten sich, zogen, als sie oben waren, Thomas hinterdrein. Der Schwarze hielt ihm die Hand hin. Thomas griff schnell zu und betrachtete danach seine Finger, aber es hatte nicht abgefärbt. Der Neger schüttelte sich vor Lachen. Wenn Thomas in den Jahren seither Karl May oder Lederstrumpf verschlungen hatte, von New York geträumt und von den Wolkenkratzern, die er bloß aus dem »Augenzeugen« kannte, der Kinowochenschau, dann hatte er oft den lauthals lachenden Neger vor Augen gehabt, mit dem für ihn Amerika angefangen hatte.

»Weißt du noch, wie ich mit den anderen Kindern zu den Amis betteln gegangen bin?«

»Natürlich. Du hast die Familie mit ernährt.«

»Du brauchst dich nicht lustig zu machen. Wir haben wirklich was bekommen. Wir haben am Kücheneingang vom Schützenhaus gelungert und abgestaubt. Wir kannten die Köche. Der eine war immer besoffen und wollte uns fangen, aber er war eben zu besoffen. Der andere schmiß uns die Reste vor die Füße und lachte, wenn wir's zusammenklaubten. Aber der dicke Neger mit der weißen Mütze tat uns immer was in unsere Töpfe und gab uns ein Päckchen Kaugummi. Dafür mußten wir ihm Lili Marlen vorsingen.«

»Es war eine verrückte Zeit. Wir hatten überlebt, wie im Auge des Taifuns. Nun war Ruhe, aber keiner wußte weiter. Wir saßen in unserem Nest und durften es nicht verlassen. Es ging keine Post, es ging kein Telefon, es fuhr kein Bus, es fuhr kein Zug. Wir wußten nicht, ob unsere Leute lebten oder wo sie waren. Wir konnten kein Geld mehr abheben oder schicken lassen. Wir konnten nichts mehr kaufen. Wir wußten nicht, ob wir am nächsten Tag noch etwas zu essen bekämen. Wir lebten vom Aufstehen bis zum Zubettgehen und hofften, morgen würde irgend etwas geschehen. Oder übermorgen. Obwohl wir außer ein wenig Hunger und großer Ungewißheit nichts zu leiden hatten, dachte ich manchmal: So müssen sich die Menschen im KZ gefühlt haben oder dein Vater im Straflager. Ein Tag nach dem anderen verging und nichts änderte sich. Das Ende konnte morgen kommen oder in einem Jahr. Manchmal grübelte ich über das Schicksal unserer Verwandten, dann wieder freute ich mich am Frühling und ließ mich treiben, da ich ohnehin nichts ändern konnte. So ging das fast ein Vierteljahr.«

An die Rückfahrt nach Leipzig im Sommer erinnerte sich Thomas. Der Bummelzug nach Gotha verkehrte manchmal wieder, von dort ein Personenzug bis Weimar. Sie ließen ihr Gepäck am Bahnhof und suchten das Haus, in dem sie die Oma vermuteten. Das Haus war bis auf die Grundmauern zerstört. Eine Kreideschrift an der Mauer war mit der Zeit unleserlich geworden. War es eine Nachricht von der Oma? Oder hatte ein Nachbar geschrieben, daß die Oma tot war? Sie wanderten einen halben Tag durch Weimar, in der Hoffnung auf eine zufällige Begegnung. Nichts. Nachmittags ging ein Güterzug in Richtung Leipzig. Sie fanden mit ihrem Gepäck einen Stehplatz in einem Viehwaggon, aber dort stank es so entsetzlich, daß sie umstiegen auf einen offenen Waggon. Als der Zug Fahrt gewann, wehte ihnen jedoch der Qualm aus dem Schornstein der Lokomotive derart ins Gesicht, daß sie japsen mußten. Die Gesichter der Mitreisenden färbten sich dunkelbraun von Ruß, so daß sie sich ausmalen konnten, wie sie selbst aussahen. In Großkorbetha, nicht weit von Leipzig, war Endstation. Sie übernachteten in drangvoller Enge im Bahnhofsgebäude. Am frühen Morgen fanden sie Platz auf einem Lastwagen, der sie bis Leipzig-Leutzsch mitnahm. Dort waren sie fast zu Hause, konnten mit der Straßenbahn bis in die Nähe der Innenstadt fahren. Weiter zu Fuß. An ihrem zerbombten Haus fanden sie eine Kreideschrift: »Bin bei Manfred, Oma.« Die Mutter weinte.

»Als wir zurück in Leipzig waren«, überlegte die Mutter, »standen wir buchstäblich am Punkt Null. Die Wohnung zerbombt, die Firma zerstört, fast aller Hausrat verloren, alle Konten gesperrt, kein Pfennig

mehr in der Tasche. Die Verwandten tot oder im Gefängnis oder in Gefangenschaft. Wenn du mich heute fragst, wie wir damals überlebten, muß ich dir sagen: Theoretisch ging es nicht. Nur praktisch.«
»Da geht's uns ja schon wieder Gold.«
»Ja, und nächste Woche fangen wir schon wieder mal von vorn an.«
Sie waren am Rosentalkarussell angekommen und schauten Herrn Kießling zu, wie er von jedem Kind einen Groschen kassierte. Er winkte Thomas zu und deutete der Mutter eine Verbeugung an. Dann verschwand er im Inneren seines Karussells und brachte es in Bewegung. »Schön ist so ein Ringelspiel«, tönte die Orgel.

24 Es klingelte.
Thomas griff im Dunkeln nach seiner Taschenuhr, Prämie für die letztjährige Buntmetallsammlung, und entzifferte die leuchtenden Zeiger. Es war kurz vor sechs. Da sind sie! Bloß gut, daß wir die Kartons wieder in den Keller getragen haben! Daß keine gepackten Pakete mit Westanschriften rumstehen!
Er schlüpfte aus dem Bett und lugte durch den Türspalt auf den Korridor. Aus Onkel Wolfgangs Zimmer drang Licht. Es klingelte zum zweitenmal.
»Jaja, komme ja schon!«
Onkel Wolfgang knipste die Korridorlampe an. Die Mutter im Morgenmantel trat aus ihrem Zimmer.
Wären wir bloß gestern weggemacht! Jetzt haben sie uns am Schlafittchen.

Onkel Wolfgang öffnete.
Vor der Tür stand ein älterer Mann im Arbeitsanzug mit Schiebermütze auf dem Kopf.
»Gudn Morchen, da bin'ch.«
»Ist ja schön, Meister!« rief Onkel Wolfgang, spürbar erleichtert. »Wollen Sie nicht reinkommen?«
Der Mann sah sich auf dem Flur um: »Nu, wo isses denn?«
»Kommen Sie bitte mit nach hinten! Schön, daß es so schnell geklappt hat.«
»Nu, mir sin ene fiffche Drubbe.«
Onkel Wolfgang öffnete die Badezimmertür: »Hier, bitte.«
Der Mann schaute auf den Wasserhahn, dann zu Onkel Wolfgang: »Isses möchlicherweise ...«
»Sie wollen doch den Wasserhahn reparieren.«
»E nee! Ich bin dr Ofensetzer!«
Onkel Wolfgang stutzte, dann lachte er: »Der Ofensetzer? Den haben wir doch schon letztes Jahr bestellt.«
»Ja. Sebdember zweenfuffzch.«
»Ja, vor über einem halben Jahr«, ergänzte die Mutter, die nun doch hinzugekommen war. »Den ganzen Winter über konnten wir den Ofen im Wohnzimmer nicht anständig warmkriegen. Haben uns elektrisch beholfen. Wenn keine Stromsperre war. Und jetzt stehen Sie morgens um sechs unangemeldet vor der Tür!«
»Jawoll!« bekräftigte Thomas. »Wie die Volkspolizei.«
»Halt den Schnabel!« zischte Onkel Wolfgang.
Der Ofensetzer stemmte die Hände in die Hüften: »Un nu? Mir ham Sie vorgezoochn, weil's so dringend war. Soll ich nu widder heememachen?«

»Um Gottes willen!« rief Onkel Wolfgang. »Wir werden Sie einschließen, bis Sie den Ofen neu gesetzt haben.«
»Nu ähmd. Das meen ich awwer ooch. Wo isses denn nu?«
Onkel Wolfgang öffnete rasch die Tür zum Wohnzimmer und knipste das Licht an. Er machte die Ofenklappe auf und lud den Mann mit einer Geste ein, sich von der Notwendigkeit der Reparatur zu überzeugen. Der Ofensetzer ließ sich auf die Knie, zündete ein Streichholz an und steckte die Nase in die Feuerklappe. Und dann, dachte Thomas, stieß Gretel die Hexe hinein.
Der Ofensetzer schüttelte beim Aufstehen den Kopf: »Da hamse awwer ene Ruine! 's eenzche sin die grien Gacheln. Vorgriechsware. Vorn erschdn Griech. Hoffendlich haun mer geene in Duddn.«
»Können wir Ihnen was rauftragen helfen?« fragte die Mutter.
Der Ofensetzer schüttelte den Kopf: »Wennse nachher e Däßchen Gaffee häddn.«
»Haben wir. Aus dem Westen.«
Als der Mann seine Sachen holen gegangen war, brach die Mutter in Tränen aus.
»Gell, da freust du dich über den tüchtigen Handwerksmann«, sagte Onkel Wolfgang.
»Ach, hör doch auf! Du weißt genau! Ich habe einfach keine Nerven mehr.«
Da sie nun einmal wach waren, gingen sie in die Küche. Die Mutter stellte Kaffeewasser aufs Gas, die beiden anderen setzten sich an den Tisch.
»Jetzt haben wir diesen fremden Mann im Haus, der alles mitkriegt.«

»Sollen wir ihn wieder wegschicken? Soll er nächstes Jahr wiederkommen?«

»Quatsch! Aber wenn wir bloß erst über alle Berge wären! Hätten wir bloß alles stehen- und liegengelassen! Was müssen wir all diesen Plunder mitschleppen? Am Ende schnappen sie uns noch wegen ein paar blöder Geschirrhandtücher. Oder Suppenlöffel. Oder Bücher.«

»Apropos Bücher«, fragte Onkel Wolfgang: »Habt ihr daran gedacht, aus allen Büchern die Namen rauszukratzen?«

Thomas erschrak: Die Karl-May-Bände! In jedem Buch war auf der Titelseite der Stempel mit Onkel Wolfgangs Namen und der alten Anschrift von vor dem Krieg. Daran hatte Thomas nicht gedacht. Konnten sie Onkel Wolfgang ausfindig machen, obwohl er ja längst woanders wohnte? Natürlich konnten sie! Wahrscheinlich gab es nur einen Wolfgang Ebert in ganz Leipzig, und bei der Volkspolizei war genau festgehalten, wer wo wohnte und gewohnt hatte. Kinderleicht konnten sie die heutige Anschrift feststellen, wenn sie ein Paket mit Fluchtgut geschnappt hatten! Thomas wurde heiß und kalt. War deswegen die Mutter für Montag zur Volkspolizei geladen?

»Was ist?« fragte Onkel Wolfgang, »habt ihr daran gedacht?«

»'türlich«, sagte Thomas, »ich bin doch nicht bekloppt.«

25 Beim Abendessen klingelte es.
»Schon wieder?« wunderte sich die Oma.
Onkel Wolfgang schaltete rasch den RIAS ab, Thomas ging aufmachen.
»Der Brozulat!« entfuhr es ihm. Er verbesserte sich rasch: »Der Herr Brozulat.« Er ärgerte sich, nicht gesagt zu haben: der Genosse Brozulat.
»Kann ich deinen Onkel sprechen?« fragte der Brozulat leise, als sei eine Verschwörung im Gang.
»'türlich. Sind alle zu Hause. Kommen Sie rein!«
»Nein, nein, ich wollte nur deinen . . .«
Aber Thomas hatte schon die Eßzimmertür aufgemacht: »Genosse Brozulat möchte uns sprechen.«
Der Gast folgte widerstrebend. Er schaute in überraschte Gesichter, deutete nach allen Seiten Verbeugungen an, hätte sicher seine Mütze in den Händen gedreht, wenn er eine getragen hätte, konnte sich nicht entschließen, die Hand zu reichen. Die Oma erhob sich und verließ wortlos das Zimmer. Onkel Wolfgang bedeutete dem neuen Betriebsleiter, sich zu setzen. Die drei schauten den Brozulat erwartungsvoll an.
»Ja, es ist ja nun bald erster Mai«, fing der Brozulat umständlich an.
»Er naht mit Riesenschritten.«
»Ja, ganz richtig. Nun werden Sie ja erstmals nicht mit uns demonstrieren.«
»Aber Sie werden sich an der Spitze Ihrer Werktätigen genausogut machen. Wir selbst haben überlegt, trotzdem mitzumarschieren. Als Einzelkämpfer.«

Der Brozulat lachte wie erleichtert und fragte Thomas: »Und du? Alles bereit?«
»Ich marschiere mit einer Adenauerpuppe.«
»Adenauer? Da wäre ich aber vorsichtig.«
»Ich mach das schon.«
»Eigentlich«, sagte der Brozulat leise zu Onkel Wolfgang, »wollte ich Sie unter vier Augen sprechen.«
»Haben Sie nur keine Scheu! Wenn es Probleme gibt, müssen sie im Kollektiv gelöst werden.«
»Probleme ist vielleicht zuviel gesagt. Aber die Produktion haut nicht mehr hin.«
Onkel Wolfgang nickte verständnisvoll: »Ist auch nicht so einfach, wie man denkt.«
»Also, es geht um das Soßenpulver. Vanillearoma und Schokoladenaroma. Wir haben die üblichen Kochproben gemacht und festgestellt: Die Soße klumpt.«
»Das wird die Werktätigen aber nicht freuen.«
»Eben. Sie klumpt ziemlich.«
»Eigentlich kann ich mir das nicht vorstellen.«
»Sie klumpt aber.«
»Eigentlich kann das nicht sein. Der Soße, erlauben sie mir den kleinen Scherz, ist es doch schnurzpiepegal, ob sie privat oder volkseigen hergestellt wird.«
»Aber wenn ich es Ihnen sage.«
»Ja, was machen wir nun?«
»Glauben Sie nicht, es wäre mir leichtgefallen, Sie aufzusuchen. Aber es geht um die Existenz des Betriebs.«
Der Brozulat wartete wie auf einen Vorschlag, aber Onkel Wolfgang schaute ihn nur freundlich an.
»Ich meine, Herr Ebert, daran müßte doch auch Ihnen gelegen sein. Schon im Hinblick auf das Andenken Ihres Herrn Vaters.«

Onkel Wolfgang nickte freundlich.
»Wir haben alles kontrolliert. Meister Wohlfahrt vermutet, es liegt an den Rohstoffen. Eine schlechte Partie, meint er. Ich hatte gedacht, wenn Sie vielleicht mal nach dem Rechten schauen würden.«
Onkel Wolfgang schüttelte ernst den Kopf: »Liebend gern. Ich kenne ja wirklich jedes Schräubchen in unserem – Entschuldigung – in Ihrem Betrieb. Aber ich darf ja das Betriebsgelände nicht mehr betreten. Das haben Sie mir selbst mitgeteilt. Heute vor einer Woche.«
»Es braucht ja niemand zu wissen.«
»Die Leute kennen mich doch. Soll ich mir einen Spitzbart ankleben?«
»Ich dachte ... Ich dachte, Sie könnten am Wochenende kommen. Da wären wir allein.«
Onkel Wolfgang stand auf und machte eine Geste, als wollte er den Brozulat zur Tür geleiten: »Nein, nein. Ich bringe mich ja nach Bautzen, wenn ich so was mache. Oder gleich nach Sibirien. Da war ich schon mal, das reicht. Sie müssen da schon alleine durch. Die Arbeiter- und Bauernmacht, die den Kapitalismus überwindet, wird doch mit den paar Klumpen fertig!«
Thomas mußte sich das Lachen verkneifen, auch die Mutter biß sich auf die Zunge.
»Sie waren doch für das Labor verantwortlich«, wandte sich der Brozulat an sie, »die neue Kraft macht vielleicht einen Fehler.«
»Vielleicht«, vermutete die Mutter, »verdünnt sie das Aroma nicht genug, ehe sie es zusetzt.«
»Können Sie sich das nicht mal anschauen?«
Onkel Wolfgang stand immer noch und drängte den ungebetenen Gast zum Aufbruch.

»Also?« fragte der.
»Also: Wenn wir eine schriftliche Einladung kriegen, dann kommen wir gern und sehen mal nach dem Rechten.«
Der Brozulat atmete etwas auf, wiegte aber gleichzeitig bedenklich den Kopf.
»Und wie geht es Ihnen sonst?« fragte er, um den Aufbruch hinauszuzögern.
»Oh, wir suchen uns eine neue Aufgabe. Wir wollen ja nicht abseits stehen.«
Onkel Wolfgang ging zur Tür, der Brozulat gab sich einen Ruck und nickte zur Verabschiedung.
Die Mutter prustete heraus, als die Wohnungstür gegangen war: »Dieser Kaffer! Jetzt kommt er angekrochen.«
»Habt ihr was gedreht?« fragte Thomas.
Onkel Wolfgang war zurück: »Ja. Ein einziges Schräubchen. Das heißt, nicht wir haben es gedreht, sondern unser Meister Wohlfahrt. Er hat es mir erzählt. Dem Bolschwisten, hat er gedroht, dem werd ich's zeigen!«
»Und nun?«
»Nun klumpt das Soßenpulver. Bis der Meister die Schraube zurückdreht. So halten wir Verlierer der Geschichte die Weltrevolution auf. Aber bitte kein Sterbenswörtchen, sonst geht Meister Wohlfahrt in den Bau.«
»Dem Brozulat geht jetzt der Arsch auf Grundeis«, vermutete Thomas.
»Aber Junge!« Die Oma war zurück: »Was wollte denn dieser entsetzliche Mensch?«
Onkel Wolfgang erzählte es, zu dritt lachten sie noch

einmal herzlich über den hilflosen Betriebsleiter. Aber die Oma lachte nicht mit.

»Ich bin nicht eurer Meinung. Der Betrieb ist jetzt enteignet, schön, da können wir uns auf den Kopf stellen. Nur gut, daß der Opa es nicht mehr erleben muß. Aber die Zeiten ändern sich auch wieder. Dieser entsetzliche Ulbricht hält sich nicht ewig. Die können das gar nicht. Die richten alles zugrunde. In ein paar Jahren werfen sie das Handtuch. Und dann müssen wir wieder ran. Ich nicht, ich lebe dann nicht mehr. Aber ihr. Wolfgang. Anne. Eines Tages auch du, Thomas. Und deswegen ist es nicht in Ordnung, daß jemand ein Schräubchen verdreht. Es schadet heute dem Brozulat, aber morgen uns.«

»Mutter, Mutter!« Onkel Wolfgang schüttelte energisch den Kopf. »Wir sind die Verlierer. Wir haben vielleicht insofern recht, als eines Tages dieses blödsinnige System zusammenkracht. Aber da leben wir schon alle nicht mehr.«

»Ich schon«, sagte Thomas.

»Aber wir dürfen ja auch nicht vergessen, daß wir's uns selbst eingebrockt haben.«

»Ich nicht«, sagte Thomas.

»Jetzt halt mal den Schnabel! Wir haben mit unserem blödsinnigen Kampf um Lebensraum im Osten den Bolschiwismus eingeladen, sich bei uns auszubreiten. Nun ist er da! Und bleibt erstmal. Da brauchen wir uns nichts vorzumachen. Aber wenn wir noch ein Körnchen Sand ins Getriebe werfen können, freuen wir uns eben diebisch, wie die kleinen Jungen, die im Wasserwerk ins Trinkwasser pinkeln. So einfach ist manchmal das Leben.«

»Nein«, widersprach die Oma, »das ist billig, kleinlich und kurzsichtig. Außerdem rührt es den Stalin überhaupt nicht, wenn das Soßenpulver klumpt.«
»Den rührt überhaupt nichts mehr. Seit dem fünften März.«
»Oder seinen Nachfolger, wie heißt der Kerl? Ich bleibe dabei: Ihr seid kindisch. Ruft bitte morgen den Meister Wohlfahrt an, daß er diese Schraube zurückdreht! Sonst rufe ich ihn an.«
»Oma, Oma!«

26 Sibirien, wie ist es denn da?« fragte Thomas. »Ich meine aber nicht die Bären und Elche. Ich meine Sibirien, wovor alle Angst haben.«
Sie saßen auf dem Balkon, hatten Pullover an, es war noch längst nicht sommerlich warm. Onkel Wolfgang stopfte seine Pfeife. Seinen »Machorka«, wie er spöttisch sagte, baute er im Rosental selbst an. Er trocknete die Blätter, auf Zwirnsfäden aufgezogen, unterm Dach und schnitt sie mit dem Gemüsemesser auf dem Küchentisch millimeterfein. Von seinem Kriegskameraden aus dem Westen bekam er jedes halbe Jahr ein Päckchen schwarzen Würztabak, der sparsam krümelweise untergemischt wurde. Mit dichten Schwaden entzündete der Onkel die Pfeife. Durch die angelehnte Balkontür waren die Oma und die Mutter zu hören, wie sie in der Küche das Geschirr abwuschen.
»Jetzt muß aber ich dich mal was fragen«, sagte Onkel Wolfgang paffend. »Findest du, daß die Oma recht hat mit der Soßenpulvermischmaschineneinstellschraube?«

»I wo, auf keinen Fall! Den Brozulat muß man sabotieren, daß ihm das Gesäß auf Grundeis geht.«

»Aber wenn wir wirklich in ein paar Jahren die Firma wiederkriegen?«

»Glaube ich nicht. Jetzt bauen sie erstmal den Sozialismus auf. Das dauert. Dann stellen sie fest, daß er nicht hinhaut. Das dauert wieder. Dann muß er erstmal wieder abgeschafft werden. Nein, ich hätte das mit der Schraube genauso gemacht. Aber jetzt erzähl doch mal: Sibirien!«

»Du bist ja zur Zeit wie ein Schwamm, der alles aufsaugt.«

»Heute in einer Woche sind wir weggemacht. Wer weiß, wann ich dich mal wieder etwas fragen kann.«

»Ich muß dich enttäuschen, ich war gar nicht in Sibirien. Ich sage das immer nur, damit die Leute beeindruckt sind. In Wahrheit bin ich bloß bis Workuta gekommen, das ist knapp diesseits des Ural, überm Polarkreis. Es war aber auch in Workuta ausreichend sibirisch, im Sommer fraßen uns die Mücken schier auf, im Winter erfroren wir uns die Gliedmaßen. Die Milch wurde dort oben am Stiel verkauft, gefroren, leider bekamen wir Gefangene keine. Nur unseren Einheitsfraß, Kohlsuppe und trockenes Brot. Ich schwor mir: Nie wieder Kohl! Und was essen wir? Kohl. Bier habe ich jahrelang nicht getrunken. Tabak gab es kaum. Wenn wir Glück hatten, mal eine Papirossa, so eine Zigarette mit langem Pappmundstück, die man auch mit dicken Handschuhen rauchen konnte. Ohne Handschuhe erfrorst du dir ja die Finger. Eigentlich war es keine Gegend für Menschen, aber wer sonst sollte die Kohle aus der Erde holen und die Bahnlinie bauen?«

»Mal von vorne: Wie bist du da hingekommen?«
»Hast du das nicht in der Schule gelernt?«
»Ja, aber denen glaube ich nichts.«
»Also: im wesentlichen zu Fuß. Wir hatten in Stalingrad die Weltenwende verpaßt. Ende Januar dreiundvierzig mußten wir aufstecken. Der Herr Paulus erledigte die Formalitäten, unser Generalfeldmarschall. Viel zu spät, wie wir alle fanden. Nur an der Heimatfront, erfuhr ich später, schimpften welche, Paulus, der Feigling, habe den Führer verraten und zu früh aufgesteckt. Das konnte man so sehen, wenn man im Warmen saß. Wir gingen also in Gefangenschaft. Im wörtlichen Sinn, denn wir gingen zu Fuß. Das heißt, Paulus fuhr nach Moskau und wurde Mitglied im Nationalkomitee Freies Deutschland.«
»Da war der Krause auch drin. Unser Neulehrer. Desertiert und dann da rein.«
»Gut, der Mann. Ein blindes Huhn und so weiter.«
Thomas fiel auf, daß der vielgeschmähte kommunistische Neulehrer Krause jedesmal eine gute Note bekam, wenn von seiner Desertion die Rede war.
»Paulus also nach Moskau, ich nach Workuta. Wurde Mitglied einer Schienenlegerbrigade. Mein Nachteil: Ich mußte raboti, raboti machen, daß die Knochen knackten. Mein Vorteil: Ich kam schon fünfzig nach Hause. Paulus mußte bis dieses Jahr warten. Sein Vorteil: Er ist jetzt in der DDR ein angesehener Mann. Mein Nachteil: Ich bin nur noch ein enteigneter Kleinkapitalist.«
»Also ist er ein Verbrecher?«
Onkel Wolfgang wurde ernst: »Nein, ich glaube nicht. Er wollte beizeiten kapitulieren, weil alles völlig aus-

sichtslos war. Aber er hatte noch zuviel Angst vorm Führer. Und vor den fanatischen Nazis in seinem Generalstab. Der Führer saß in seinem Luxusbunker und befahl: ›Durrrchhalten um jeden Prrreis!‹ Wir saßen in unseren Eislöchern und hielten durch. Als Paulus endlich kapitulierte, hätte ich ihm die Füße küssen mögen. Ohne ihn wären wir wahrscheinlich alle vor die Hunde gegangen. Mit ihm sind nur die meisten vor die Hunde gegangen.«

»Wie hast du's geschafft?«

»Ich weiß es nicht. Theoretisch bin ich in den paar Jahren zweidutzendmal gestorben. Praktisch lebe ich noch. Das widerspricht der kommunistischen Lehre der Einheit von Theorie und Praxis, aber es ist nun mal so. Ich war jung, als wir kapitulierten, keine zweiundzwanzig Jahre, trotz aller Strapazen gut beisammen. Halb verhungert waren wir und halb erfroren, nur die Kräftigsten überlebten. Der Marsch in die Gefangenschaft, Hunderte von Kilometern durch meterhohen Schnee. Die Übernachtung in Schneewehen, ein bißchen geschützt vorm Sturm. Morgens stieß man seinen Nachbarn an, aber der antwortete nicht mehr. Aus! Exitus. Manchmal trottete man vor sich hin und wunderte sich, weshalb man noch nicht tot war. Und dachte natürlich auch: wozu denn noch? Der Krieg verloren, die Heimat verwüstet, die Familie vielleicht tot, die Freundin längst bei einem anderen. Wozu denn noch? Aber manche Menschen, weißt du, sind wie die Ratten. Wenn man eine Ratte mit dem Knüppel erschlagen will, wehrt sie sich bis zum letzten Schnaufer. Eigentlich müßte sie sich sagen: Du hast keine Chance. Aber sie faucht und beißt und kratzt. So mußte man sein. Viele legten sich aber auf dem langen Marsch durch die Kälte irgendwann in den Schnee und ließen uns weiterziehen. Ein schöner Tod, schmerzlos, friedlich. Ganz am Ende fuhren Lastwagen. Da wurden die Körper raufgeworfen. Beruhigende Gewißheit, daß man nicht einfach liegenblieb und nach dem Tauwetter im Frühjahr als aufgedunsener Leichnam die Landschaft verschandelte. Doch, das war immerhin was. Irgendein Massengrab. Lieber hätten wir natürlich ein Birkenkreuz am Waldrand gehabt, mit dem Stahlhelm oben drauf und dem Namen dran. Wenn schon, denn schon. Aber wir waren eben zu viele.«

»War da die Sache mit deinem Freund?«

Onkel Wolfgang nickte. Davon hatte er schon einmal erzählt. Von seinem Kameraden und Freund, der auch aus Leipzig stammte, aus der Biedermannstraße in Connewitz, mit dem er von Stalingrad bis halb nach Workuta gekommen war. Aber nicht weiter.

»Ja, mein Freund. Was nennt man im Leben nicht alles ›Freundschaft‹! Als Schüler hatten wir Freunde, mit denen wir die halbe Nacht bei Bier und den ersten Zigaretten die Rätsel des Lebens zu enträtseln versuchten. Oder den Mädchen nachstellten. ›Freunde‹ nannten wir die. Aber wenn wir's auf ein und dasselbe Mädchen abgesehen hatten, zeigte sich, daß die Freundschaft eine derart dramatische Belastung nicht aushielt. Mein Freund Walter aus Connewitz war jemand, mit dem ich in Friedenszeiten nichts zu tun gehabt hätte. Arbeiter. Arbeitersohn. Arbeiterenkel. Kein Umgang für uns. Solche arbeiteten höchstens bei uns in der Firma. Der Opa, der kannte alle seine Leute, redete mit jedem, aber wir, die ›jungen Herrschaften‹, dünkten uns doch was Besseres. Dann der Krieg. Anfangs versuchte man sich noch ein bißchen in ›seinen Kreisen‹ zu bewegen. Der Mensch fing ja erst beim Abiturienten an. Aber der Dünkel verging uns schnell. Im Krieg definiert sich ›oben‹ und ›unten‹ anders als zu Hause. ›Oben‹ ist beim Sekt im Hauptquartier. ›Unten‹ ist beim Muckefuck im Schützengraben. Spätestens beim gemeinsamen Entlausen hat man gelernt, wie unwichtig die Unterschiede zwischen den Menschen sind. Da redest du plötzlich mit ganz Ungebildeten über Gott und die Welt, weil du langsam dahinterkommst, daß es keinen Gott auf der Welt gibt. Das ist was anderes als die blitzgescheiten Dispute mit deinen Klassenkameraden bei der ersten Zigarette. Im Schützenloch ist die Welt plötzlich ganz einfach. Du bist ein Dreck und Gott ist tot.«

»Ganz tot?«

»Ganz tot. Das heißt, vielleicht hat er sich in die Kirchen zurückgezogen, macht ein Nickerchen auf dem Sofa in der Sakristei. Aber da draußen war er nicht.«

»Aber Pfarrer Haase«, sagte Thomas, doch er brachte den Gedanken nicht zu Ende. »Und Walter?« fragte er.

»Walter schaffte es nicht. Irgendwo in der Weite Rußlands, wie es in falscher Romantik immer heißt, schaffte er es nicht mehr. Und da passierte etwas Merkwürdiges. Da hast du Hunderte und Tausende krepieren sehen. Hast dich daran gewöhnt, daß es eben so ist. Hast gelernt, möglichst nur noch an dich zu denken. Aber der Freund! Den willst du nicht liegenlassen. Diesen einen nicht! Schleppst ihn halb auf der Schulter, obwohl du selbst kaum noch laufen kannst. Redest auf ihn ein, obwohl du selbst an nichts mehr glaubst. Re-

dest von Leipzig, obwohl du weißt, daß er es nicht wiedersehen wird. Redest von seiner Freundin, obwohl du weißt, daß sie einen anderen finden wird. Schleppst und schleppst, obwohl du weißt, es macht dich selbst fertig. Weiter! Los, Mensch, reiß dich zusammen! Leipzig! Deine Eltern! Waltraud!«
Onkel Wolfgang machte eine Pause, Thomas fragte nichts.
»Naja. Als ich neunzehnhundertfünfzig aus der Gefangenschaft kam, erfuhr ich, daß seine Eltern noch beim Angriff im März fünfundvierzig umgekommen waren.«
»Und Waltraud?«
»War weg aus Leipzig. Irgendwohin. In den Westen. Wird verheiratet sein. Kinder haben. Eine normale Geschichte.«
»Erzählst du wieder Landsergeschichten?« Die Mutter war auf den Balkon getreten und brachte zwei Gläser Wasser mit Himbeersirup.
»Der Junge will alles wissen. Ich habe schon gesagt, er ist wie ein Schwamm.«
»Mich nervt er auch. Nimm ihn mir ruhig heute abend ab. Ich muß noch ein bißchen was sortieren, ehe Montag wieder der Ofensetzer herumschnüffelt.«
Thomas und sein Onkel tranken und schauten den Mauerseglern zu, die pfeilschnell zwischen den Häusern hindurchschossen, mit Gräsern und Halmen im Schnabel für ihre Nester. Im Holunderbaum hinterm Balkon hatte sich wieder die lärmende Rotte der Sperlinge zum Abendtreff versammelt. Thomas dachte daran, wie er auf diesem Balkon oft im Hochsommer die Eismaschine gerührt hatte, mit Vanillepudding aus

der eigenen Firma und kleingestoßenem Stangeneis. Vanillepudding ohne Klumpen. Eismachen war so schön wie Kräppelbacken zu Silvester.
Thomas überlegte: Als er geboren wurde, war der Krieg gerade ein Vierteljahr alt und Onkel Wolfgang hatte Polen erobert. Blitzkrieg! Als Thomas ein Jahr alt war, war Onkel Wolfgang auf Heimaturlaub gekommen. Thomas erinnerte sich natürlich nicht daran, kannte nur die Fotos, die ihn, gerade wacklig stehend, in Onkel Wolfgangs viel zu großen Stiefeln zeigten, mit dem Käppi auf dem Kopf, die Patschhand zum militärischen Gruß angelegt. Auch an Onkel Wolfgangs letzten Heimaturlaub Ende einundvierzig hatte Thomas keine Erinnerung. So lange er denken konnte, hatte es Onkel Wolfgang nur als eine Art Märchenfigur gegeben. In Sibirien. Bei der Schneekönigin. Manchmal ein Brief, meistens kein Lebenszeichen. Die Oma bei der Wahrsagerin. Zehn Jahre war Thomas gewesen, als plötzlich die Nachricht eintraf: Er kommt! Die Oma war zu aufgeregt, um zum Hauptbahnhof mitzugehen. Wie oft war sie, manchmal mit Thomas, aufs Geratewohl gegangen, wenn ein Heimkehrerzug angekündigt war. Die langen Schlangen zerlumpter Gestalten. Die Freudenschreie beim Erkennen. Die Frauen mit den Pappschildern, die Nachricht über ihren Vermißten erbaten. Dann aber Onkel Wolfgang! Mager, stoppelig, abgerissen. Glücklich.
»Du hattest aber Kriegsspielzeug«, sagte Thomas.
»Jeder Junge hatte Kriegsspielzeug. Ich konnte ja nicht mit einer Puppenküche spielen. Kriegsspielzeug gehört zu den Tricks, mit denen man kleine Jungen auf ihre große Rolle einstimmt. So ein Gefallener mit der Fahne

in der Faust sieht ja auch ganz nett aus. Da kann man sich gar nicht vorstellen, daß Erschossenwerden weh tut.«

»In der DDR gibt es ja kein Kriegsspielzeug. Ich meine, das muß man auch mal anerkennen. Bücher hattest du auch über den Krieg.«

»Ach, diese Heldenepen. Ich habe als Junge diese Schmöker gelesen über den Ersten Weltkrieg. Du kennst sie ja zum Teil. Über die Skagerrakschlacht und über Lettow-Vorbeck und diesen ganzen Quatsch. Mit glühenden Ohren habe ich das damals verschlungen. Wollte auch an so einem heldenhaften Ringen teilhaben. Mit Orden behängt vor den Schönen des Landes paradieren. Die Bücher, in denen stand, wie es wirklich war, die waren verpönt und wurden unter Hitler verboten. Aber als ich fünfzehn war, gab mir der Opa ›Im Westen nichts Neues‹ zu lesen. Darüber durfte ich mit niemandem reden, denn es gehörte zu den verbrannten Büchern. Seit ich dies gelesen hatte, ahnte ich, was das ist: Krieg. Als sie mich mit neunzehn holten und ins feldgraue Ehrenkleid zwängten, wußte ich, was uns bevorstand. Ich wollte kein Held mehr werden. Ich wollte nur schnell gewinnen, damit ich es hinter mir hatte. Als es nicht so fix ging, wollte ich wenigstens nicht erschossen werden. Als es immer länger dauerte, lernte ich die kleinen Freuden des Landseralltags schätzen: die Schnapsration, die Tabakration. Sich entlausen. In der Sonne sitzen. Die Stiefel ausziehen, die Fußlappen runter, die Blasen kühlen. Als wir kapitulierten, war ich froh, es noch miterleben zu dürfen. Auf dem Marsch nach Workuta war ich froh, nicht zu den Erfrorenen am Straßenrand zu gehören. In Workuta hoffte ich anfangs noch, bald entlassen zu werden. Und meine Familie lebend wiederzusehen. Dann hoffte ich, nicht zu einem anderen Kommando versetzt zu werden, mit noch schwererer Maloche. Nicht in eine andere Baracke verlegt zu werden, wo es noch enger war. Die Pritsche bloß mit einem Kameraden teilen zu müssen und nicht mit noch einem. Ab und zu in der Mülltonne einen Brotkanten zu finden. Ich fand aber nur einmal einen in über sieben Jahren. Die Stiefel zu erwischen, wenn ein Kamerad starb. Gelang mir auch ein einziges Mal. Als wir nach zwei Jahren Gefangenschaft hörten, der Krieg ist aus, hofften wir mal wieder auf zu Hause. Aber ein Jahr verging und noch eins und noch zwei. Du fingst an, nur noch an die nächste Nacht zu denken und an den nächsten Morgen. Nicht verhungern, nicht erfrieren, nicht verunglücken, nicht krank werden. Heldentum? Ach Gott! Das ist für die Bücher. Vom großen weltgeschichtlichen Ringen bleibt die Angst, daß du keinen Durchfall kriegst und nicht an der Ruhr krepierst.«

»Wie waren denn die Iwans?«

»Wie wir. Sie lernten mit der Zeit, daß wir nicht alle Nazis waren, daß nur einige von uns versessen darauf gewesen waren, ihr Land zu rauben, ihre Frauen zu vergewaltigen, ihre Kinder zu erschlagen. Wir lernten, daß sie nicht alle Untermenschen waren, auch wenn manche von ihnen Frauen vergewaltigten und Kinder erschlugen. Es gab, hier wie dort, nette Kerle und fiese Hunde, schlaue Burschen und dämliche Affen. Der einzige Unterschied war manchmal, daß wir verloren und sie gewonnen hatten. Aber sie selbst hatten ja auch nach dem Krieg und dem Sieg noch einen grimmigen

Feind im Land: Stalin. Darüber durfte nie einer reden, weder in Rußland noch hier in der Ostzone. Aber es sickerte so langsam durch, daß in der Gegend von Workuta nicht nur deutsche Gefangene verreckten. Sondern zu Tausenden und Abertausenden auch die eigenen Leute, Männer und Frauen, die dieser Stalin vernichten ließ. Dieser Hitler-Verschnitt, den wir hier anbeten müssen. Bei dessen Erwähnung unser Ulbricht, diese Ratte, förmlich einen Orgasmus bekommt, wenn du auch nicht weißt, was das ist.«
»Du bist aber ganz schön stinkig.«
»Ich will dir mal was sagen: Es ist nun mal, wie es ist. Wir haben diesen verdammten Krieg vom Zaun gebrochen und haben ihn verloren. Dafür bezahlen wir jetzt. Aber daß wir obendrein gezwungen werden, wider besseres Wissen vor Stalin, diesem zweitgrößten Verbrecher der neueren Geschichte, auf dem Bauch zu kriechen, unter Absonderung einer breiten Schleimspur, das macht mich fuchsteufelswild. Und deswegen werde ich eines Tages den gleichen Weg gehen wie ihr. Nicht weil das Brot drüben weißer ist.«
»Dann kommst du aber zu uns. Mit deiner Eva. Am Ende holen wir die Oma nach, dann haben wir wieder die alte Truppe beisammen. Dann können wir am Ende sogar sagen: Wir sind ganz gut durchgekommen durch den ganzen Schlamassel.«
Onkel Wolfgang stopfte seine Pfeife nach. Es war dunkel geworden und kühl.
»Man steckt ohnehin viel mehr weg, als man je für möglich gehalten hätte. In Workuta hatte ich einen Kameraden, der schrieb immer an seine Eltern, bekam aber nie Antwort. Er war verzweifelt, hatte keinen

Mut mehr, wollte nicht mehr leben. Wir redeten auf ihn ein: Sie werden umgezogen sein, irgendwo in Deutschland leben, die Post kann sie nicht ausfindig machen. Laß uns nur erst nach Hause kommen! Als wir zusammen entlassen wurden und nach Hause kamen, er stammte hier aus der Nähe, erfuhr er von Nachbarn: Die Russen hatten beim Einmarsch seinen Vater erschlagen, als er sich vor seine Frau stellen wollte. Die Mutter hatten sie vergewaltigt, wieder und wieder, und sie sterbend vor die Tür geschmissen. Die Nachbarn hatten die Briefe aus der Gefangenschaft erhalten, aber nie beantwortet. Sie trauten sich nicht, ihm die Wahrheit zu schreiben. Sie trösteten sich mit dem Gedanken, ihm in der Gefangenschaft nicht den Lebensmut zu nehmen. Sie hatten recht. Er lebt noch.«
Thomas schwieg.
»Wir haben soviel erlebt, daß wir uns nur noch in Ausnahmefällen aufregen können. Nicht mal über so eine Enteignung. Schade, ich hätte gern noch mehr Puddingpulver hergestellt. Unser Puddingpulver war nämlich ausgezeichnet. Ehe es anfing zu klumpen.«
»Du machst immer Witze.«
»Das wird dir wohl fehlen ab nächster Woche.«

27

Thomas war glücklich.
Nach der letzten Schulstunde am Sonnabendmittag hatte er Petra abgepaßt und sie daran erinnert, daß er sie nachmittags um vier abholen werde. Sie war weder erschrocken noch hatte sie ihn ausgelacht, hatte ihn nur aufmerksam angeschaut, ein bißchen spöt-

tisch, wie er fand, vielleicht ein paar Sekunden lang, die ihm wie Minuten vorgekommen waren.
»Und was machen?«
»Mal sehen. Irgendwas Schönes.«
Thomas hatte sein Programm nicht verraten wollen, aus Angst, Petra werde ihn auslachen.
»Einfach so?«
»Wir machen schon was. Ich hol dich um vier ab, mit dem Fahrrad. In Ordnung?«
Petra hatte genickt.
Ab zwanzig vor vier lauerte er vor ihrem Haus. Sie war pünktlich. Sie hatte ein Kleid an, das nach Wochenende aussah, rosa geblümt und mit angedeuteten Puffärmeln. Weiße Söckchen. Lackschuhe. Sie sah sehr hübsch aus. Thomas hatte sich nicht umgezogen.
»Und dein Fahrrad?« fragte er.
»Leider kaputt. Kette gerissen.«
»Soll ich mal nachschauen?«
»Hat mein Vater schon.«
Thomas hatte die rettende Idee: »Setz dich bei mir drauf. Aber nicht auf den Gepäckträger. Auf die Stange.«
Sie zögerte nur kurz, dann ließ sie sich aufhelfen. Er strampelte los. Die Lindenthaler Straße hinunter, leicht bergab und fröhlich beschwingt, aber wortlos vor Freude. Erst beim Überqueren der Georg-Schumann-Straße fiel ihm, endlich, etwas zu sagen ein: »Nächste Woche marschieren wir hier wieder. Am ersten Mai.«
Petra nickte, Thomas nutzte die Gelegenheit, mit dem Mund ihr Haar zu berühren. Sie beugte kurz den Kopf nach vorn, aber dann nahm sie ihn zurück. Thomas küßte sie leise in den Nacken.

»Wo wollen wir denn hin?« fragte sie.
»Wirst schon sehen.«
Thomas traute sich noch immer nicht zu sagen, daß er zur sonnabendlichen Motette in die Thomaskirche wollte. Im Unterschied zum sonntäglichen Oberligaspiel bei »Chemie« im Georg-Schwarz-Sportpark war die Motette eigentlich keine typische Veranstaltung für einen Jungen, der etwas auf sich hielt. Aber er liebte den Gesang in der alten Kirche, seitdem die Großmutter ihn das erstemal mitgenommen hatte. Alle paar Monate ging er hin, und die Christmette am Heiligen Abend konnte er sich ohne Thomaner nicht mehr vorstellen.
An der Friedenskirche vorbei, wo morgen zum letztenmal für Thomas Kindergottesdienst sein würde. Ob der verhinderte Blasebalgtreter wieder auftauchte oder ob er, wie Thomas vermutete, weggemacht war? Die Gohliser Straße hinunter mit den prächtigen Wohnhäusern aus der Zeit der Jahrhundertwende, die größtenteils den Krieg überlebt hatten. Die Rote Armee hatte sich in den Querstraßen eingenistet. An der Ecke Springerstraße, wie immer, der kurze Blick auf die Ruine des Hauses Nummer 19.
»Da haben wir im Keller gehockt, als der große Angriff war.«
Petra nickte, ließ aber kein Zeichen der Bewunderung erkennen.
Thomas erinnerte sich an Onkel Wolfgangs Erfahrung: Die Frauen wollen unterhalten sein. Ihnen genügt es völlig zuzuhören und gnädig mit dem Kopf zu nicken. Nicht zu heftig, die Gnade mußte steigerungsfähig bleiben. Reden, reden, reden. Keine Pausen. Das

Thema war gleichgültig. Zwischendurch immer eine kleinere Versprechung, die nur nicht viel Geld kosten durfte. Onkel Wolfgang kannte sich aus. Seine Eva, sagte er manchmal, sei wirklich eine Eva, wie aus dem Lehrbuch. Wenn er nicht aufpasse, habe sie ihn bald so weit, daß er aus der Hand fresse und vielleicht sogar Männchen mache. Heute wollte Eva übrigens von ihrer Berlinreise mit der FDJ zurück sein.

Thomas plauderte drauflos: »Apropos aus der Hand fressen«, sagte er in Höhe des Zoos, »der Omar, der Elefantenbulle mit dem abben Stoßzahn, hat mir aus der Hand gefressen. Da war ich noch keine sechs.«

»Mir auch. Trocken Brot.«

Na endlich, dachte Thomas.

An der Thomaskirche, der Weg war mit jedem Kilometer beschwerlicher geworden, hielt er an und unterdrückte sein Keuchen. Er kettete das Rad an und nahm Petra bei der Hand, wogegen sie sich nicht sträubte.

»Jetzt paß auf!« sagte er.

An der Kirchentür hing ein maschinengeschriebener Zettel: »Die Motetten des Thomanerchors fallen in dieser Woche wegen Skandinavientournee aus.«

Thomas fiel das Herz in die Hose.

»Wolltest du zu den Thomanern?« fragte Petra. »Das stand doch in der Zeitung, daß die auf Achse sind.«

»Jaja, ich weiß. Ich wollte ... Ich wollte nur mal gukken. Ich meine, manchmal haut ja so 'ne Tournee nicht hin. Da müssen wir eben ein andermal ...«

Petra lächelte. Thomas fühlte eine eisige Hand nach seinem Herzen greifen.

Wenn Onkel Wolfgang recht hatte, kam es jetzt darauf an, keine Sekunde das Heft aus der Hand zu geben.

»Warst du schon mal auf dem Rathausturm?«
Aus hundert Metern Höhe schauten sie über ihre Stadt. Im Südosten das Völkerschlachtdenkmal, grauer Klotz aus Beuchaer Granit, Streitobjekt zwischen Bewunderern des Hehren und Verächtern des Pompösen. Am Fuße der Südfriedhof, da mußten sie nächste Woche noch hin, Abschied nehmen. Im Nordosten die große Esse des Kraftwerks, das höchste Bauwerk der Stadt. Dahinter, nicht zu erkennen, die Rote Schule. Die Friedenskirche zu ahnen. Die Sicht war nicht gut. Sie suchten nach ihren Wohnhäusern, ohne Erfolg. Der Hauptbahnhof, dahinter das braune Delta der Schienen. Zu Füßen die Innenstadt mit ihren Ruinen und Lücken. Das Alte Rathaus. Die Thomaskirche. Mist mit den Thomanern! Weiter im Westen, am Elsterflutbecken, das Riesenrad der Kleinmesse.
»Halt mich mal fest«, bat sie, »ich will runtergucken.«
Thomas hielt ganz fest.
»Und jetzt?« fragte Petra, wieder unten.
»Kino. Capitol. ›Fahrraddiebe‹.«
Thomas wollte diesen Film aus dem kapitalistischen Ausland ohnehin sehen, um vielleicht den einen oder anderen Hinweis zu erhalten, wie er sein blaues Fahrrad sicher über Westberlin in die Westzonen brächte.
»Der ist doch erst ab fünfzehn und ich bin zwölf.«
»Siehst aber aus wie dreizehn.«
»Fehlen aber noch zwei.«
»Probieren.«
»Das Problem ist«, sie lächelte ihn an, »daß du aussiehst wie elf.«
Nach ein paar Minuten fiel ihm eine gute Antwort ein, aber es war zu spät.

Er schlug die Kleinmesse vor, Petra gab ihm zu bedenken, daß sie so gut wie kein Geld bei sich habe.
»Ich habe«, sagte er mit generöser Geste.
Es kam ja wirklich nicht darauf an. In Westberlin würden sie ihm sein Erspartes ohnehin nur zum Schwindelkurs von fünf zu eins tauschen, also konnte er es auch noch in Leipzig für einen guten Zweck ausgeben.
Autoscooter. Er ließ Petra lenken, sie fuhr fröhlich auf Krawall, baute einen Zusammenstoß nach dem anderen. Jedesmal fiel sie gegen Thomas' Schulter. Oder war es umgekehrt? Sie fuhren siebenmal.
Geisterbahn. Im Dunkeln der nasse Schwamm im Gesicht. Das schaurige Gerippe schien sich auf Petra zu stürzen. Sie flüchtete in Thomas' Arme. Sie fuhren viermal, Petra erschreckte sich jedesmal wie zu Anfang.
Thomas spendierte Waffeln. Sie bekleckerte sich mit Puderzucker, er half das Kleid putzen.
Riesenrad. Sie saßen allein in der Gondel. Als sie ganz oben stillstand, deutete Petra zurück zum Rathausturm. Aber Thomas faßte sich ein Herz und nahm Petra in die Arme. Sie schaute ihn an, mit dem Lächeln, das ihn immer noch unsicher machte. Er küßte sie, wie er es aus dem Kino kannte. Sie schaute ihn wieder an. Sie nickte.
»Heute abend ist Höhenfeuerwerk«, sagte er, als sie wieder auf der Erde standen.
»Ich muß aber nach Hause«, sagte sie.
»Könnten wir nicht ausnahmsweise?«
Sie schüttelte den Kopf: »Nicht gleich beim erstenmal.«
»Morgen?«
»Morgen kann ich nicht.«

»Dann nächste Woche.«
Auf dem Heimweg ging es zum Schluß bergauf. Thomas keuchte, fuhr langsam, legte seinen Kopf auf Petras Schulter. Zu sagen fiel ihm nichts ein. Der Tag war zu ausgefüllt gewesen. Vor dem Haus nahm Petra seinen Kopf in ihre Hände und gab ihm einen Kuß auf die Stirn. Dann drehte sie sich um und lief davon.
Thomas fuhr schnell los.
Wenn dieser verdammte erste Mai nicht wäre!

28 Sechzig, siebzig Meter breit, was weiß ich, ich habe es ja nicht nachgemessen. In der Mitte eine Grünanlage mit Bänken, drunter donnert die U-Bahn. Breite Fahrbahnen, breite Bürgersteige.« Eva erzählte begeistert, als Thomas ins Wohnzimmer trat.
»Tritt nicht in die Trümmer von unserem Ofen«, ermahnte die Mutter. Thomas machte einen Bogen.
»Die Häuser«, fuhr Eva fort, »mindestens acht Etagen hoch, wenn ich mich nicht verzählt habe. Prachtvolle Geschäfte, Kinos, Restaurants. Richtig weltstädtisch. Ein Anblick, den ihr euch gar nicht vorstellen könnt.«
»Also warst du auf dem Ku'damm?« fragte Thomas.
»Nein, auf der Stalinallee.«
»Ach so.«
»Übrigens heißt es nicht mehr ›Bürgersteig‹«, bemerkte Onkel Wolfgang, »es gibt in unserer Republik nur noch Werktätige.«
Eva schwärmte unbeirrt weiter: »Es ist ein gigantisches Aufbauwerk. Die erste sozialistische Straße der DDR. Wenn das alles erstmal fertig ist! Wir haben auch mit

den Bauarbeitern sprechen dürfen. Die sind mächtig stolz, an dem Werk mitzuwirken.«

»War ihr Parteisekretär dabei?« fragte Onkel Wolfgang.

»Da war so einer dabei, mit Parteiabzeichen, der immer genau zuhörte. Du meinst, das war ...«

»Das war denen ihr Brozulat. Der hat genau aufgepaßt, daß sie planmäßig begeistert waren. Haben sie gesagt, daß sie freiwillig die Arbeitsnormen erhöhen wollen? Zu Ehren des Heimgangs des Genossen Stalin? Siehst du! Oh, ihr netten kleinen Studentchen! Was man euch alles in die Ohren blasen kann! Wann werdet ihr endlich unterscheiden lernen zwischen dem ›Neuen Deutschland‹ und dem Leben?«

Eva schwieg betreten einen Augenblick, den Thomas beendete, indem er fragte: »Warst du auch auf dem Ku'damm?«

»Ja, ich habe einmal meine Gruppe, wie soll ich sagen, versehentlich aus den Augen verloren und bin mit der S-Bahn nach Westberlin.«

»Wird man da eigentlich an der Grenze kontrolliert?« fragte die Mutter.

»Naja, da laufen Vopos herum und gucken in die Wagen. Aber richtig kontrolliert wird man nicht. Ja, doch, einen Mann mit zwei Koffern haben sie rausgeholt und abgeführt. Aber ich weiß nicht, warum.«

»Und wie isses drüben?« fragte Thomas.

»Dieser Kapitalismus ist zwar, wie wir wissen, nur Fassade und bricht bald zusammen. Aber eindrucksvoll ist er schon. Ich kann die Menschen verstehen, die sich da blenden lassen und wegmachen. Sie werden es zwar bereuen, aber vielleicht nicht gleich.«

»Hast du einen Stadtplan mitgebracht?« fragte Thomas weiter.
»Nein, wozu?«
»Damit wir ...«
Die Mutter räusperte sich. Thomas schwieg erschrokken.
»In Ostberlin gibt es keine Stadtpläne und in Westberlin hätte ich mit Westmark bezahlen müssen. Übrigens waren die meisten von unserer Gruppe in Westberlin, das stellte sich so nach und nach heraus. Einer sagte, laut Lenin müsse man den Klassenfeind studieren, um ihn zu besiegen. Das fanden dann alle. Auf der Heimfahrt im Zug flüsterte mir ein Kommilitone zu, er wäre seit heute gar nicht mehr sicher, daß der Kapitalismus so schnell zusammenbricht. Wenn man sieht, was da gebaut wird! Schöne Wohnhäuser! Nicht so Bruchbuden wie in der Stalinallee. Moderne Geschäfte! Da müßte es richtig Spaß machen, Schlange zu stehen, sagte er. Die Restaurants! Wir hatten ja kein Geld durch den Schwindelkurs fünf zu eins. Aber reingeschaut haben wir mal. Also, Sozialismus hin, Sozialismus her, der Westen hat schon irgendwas. Bis zur Weltrevolution.«
»Nollendorfplatz«, fragte Thomas, »warst du am Nollendorfplatz?«
»Nein, warum?«
»Warum, warum! Du kannst vielleicht fragen. Weil dort das Hotel steht, wo Emil und die Detektive den Findeisen mit dem geklauten Geld bewacht haben.«
»Ich kenne eure Verwandten noch nicht alle.«
Thomas stöhnte und gab auf.
Er wurde losgeschickt, aus der »Weintraube« an der

Möckernschen Straße einen Krug Bier fürs Abendbrot zu holen.

Thomas freute sich immer, wenn Eva kam, denn sie war eine hübsche Frau mit langen pechschwarzen Haaren und dunklen Augen. Er wußte, man konnte Petra nicht mit ihr vergleichen. Er hoffte nur, Petra würde mal so ähnlich.

Was Eva erzählte, machte ihn neugierig. Berlin! In der Schule, in Erdkunde und Gegenwartskunde, in der »Leipziger Volkszeitung« und dem »Neuen Deutschland« war Berlin strikt geteilt: in die blühende Hauptstadt der Deutschen Demokratischen Republik und die sterbende Frontstadt der Revanchisten. Hier fortschrittliche Werktätige beim Aufbau ihrer Zukunft, da ausgebeutete Massen unter der Knute der Monopolkapitalisten. Hier die Friedenskräfte des sozialistischen Lagers, dort die imperialistischen Gangsterorganisationen. Im RIAS wiederum klang alles ganz anders. Genau umgekehrt. Die »Insulaner« hatten nicht den Hauch eines Zweifels, auf welcher Seite des Brandenburger Tors die Gerechtigkeit zu Hause war und die Zukunft begonnen hatte. Nur noch eine Woche, dann würde sich Thomas selbst überzeugen können. Oh ja, er bekam Appetit aufs Wegmachen!

»Ich habe mich ja nicht freiwillig gemeldet«, verteidigte sich Eva gerade, als Thomas mit dem Bierkrug kam. »Es wurden aus jedem Seminar welche bestimmt: Du stehst Wache, du stehst Wache. Immer zu viert. Immer zwei Stunden lang. Soll ich da vielleicht sagen: Was geht mich euer Genosse Stalin an? Das mindeste wäre gewesen, daß sie mich von der Uni feuern. Mit einem bißchen Pech wäre ich nach Sibirien gegangen.«

»Im Frühling und im Herbst ist Sibirien ganz hübsch«, sagte Onkel Wolfgang.
»Weißt du was? Du machst deine schlechten Witze und ich mache, was ich für richtig halte.«
Onkel Wolfgang gab ihr einen Kuß auf die Wange, aber sie wandte sich ärgerlich ab. Die Oma und die Mutter trugen das Abendbrot auf, es gab zur Feier des Wochenendes Pellkartoffeln mit Quark und Leinöl.
»Darf ich ein kleines Bier?« fragte Thomas.
Die Oma schüttelte den Kopf.
»Habt ihr auch Trümmer geschippt?« erkundigte sich Thomas.
»Klar haben wir Trümmer geschippt. Ehrensache! Eine ganze Stunde lang. Viele Trümmer sind ja nicht mehr da, aber für solche Aktionen reicht es noch. Wir sind dabei auch fotografiert worden, für die ›Junge Welt‹. Und dann war Empfang im Zentralrat der FDJ Unter den Linden. Belegte Brote und Limo. Wir bekamen Aufklärung über die Frontstadt der Imperialisten und wurden gewarnt hinzugehen. Man würde uns zur Spionage zwingen oder zur Prostitution. Mit Negern. Am Ende war sogar unser Zentralratsvorsitzender kurz dabei und hat nochmal alles nachdrücklich bekräftigt.«
»Der Honecker?«, staunte Thomas. »Das ist doch auch unser Häuptling.«
»Du bist doch Junger Pionier«, verbesserte die Mutter.
»Aber unsere Vorsitzende unterliegt Honecker. Oder untersteht.«
»Genosse Honecker sprach sehr anfeuernd«, berichtete Eva weiter. »Wir sollten dem Imperialismus in den Arm fallen. Er sagte: ›Impjalismus‹. Er sprach sowieso

ein bißchen komisch. Hektisch, würde ich sagen. Unser Sieg stehe fest, er müsse jetzt nur noch errungen werden. Kein Problem für so prachtvolle junge Kommunisten! Und wenn wir nach Leipzig zurückkehrten, an die Werkbank des Geistes, dann würden wir doppelt ...«

»Die Kartoffeln werden kalt«, erinnerte die Oma.

Eva aß wenig und erzählte viel. Vom sowjetischen Ehrenmal in Treptow mit dem riesigen Rotarmisten, der ein gerettetes deutsches Kind auf dem Arm trug. Vom Brandenburger Tor mit der roten Fahne. Von der Gedenkstätte in Cecilienhof, wo Stalin die Potsdamer Konferenz abgehalten habe. Auf der S-Bahn-Fahrt von Ostberlin durch Westberlin nach Potsdam hatte die Gruppe ganz eng beieinanderbleiben müssen, jeder verantwortlich für jeden. Sie hatten dem Leiter ihres FDJ-Aktivs hoch und heilig versprochen, daß dieser Sumpf westlicher Sabogenten sie anwidere und daß sie ihn nur im Auftrag der Partei der Arbeiterklasse studieren würden.

»Den haben wir geleimt«, freute sie sich.

Nach dem Essen mußte Eva kurz verschwinden, die Oma schaute ihr nach: »Ob das was wird mit dem Mädel?«

»Es ist schon was mit dem Mädel«, stellte Onkel Wolfgang fest.

»Aber sie ist doch so ganz anders als wir.«

»Ach, Unsinn! Hast du schon mal so eine laue Kommunistin gesehen? Wenn die ihr Examen hat, ist sie schneller im Westen, als du gucken kannst. Die Hälfte der Studenten haut doch ab, wenn sie zu Ende studiert hat.«

»Meinst du also, sie ist koscher?« fragte die Mutter.
»Wir werden ihr vorsichtshalber nicht verraten, daß ihr abhaut. Sicher ist sicher.«
»Ihr müßt dringend mal nach Berlin fahren«, sagte Eva, als sie wieder am Tisch saß. »Das ist schon was anderes als unser bescheidenes Leipzig. Diese Stalinallee! Dieser Ku'damm! Da können wir uns mit unserer Grimmaischen Straße nur in ein Mauseloch verkriechen.«
»Vielleicht haben wir ja mal Zeit«, sagte die Mutter.

29 Der Küster stand vor der Kirchentür und hielt schon nach Thomas Ausschau: »Da bist du ja!«
»Blasebalg? Alles in Ordnung«, nickte Thomas.
Er stieg die Treppe hinauf zur Orgel: »Guten Tag, was hätten Sie denn heute ohne mich gemacht?«
»Ich hätte singen müssen«, vermutete Herr Rotzsch, »mehrstimmig, damit es nach was klingt.«
Thomas' Gedanken schweiften wieder ab, während die Orgel spielte und die Stimmchen unten einschläfernd nölten. In der Kirche und im Gemeindehaus sollte er jetzt also rumschnüffeln, um bei der Pionierleiterin Berichte abzuliefern. Das Leben in dieser Ostzone konnte, wenn man's recht bedachte, ganz schön aufregend sein für ein Kind. Tag für Tag, Stunde für Stunde mußte man auf der Hut sein, um sich nicht zu verplaudern. Die subversiven Informationen aus der Christenlehre durfte man nicht mit der Wahrheit aus der »Prawda« und dem »Neuen Deutschland« vermengen. Den RIAS und den Sender Leipzig mußte man säuber-

lich auseinanderhalten. Thomas konnte längst nach wenigen Worten des Sprechers bestimmen, welche Welle eingeschaltet war, selbst wenn nur vom Wetter die Rede war. Wenn es an der Tür klingelte, war der automatische Griff zum Radio. Aus! Wann immer man einem Fremden entgegentrat, mußte man ihn flugs einschätzen, ehe man den Mund auftat. Im Zweifel ließ man den Mund zu. Wurde man allerdings etwas Verfängliches gefragt, mußte man sich blitzschnell eine wasserdichte Antwort überlegen.

Thomas probierte es.

Frage: Sind diese Versorgungsmängel in der DDR nicht entsetzlich?

Antwort: Das ist nur eine vorübergehende Erscheinung, die Arbeiter- und Bauernmacht wird den Saboteuren und Diversanten das Handwerk legen. Oder besser das Werk, denn das Handwerk wurde ja gerade kollektiviert.

Denn: Die Mängel waren offiziell eingestanden, aber die Schuldigen saßen ausschließlich im Westen, die Partei, im Einklang mit der Geschichte, würde ihnen die Hammelbeine langziehen.

Frage: Wird uns der Aufbau des Sozialismus nicht viel Schweiß und Tränen kosten?

Antwort: Jawohl! Denn das große historische Werk wird alle unsere Kraft erfordern, zum Wohle künftiger Generationen.

Denn: Die Mühsal war unbestreitbar, aber es waren der Schweiß der Edlen und die Tränen der Freude, auf denen das Schiff in eine glückliche Zukunft segelte.

Frage: Woran liegt es bloß, daß immer mehr DDR-Bürger nach Westberlin flüchten?

Antwort: Wer auf die falschen Verheißungen der Krautjunker und Schlotbarone hereinfällt, taugt nicht für den Aufbau unseres Sozialismus.
Denn: Der Flüchtlingsstrom war unbestreitbar, aber es durfte kein Zweifel sein, daß die Verführten eines Tages reumütig an die Schwelle des Sozialismus klopften.
Thomas fand sich ganz gut.
Doch, er hatte viel gelernt in seinen sieben Schuljahren. Wenn er sich manchmal in Teufels Küche zu bringen drohte, so lag es an seiner schnellen Zunge, die dem Gehirn zu oft vorauseilte. Im Westen würde nun alles anders. Langweiliger. Vermutlich war es auch drüben angeraten, im Aufsatz nichts Abfälliges gegen einen Mächtigen zu sagen, zum Beispiel Adenauer. Aber bestimmt wurde einem nicht gleich der Kopf abgerissen. Und die Kirche? Was sollte man drüben in der Kirche, wenn alle hingingen und niemand einen daran hindern wollte?
Der Organist zischte wieder einmal, weil Thomas das Treten vergaß.
Thomas dachte daran, sich von Herrn Rotzsch die Titel der Lieder geben zu lassen, die heute gesungen wurden. Das war doch eine prima Information, mit der er seinen guten Willen beweisen konnte, mit der aber die Pionierleiterin rein gar nichts würde anfangen können. Andererseits, überlegte Thomas, konnte man ihm eines Tages, nach der Wiedervereinigung, durchaus einen Strick daraus drehen, daß er so bereitwillig aus der Kirche geplaudert habe. Wer hatte dann zu entscheiden, ob die Informationen wichtig gewesen waren oder nicht?
Der 1. Mai! dachte Thomas. Gottseidank!

»Na, wir sind ja schon eine richtig gute Mannschaft«, lobte der Organist nach dem Schlußakkord. »Wollen wir weitermachen?«

»'türlich.«

»Dann bis zum nächstenmal.«

Thomas hatte noch eine Frage: »Die Junge Gemeinde. Meinen Sie, da ist was dran?«

»Wie meinst du das?«

In den letzten Wochen hatte die »Leipziger Volkszeitung« heftig gegen die Junge Gemeinde gewettert. »Tarnorganisation im US-Auftrag«. Ehemalige Mitglieder hatten in persönlichen Briefen gestanden, sie hätten endlich die »verbrecherische Tätigkeit« der Organisation durchschaut. Es war bekannt, daß die Junge Gemeinde der Friedenskirche besonders aktiv war.

»Ob das amerikanische Agenten sind«, fragte Thomas.

»Nun, es steht ja in der Volkszeitung«, antwortete der Organist. »Und wenn es in der Volkszeitung steht, nicht wahr, dann wissen wir sehr genau Bescheid.«

»Ich hab's aber ernst gemeint«, sagte Thomas.

»Ich auch.«

Sie gingen zusammen die Treppe hinunter. Pfarrer Haase hatte die letzten Kindergottesdienstbesucher an der Tür verabschiedet. Er reichte auch dem Organisten die Hand. Thomas blieb stehen und schaute zum Altar.

»Komm, wir wollen zumachen«, drängte Pfarrer Haase.

Thomas nickte dem Kruzifix zu: »Na dann!«

»Bis Sonntag«, sagte Herr Rotzsch vor der Tür.

30 Thomas stand mit einem mulmigen Gefühl in der Straßenbahn nach Connewitz. Hatte er seit einer Woche gefragt und gefragt, um vor der Flucht noch von jedem alles zu erfahren, was ihn anzugehen schien, so machte ihm die heutige Begegnung Angst. Der Mann, den er treffen würde, sollte ihm über seinen Vater berichten, an den er sich nicht erinnerte und nach dem er sich nie erkundigt hatte. Der Großvater wollte die Sache, wie er sagte, noch vor dem 1. Mai erledigen.

Am Connewitzer Kreuz sprang Thomas aus der Linie 10 und sah sich um. Der Großvater war noch nicht da. Einen Augenblick hoffte Thomas, unverrichteter Dinge nach Hause fahren zu können. Die Linie 22 nahte, man erkannte sie von weitem an den uralten Triebwagen. Der Großvater stieg aus.

»Die Großmutter findet«, sagte er auf dem Weg die Biedermannstraße hinab, »du seist noch zu jung für diese Begegnung heute. Da hat sie recht. Aber wie gesagt: Wer weiß, wann du einmal wieder nach Leipzig kommst.«

»Ich hör mir das schon an«, versprach Thomas.

Er erzählte von Onkel Wolfgangs Kriegskamerad, der auch in dieser Straße gewohnt hatte.

Der Großvater klingelte bei Schubert im Hinterhaus.

»Da ist der Junge«, sagte er und schob Thomas auf den Flur. Herr Schubert war hager, blond und ungefähr so alt wie Onkel Wolfgang, also Anfang dreißig. Er trug einen Anzug, vielleicht weil Sonntag war, hatte aber keine Krawatte umgebunden.

»Du bist also der Thomas«, sagte er und gab ihm fest die Hand. Thomas nickte.
Herr Schubert hatte im Wohnzimmer eine Limonade für Thomas und zwei Bier für den Großvater und sich selbst bereitgestellt. Er holte einen Aschenbecher und Zigaretten, der Großvater bereitete eine Zigarre vor.
Herr Schubert schaute Thomas genau an: »Ich kenne dich bloß von einem kleinen vergilbten Foto. Dein Vater hatte es bei sich. Du mußt ungefähr eineinhalb Jahre alt gewesen sein. Das Foto war wirklich ganz zerknittert und verschlissen, aber er verwahrte es eisern. Bis zum Schluß.«
Thomas nickte.
»Eigentlich«, erklärte der Großvater, »ist es ja noch zu früh für die ganze Geschichte. Der Junge ist dreizehn. Aber ich bin jetzt Mitte siebzig und nicht besonders gut drauf und muß daran denken, wie lange ich noch mitmache.«
»Meinen Sie, der Junge versteht schon alles?«
Thomas nickte.
»Wissen Sie, Herr Schubert«, erklärte der Großvater, »Ihre Geschichte und die meines Sohnes ist eine, wie sie auch in Büchern beschrieben ist. Die kriegen die Kinder ja in der Schule zu lesen. Auch in Filme über den Krieg werden sie schon geführt. Und daß es diesmal um seinen eigenen Vater geht, nun ja, er kannte ihn ja gar nicht. Ich denke, es ist eine Geschichte wie tausend andere.«
»Erzählen Sie ruhig«, sagte Thomas.
Herr Schubert wollte erst mit dem Bier und der Limonade anstoßen, dann kam er zur Sache: »Also, dein Vater und ich, wir lernten uns zuerst flüchtig kennen als

Strafgefangene der deutschen Wehrmacht. Neunzehnhundertzweiundvierzig. Im Lager Esterwegen im Emsland. Das ist heute in Westdeutschland. In diesem Lager, es war nur eines von vielen in der Gegend, waren alle möglichen Menschen aus aller Herren Länder, unter anderem einige tausend deutsche Soldaten, die irgendwas verbrochen hatten. Ich zum Beispiel war an der Ostfront desertiert. Nein, ich hatte versucht zu desertieren. Wollte mich einfach nicht erschießen lassen für Führer und Reich. War aber nicht weit gekommen. Ich glaube bis heute, einer hat mich beobachtet und verpfiffen. Denn ich hatte es, denke ich, schlau eingefädelt. Den Weg ausgekundschaftet, Proviant gesammelt, den Neumond abgewartet, das Gesicht geschwärzt. Alles, was einem einfallen konnte. Aber schon nach einem Kilometer hatten sie mich.«

»Unser Neulehrer hat es gescheiter angestellt«, bemerkte Thomas.

»Schön für ihn. Mich schnappten sie, verprügelten mich, bis sie nicht mehr konnten, und stellten mich an die Wand.«

»Was, wurden Sie erschossen?«

»Nein, aber sie hatten einen Heidenspaß an meiner Todesangst. Du glaubst nicht, wie diebisch sich sogenannte Kameraden freuen können, wenn einer um sein Leben zittert. Wie die Jungen, die genüßlich eine gefangene Ratte ins Jenseits befördern. Ich kam also ins Straflager der Wehrmacht nach Esterwegen. Dort waren ein paar tausend Häftlinge, vor allem Widerstandskämpfer aus den besetzten Ländern, aber mit denen durften wir keinen Kontakt haben, und dann wir, die Strafgefangenen der Wehrmacht. Es war eigentlich eine sehr hübsche Gegend da oben, eine flache, grüne Ebene mit satten Wiesen und vielen Kanälen und diesem weiten, klaren Himmel, wie auf holländischen Gemälden. Ja, man hätte dort Urlaub machen sollen.«

»Waren Sie mal wieder da?« fragte Thomas.

»Wie soll ich denn von Leipzig ins Emsland kommen? Und ich weiß auch gar nicht, ob ich es wiedersehen will. Denn es war für uns die Hölle. Die absolute Hölle. Schon die Ankunft! Jeder Neue wurde erstmal fertiggemacht. Aufspringen, rennen, hinschmeißen, aufspringen, rennen, hinschmeißen. Immer und immer wieder. Bis man vor Erschöpfung kotzen mußte. Die paar Habseligkeiten waren überall verstreut, unwiderbringlich futsch. Alles mußte man im Laufschritt machen und unter dem Gebrüll der Wächter. Von morgens bis abends. Nein, in der Hölle kann es nicht so schlimm sein. Wenn ich mir Teufel vorstelle, haben sie wenigstens noch was Menschliches. Wir mußten schuften, daß die Schwarte krachte. Torf stechen. Weißt du, was das ist? Moor. Torf nimmt man zum Brennen, anstatt Kohle. Jeden Morgen raus ins Moor, in klappernden Holzpantinen über die Kopfsteinwege. Blasen an den Füßen, Blasen über Blasen. Der ganze Fuß nur noch offenes Fleisch. Den ganzen Tag bis zu den Knien im Wasser. Mit dem Schädel in der brennenden Sonne. Keine Kopfbedeckung. Sonnenbrand. Sonnenstich manche. Torf stechen, Torf stechen, Torf stechen. Stunde um Stunde. Tag um Tag. Im Lager nichts zu essen, Wassersuppe mit Kohlblättern, trocken Brot. Schikanen. Prügel. Stundenlange Zählappelle, bis die ersten von uns umkippten. Ja, auch tot umfielen, nicht nur ohnmächtig. Jeden Tag hatten wir Tote. Verhungert. Krank. Zerprügelt. Kennst du das Lied von den Moorsoldaten?«

Thomas schüttelte den Kopf.

Herr Schubert sang zwei Zeilen: »›Wir sind die Moorsoldaten und ziehen mit dem Spaten ins Moor‹. Einer von uns hatte es gedichtet, lange bevor ich da war. Der Langhoff, er ist jetzt am Theater in Berlin. Wenn ich es heute manchmal höre, gefällt es mir gar nicht mehr. Es klingt so nach Landsknechtsromantik. Aber das ist ganz falsch. Es war einfach nur mörderisch. Stupide, brutal, mörderisch. Ja, und da traf ich eines Tages deinen Vater.«

»Und wie kam der da hin?« fragte Thomas.

Herr Schubert hob die Schultern, aber der Großvater griff ein: »Ein Kriegsgericht hatte ihn verurteilt.«

»Weswegen?«

»Wenn ich das wüßte! Wenn ich das irgendwann in meinem Leben noch herausbekäme! Aber wenn die Akten noch existieren, sind sie im Westen. Und wie soll ich da rankommen?«

»Er hat mir in Norwegen erzählt, das wissen Sie ja schon, sie hätten ihn wegen sogenannter sittlicher Verfehlungen verurteilt. Aber er war natürlich ein Gegner der Braunen. Wie wir alle in Esterwegen. Da kam keiner versehentlich hin, obwohl er für Hitler war. Eigentlich hätten wir solidarisch sein müssen bis zum Gehtnichtmehr. Aber das verhinderten sie mit Bedacht. Mit Zuckerbrot und Peitsche. Mit kleinsten Vergünstigungen für Denunzianten, mit viehischen Strafen für Hilfsbereitschaft. Sie machten uns systematisch zu Tieren, die sich manchmal sogar für einen Kanten Brot gegenseitig anfielen. Zur Gaudi der Bewacher.«

»Es gibt eine beinahe kuriose Geschichte«, fügte der Großvater ein, »ich habe sie Ihnen noch gar nicht erzählt. Mein Sohn war doch Polizeioffizier. Vierunddreißig muß die SA in den Emslandlagern so gewütet haben, daß die Bevölkerung unruhig wurde wegen der schlimmen Gerüchte. Die Emsländer waren ohnehin nicht so sehr für Hitler wie viele andere. Es war übrigens auch die Zeit, als Ossietzky umkam. Damals also wurde die SA in den Lagern, gegen ihren heftigsten Widerstand, abgelöst und ausgetauscht gegen reguläre Polizei, die, aus welchem Grund auch immer, aus Düsseldorf kam, wo mein Sohn gerade diente. Er war dabei. Es gab groteske Szenen, berichtete er mir. Die SA versuchte teilweise, sich mit den Häftlingen zu solidarisieren. In manchen Lagern verteidigte sich die SA und mußte von der Polizei überwältigt und festgesetzt werden. Es ist eine kaum bekannte Episode aus den Anfangsjahren des Dritten Reichs. Später wurden Esterwegen und andere Lager von der Wehrmacht übernommen.«

»Dann war er ja anfangs Bewacher, wo er später Häftling war?«

»Ja. Sehen Sie, das ist deutsche Geschichte. Im Kleinen.«

»Und wie kamen Sie nach Norwegen?« fragte Thomas.

»Ja, Norwegen. Also, im Sommer zweiundvierzig kamen wir dorthin. Wir erfuhren es natürlich beim Abtransport aus Esterwegen nicht. Wir rechneten mit Ostfront oder so. Wir waren ungefähr zweitausend auf diesem Transport. Es ging mit Viehwaggons, wir galten ja nicht mehr als Menschen, quer durchs Reich nach Stettin. Das lasen wir auf dem Bahnhof. Im Hafen kamen wir auf einen schäbigen Dampfer. Aber nicht aufs Promenadendeck, sowas hatte der gar nicht, sondern runter in den Bauch. Ganz unten in den Laderaum. Da konnte sich auf dem verrosteten Stahl jeder ein Eckchen suchen, ohne Decke, ohne Stroh, ohne alles. Wohin es ging, wußten wir immer noch nicht. Wir waren, jeder von uns, bloß noch ein numeriertes Stück, das verschoben wurde. Das Schiff schaukelte. Schwere See. Den meisten wurde kotzübel. Und Durchfall von dem Fraß und dem fauligen Wasser. Du kannst dir vielleicht vorstellen, wie es da unten aussah. Wie es stank und was da bei jeder Bewegung umherschwappte.«

Thomas mußte würgen, aber er sah Herrn Schubert tapfer an.

»Unsere Bewacher hatten großen Spaß an der Vorführung. Sie standen feixend oben an der Treppe und schauten sich das Durcheinander an. Bewarfen uns mit hämischen Bemerkungen. Und ließen ab und zu gnädig einen Brotkanten in die Soße fallen. Amüsierten sich königlich, wie wir uns darum balgten, um nicht vor Hunger zu verrecken.«

»Waren das diese Schweine von der SS?«

»SS? Ach wo! Mit der SS hatten unsere Lager nichts zu tun. Unsere treuen Begleiter auf der Überfahrt waren Angestellte der deutschen Justiz. Mensch, das ist es ja! Diese wunderbare, saubere Trennung zwischen den Verbrechern der SS und den edlen deutschen Männern, die ihre Pflicht taten! Wenn ich das höre, möchte ich brechen, wie in diesem Schiff damals. Gute Deutsche, Patrioten, Christen, Familienväter haben uns schikaniert, manchen bis zum Tod. Sie haben sich scheckig darüber gelacht, wie wir versuchten, nicht zu krepieren. Aber heute gehen sie herum und klagen mit treuem Augenaufschlag: ›Nein, diese Untaten der SS! Ist es nicht entsetzlich? Davon haben wir ja gar nichts geahnt! Bloß gut, daß wir bei der Wehrmacht waren!‹ Die feldgraue Uniform ist sauber geblieben. Wie alt bist du, Thomas?«

»Dreizehn«, sagte Thomas.

»Dann merk dir fürs Leben, daß du keinem von vornherein glauben darfst. Es sei denn, er sagt: ›Ich bin ein Schwein.‹ Selbst dann kann es noch sein, daß er kein normales, sondern ein großes Schwein ist.«

»Das ist vielleicht ein bißchen zu allgemein«, wandte der Großvater ein.

»Nach meiner Erfahrung nicht.«

»Wo ging's denn nun hin?« fragte Thomas.

»Ganz rauf an den Polarkreis. Es gibt ja Leute, die schwärmen davon. Kreuzfahrt. Nordlicht. Für uns hatten sie ein Stückchen Hölle dorthin ausgelagert. Wir wurden verteilt auf mehrere kleine Lager. Unser Nest hieß Lakselv. Davon hat nie vorher und nie nachher jemand etwas gehört. Wir mußten Straßen bauen und im Winter freihalten für die Wehrmacht. Die sowjetische Grenze war ja nicht weit. Erstmal mußten wir allerdings unser eigenes Lager bauen, damit wir nicht mehr unter freiem Himmel kampierten. Ja, und als wir fertig waren, da wurde eben dein Vater mein Nachbar. So lernten wir uns besser kennen. Wir waren beide aus Leipzig, stellten wir fest. Wenn wir bei der Knochenarbeit mal ungehört ein paar Worte wechselten, ging es um Leipzig, um Kneipen, um Ausflugslokale, um Fußball, um den VfB und um Tura. Wir redeten einfach von zu Hause. Nicht über Politik, nicht darüber, warum wir hierher gekommen waren. Über früher. Meistens sagten wir am Ende: ›Mensch, ob wir beide nochmal...‹«

»Konnten Sie nicht abhauen?«

»Man konnte abhauen. Eine Handvoll hat es geschafft in den Jahren. Ich hab' es nicht geschafft. Dabei hatte ich gleich nach der Ankunft beschlossen: Hier bleibst du nicht lange. Ich war zweiundzwanzig, ich traute mir noch was zu. Ich wußte so viel aus dem Erdkundeunterricht, daß auch Finnland nicht weit war. Und Finnland war neutral. Die paar hundert Kilometer traute ich mir ohne weiteres zu. Ich wollte nur nicht allein aufbrechen. Ich wollte deinen Vater dafür gewinnen. Er war schon Mitte dreißig, aber noch halbwegs kräftig, trotz der Schikanen und Quälereien. Wir wollten zu Fuß nach Finnland. Später, nach dem Krieg, habe ich mir zu Hause den Atlas angeschaut. So eine blöde Idee! Außerdem hatten wir nicht berücksichtigt, wie früh dort oben der Winter einbricht. Und wie heftig. Wir sind trotzdem los eines Nachts. Aber wenn dir der Schnee bis zu den Hüften reicht und du nichts zu essen findest, kriegen sie dich ganz schnell. Mit ihren Hunden. Weißt du, daß ich seitdem keinen Hund mehr ausstehen kann? Gerate in Panik, wenn ich einen sehe. Man schleppt dich zurück. Bindet dich an einen Pfahl. Peitscht dich vor allen anderen aus, bis du kein Lebenszeichen mehr von dir gibst.«

Thomas mußte an Old Shatterhand denken, den die Apatschen an den Marterpfahl gebunden hatten. Märchen! Was Herr Schubert erzählte, war das Leben.

»Haben Sie es nochmal versucht?« fragte er.

»Wir hatten vor, trotz allem, es im Frühjahr nochmal zu versuchen. Aber erstmal mußten wir den Winter überleben. Der ist in Nordnorwegen nicht so zahm wie in Leipzig. Grimmige Kälte, eisiger Wind, meterhoher Schnee. Wir schufteten von morgens bis abends. Hungerten. Hatten dünne Klamotten. Immer mehr von uns starben. Wir mußten sie beerdigen. Eine Schinderei, in den Eisboden eine Grube zu hacken. Auch die Leichen waren steifgefroren. Wir brachen ihnen die Gliedmaßen, so daß handliche Pakete draus wurden. Dann mußten wir nicht so große Gruben hacken.«

»Das geht vielleicht ein wenig ins Detail«, mahnte der Großvater.

»Ja, vielleicht. Aber es war nun mal so. Wissen Sie, was neben der körperlichen Qual das schlimmste war? Keine Aussicht zu haben. Auf nichts. Anfangs war noch die Hoffnung, daß sie dich irgendwie begnadigen, zum Fronteinsatz oder so. Dann wenigstens noch die Hoffnung, daß der Krieg bald zu Ende geht. Am Ende nur noch die Hoffnung, daß du den Tag überlebst. Und die Nacht.«

»Mein Onkel Wolfgang sagt, in Workuta war es genauso. Er war zur selben Zeit in Workuta.«

»Da waren wir ja beinahe Nachbarn. Ich kann mir nicht vorstellen, daß es in Workuta so viehisch war. Die Russen wollten doch, daß gearbeitet wird. Ich meine die sowjetischen Brüder. Also mußte man die Gefangenen wenigstens am Leben erhalten. In Lakselv wollten sie uns aber vernichten. Es gab ja genug Nachschub aus Esterwegen. Außerdem waren wir in Norwegen weit vom Schuß. Was dort oben geschah, interessierte niemanden einen feuchten Kehricht. Der Lagerkommandant war uneingeschränkter Herr über Leben und Tod, keinem verantwortlich. Wenn sie dich abknallten: na und? Wer sollte darüber richten? Ein Kriegsgericht? Wir waren doch schon von einem Kriegsgericht verurteilt. Mit uns konnte man machen, was man wollte. Wir hatten die letzte Stufe menschlicher Existenz erreicht. Wir waren ganz unten. Unter den Hunden des Lagerkommandanten. Weit drunter. Wenn er seinen spaßigen Tag hatte, ließ er einen von uns wegen einer Lächerlichkeit so lange im Schnee strammstehen, bis die Gliedmaßen schwarz gefroren waren. Meistens mußte das Opfer einfach krepieren, denn mit erfrorenen Gliedmaßen bist du dort oben so gut wie tot. Manchmal spielte der Kommandant auch Onkel Doktor und amputierte die erfrorenen Beine mit einem Beil. Doch, das habe ich mit eigenen Augen gesehen. Wir waren ja immer Zuschauer dieser Darbietungen, zur Abschreckung. Wenn du es dir ausdenkst und in einen Roman schreibst, werden sie sagen: ›Sie übertreiben aber, mein Lieber! Es waren doch alles Volksgenossen, Christenmenschen, Familienväter.‹ ›Eben‹, sage ich.«

»Sie sind sehr bitter«, sagte der Großvater.

»Ich glaube nicht. Und manchmal verstehe ich selbst nicht, wie ich heute mit Ihnen, der dafür war, an einem Tisch sitzen kann.«

»Für das, was Sie hier berichten, war ich nicht.«

»Ich will ja nicht streiten, aber was mir und anderen angetan wurde, wäre nicht möglich gewesen ohne Millionen Menschen wie Sie. Auch Ihr Sohn, mit dem ich ein einzigesmal darüber sprach, war sehr bitter. ›Das

hier‹, sagte er, ›haben solche Volksgenossen wie mein Vater mit auf dem Gewissen.‹ Wörtlich.«
In der Pause, die darauf entstand, fragte Thomas nach einer Weile: »Und wie ist er nun umgekommen?«
»Das Ende der Geschichte ist schnell erzählt. Eines Morgens im Frühjahr war er tot. Nicht erschossen. Nicht erschlagen. Nicht von Hunden zerfetzt. Einfach tot. Glück gehabt.«
Herr Schubert stand auf und ging zu seinem Schreibtisch, wo ein Umschlag bereitlag. Er nahm ein Foto heraus und reichte es Thomas: »Das ist das Foto von dir. Ich fand es in seiner Jacke, ehe wir ihn beerdigten.«
Thomas fuhr mit dem Großvater bis zum Karl-Marx-Platz, schweigend. Er wartete auf die 6 nach Gohlis, der Großvater auf die 6 nach Stötteritz.
»Das war in Ordnung heute«, sagte Thomas beim Abschied.

31 Die Oma und die Mutter hatten es wirklich wieder geschafft, rechtzeitig das Geschirr abzuwaschen und ihre Schürzen abzulegen. Onkel Wolfgang saß schon vorm Radio. Er kroch förmlich hinein in den Vorkriegsapparat und drehte mit spitzen Fingern millimeterweise am Stationsknopf. Es jaulte und pfiff. Musikfetzen, verzerrte Stimmen. Zwischendurch in aller Klarheit: »... erneuern wir vor dem Kampftag der Arbeiterklasse das heilige Gelöbnis...« Onkel Wolfgang drehte rasch weiter.
»Pst! Das ist er.«
Musik war zu hören. Hinter dem Pfeifton.

»Müssen die bloß immer so pfeifen?« stöhnte die Oma.
»Die müssen uns beschützen vor dem geistigen Schmutz der Imperialisten. Was glaubst du, was sich die DDR diese Störsender kosten läßt.«
»Siehst du, das ist auch wieder so eine Sache«, sagte die Mutter zu Thomas. »Ich bin jetzt fast vierzig. Aber irgendwelche Leute in irgendeinem Politbüro schreiben mir vor, daß ich nicht den RIAS hören darf. Weil ich kleines dummes Mäuschen sonst etwas aufschnappen könnte, was ich noch nicht verstehe.«
»Das haben die Nazis auch schon mit uns gemacht«, bemerkte die Oma.
»Eben. Und irgendwann ist Schluß. Ab ersten Mai.«
»Pst!« rief Onkel Wolfgang.
»Heute zum fünfzigsten Mal«, verkündete der Ansager mit dramatischer Stimme, um nach einer Kunstpause noch dramatischer zu enden: »Die In-su-la-ner!«
Das Insulaner-Lied, sie kannten es, Thomas sang leise mit:
»Der Insulaner verliert die Ruhe nich,
der Insulaner liebt keen Jetue nich!
Der Insulaner hofft unbeirrt,
daß seine Insel wieder 'n schönes Festland wird.«
»Wieso Festland?« fragte Thomas.
»Pst!« machte die Mutter.
Die Insulaner sangen vom Berliner Seifenkistenrennen und den Filmfestspielen, dann spitzte die Mutter die Ohren:
»Vom Osten ham wa hier erfahr'n
die erste friedliche Tat:
Wo noch jestern Bretterzäune war'n,

is jetzt freundlicher Stacheldraht!«
»Stacheldraht?« fragte sie. »Habt ihr das verstanden?«
Alle schüttelten die Köpfe.
»Wo soll jetzt Stacheldraht sein? In Berlin? Können die das nicht mal genauer erklären?«
»Das ist Kabarett«, widersprach Onkel Wolfgang, »das ist keine Lebenshilfe. Das ist eine Anspielung. Wenn was wäre, hätten wir es in den Nachrichten gehört.«
»In der Volkszeitung war auch nichts«, beruhigte Thomas.
Jetzt waren im Radio die beiden alten Damen an der Reihe:
»Nein, meine Liebe, daß man Sie hier wieder einmal trifft, mitten auf dem Kurfürstendamm!«
»Nicht wahr, so ein Zufall.«
Sie plauderten munter über die Gleichberechtigung der Frau und einigten sich, daß beim Tanzen grundsätzlich Damenwahl sein müsse.
»Mensch, die haben Sorgen!« rief die Mutter. »Da hört man, Westberlin platzt aus allen Nähten vor Flüchtlingen, aber die kämpfen für die Damenwahl!«
»Gewöhn dich gleich mal dran«, riet Onkel Wolfgang, »daß deine Sorgen drüben kein Problem sind.«
Auch Herr Kummer am Telefon mit Herrn Pollowetzer sprach über Belangloses, aber dann, endlich, war Schulungsabend:
»Jenossen und Jenossinnen, komme ick nunmehr zu unsern heutijen Themata: der achte erste Mai!«
Thomas gluckste. Bei diesen Themata kannte er sich aus. Die Losungen des Zentralkomitees der SED!
»Übrijens«, fragte der ›Funzenär‹, »wat versteht man unter eine Losung.«

»Det kommt aus de Waidmannssprache.«
»Jenau daneben! Eine Losung is auf jut deutsch eine Parole. Wat eene Parole is, det werta ja wissen.«
»Ja, een Jerücht.«
»Also, was du meinst, is die sojenannte Bedürfnisanstaltsparole. Die Parolen für den ersten Mai sind von ein anderes Kaliber. Das Zentralkomitee hat insjesamt Stücka siebzig sone Losungen ausjejeben. Jeder kricht sein Ding weg, ob das nu 'n Jruss is oder 'ne Backpfeife. Bloß leider uns Funzenäre ham se diesmal mit keene Wimper erwähnt. Wat is denn, Jenossin?«
»Wir haben ein schönes Bild jemalen, könn' wa det öffentlich mit rumtragen?«
Thomas fiel ein, daß seine Adenauerpuppe für den 1. Mai noch einen Hut brauchte, einen schwarzen, runden Kapitalistenhut mit Krempe, wie ihn die Schlotbarone in den Karikaturen der »Volkszeitung« trugen.
»Na, wat is denn druff auf das Bild?«
»Eisenhower, wie der jrade Kartoffelkäfer fallen läßt.«
»Siehste!« rief Thomas. »Anglo-amerikanische Kartoffelkäfer. Werden auf unsere Felder geschmissen.«
»Jaja. Sei mal still.«
Jeder in der Zone kannte den Vorwurf der SED, daß der Klassenfeind mit Flugzeugen Kartoffelkäfer auf die volkseigenen Felder regnen ließ, um die Ernährung der Bevölkerung zu sabotieren. Jetzt wurde es sogar im RIAS bestätigt!
Thomas hatte den Anschluß verloren. Der Funzenär war ein Stück weiter und sprach über die ungewissen Zeiten: »Seit den unsterblichen Ableben von unsern Jeneralissimus traut sich keener mehr 'n Mund aufzumachen. Det fängt bei Malenko'n an und jeht bis zu mir

runter. Mir is immer am liebsten, ick kann zu einen Themata frisch von de Leber weg...«
Es klingelte.
Onkel Wolfgang schoß zum Radio und drehte es ab. Die anderen setzten sich um den Tisch, nahmen etwas zur Hand, die Oma ein Häkelzeug, und schauten möglichst gleichgültig. Auf ein Kopfnicken des Onkels ging Thomas die Wohnungstür aufmachen.
»Ach, Meister Wohlfahrt! Gott sei Dank!«
»Wen hattest du denn erwartet?«
»Keine Ahnung. Jedenfalls nicht die Polizei.«
»Ach, Meister Wohlfahrt«, rief Onkel Wolfgang erleichtert.
»Da können wir ja die letzten Minuten noch hören.«
Herr Wohlfahrt nickte allen erstmal nur zu, während Onkel Wolfgang den Sender wieder suchte. Als er ihn endlich drin hatte, waren die Insulaner beim Schlußlied:
»Seh'n Se, das ist Berlin,
seh'n Se, das ist Berlin,
eine Stadt, die sich gewaschen hat,
seh'n Se, das ist Berlin!«
»Was verschafft uns die Ehre?«
Herr Wohlfahrt reichte nun allen die Hand, machte vor der Oma, die er mit »Frau Direggder« anredete – Thomas mußte an die Großmutter beim Besuch der Baumwolle denken – eine leichte Verbeugung. Onkel Wolfgang bot eine RAMSES an, Thomas holte auf ein Kopfnicken der Mutter einen Aschenbecher.
»Nu, ich wollde ma heern, wie's so is.«
»Danke der Nachfrage! Wir wursteln uns durch. Aber was macht die Firma?«

Herr Wohlfahrt schmunzelte: »Das Soßnbulwer glumbt immer noch.«
Onkel Wolfgang warf einen raschen Blick auf die Oma, die Luft holte, um etwas zu sagen.
»Das muß aufhören«, sagte er rasch. »Die Firma darf ja an den Klumpen im Soßenpulver nicht ersticken.«
»Awwer der Brozulat«, feixte Herr Wohlfahrt, »dem geht der Arsch uff . . . Oh, Endschuldchung.«
»Wir wollen uns nicht rächen wie die kleinen Kinder, denen man ein Spielzeug weggenommen hat. Wir wollen, daß die Firma besteht und arbeitet und gute Qualität liefert. Das wollen wir. Nicht wahr, Mutter?«
Die Oma nickte.
»Also«, fragte Herr Wohlfahrt, »soll ich besser . . .«
»Sollen Sie«, entgegnete Onkel Wolfgang.
Die Mutter hatte inzwischen vier Gläschen Likör eingeschenkt, und sie stießen an.
»Und sonst? Was machen unsere Leute? Wie haben sie es aufgefaßt?«
»Nu, wie vorn Gobb gehaun warnse. E baar ham sogar geflennt. ’s is ja ooch nich ze fassn.«
Thomas holte, ohne zu fragen, aus Omas Zimmer das Foto vom zehnjährigen Firmenjubiläum.
»Sind Sie da auch drauf?«
»Nu glar! Jung un hibsch. Hier neem dem Herrn Direggder.«
»Nächstes Jahr«, bemerkte die Oma, »wäre Fünfundzwanzigjähriges.«
Sie wiegten stumm die Köpfe. Thomas verabschiedete sich zu einem Abendbummel. Er holte sein Fahrrad aus dem Keller und fuhr zu Petra. Er stand unter ihrem Fenster, das schon dunkel war. Er hatte Petra immerhin

seit gestern nicht gesehen. Eine Ewigkeit! Und er würde sie auch morgen nicht sehen, wegen der Klassenfahrt. Sollte er klingeln? Er entschied sich, auf Dienstag zu warten.

Meister Wohlfahrt war gegangen.

»Die Vorladung morgen bei der Volkspolizei«, stöhnte die Mutter, »die liegt mir ganz schön im Magen. Ich wäre gern einen Tag älter. Aber ihr habt ja recht, sie können mir nichts anhaben. Es ist alles wasserdicht.«

Die Karl-May-Bände in den Fluchtpaketen, dachte Thomas, mit dem Namen von Onkel Wolfgang. Wenn sie die nun wirklich . . .

»Na, dann ab ins Bett! Morgen ist Klassenfahrt.«

»Mit den Kartoffelkäfern«, sagte Thomas, »ist also wirklich was. Ihr habt mich immer ausgelacht mit meinen anglo-amerikanischen Kartoffelkäfern. Aber sogar im RIAS . . .«

Onkel Wolfgang lachte: »Mensch, Junge, das ist Satire, verstehst du?«

»Nee. Ihr sagt immer, was im RIAS kommt, das stimmt.«

»Meistens. Nicht immer. Aber die Insulaner machen Satire. Das darf man nicht . . . Ach, du kapierst es ja sowieso nicht.

32 Thomas rannte die Breitenfelder Straße hinauf und die Georg-Schumann-Straße hinab bis zur Lindenthaler.

»Is aber auch 'ne lausige Zeit«, keuchte er beim Einsteigen in die Linie 11. Es war kurz vor sechs.

Fräulein Hase zählte die Häupter, Neulehrer Krause

zählte nach, es fehlte nur einer aus der Klasse. Verschlafen oder geflüchtet, ging es Thomas durch den Kopf. Die Klasse nahm fast den ganzen Straßenbahnanhänger ein und füllte ihn mit Geschnatter. Es wurde allgemein geklagt über die frühe Verabredung. Manche stellten allerdings grundsätzlich in Frage, ob man Dresden unbedingt kennenlernen müsse. Im Vergleich mit Leipzig habe es, außer mehr Trümmern, nicht viel zu bieten. Im Fußball war Dresden zur Zeit, leider, eindeutig vorn, aber das konnte nicht von Dauer sein.
Im D-Zug waren sieben Abteile für die Klasse reserviert, so daß man wenigstens nicht stehen mußte.
Thomas war noch nicht oft vom Hauptbahnhof in die Welt gefahren. Als ganz kleines Kind wohl ein paarmal, daran erinnerte er sich nicht. Aber seither? Man fuhr nicht in der Gegend herum. Man blieb. Auch die großen Ferien verbrachte man in der Stadt. Stromerte mit den Freunden durchs Rosental. Erkundete auf dem Fahrrad unbekannte Randbezirke der Stadt. Ging ein paarmal in den Zoo. Wagte sich vielleicht mal ins Naturkundemuseum am Friedrich-Engels-Platz, den die meisten noch Fleischerplatz nannten. Das war's schon. Die Mutter und die Oma und die Großmutter erzählten von ihren Badeurlauben an der Ostsee. Sand. Strandburgen. Brandung. Meer! Das war von Leipzig aus so weit weg wie ein anderer Stern. Onkel Wolfgang sagte übrigens immer, seine weiten Reisen ab neununddreißig hätten sich nicht bewährt, er wolle jetzt bodenständig bleiben.
In dieser Woche, dachte Thomas, als die Lokomotive sich aus der Bahnhofshalle schob, fahre ich gleich zweimal von hier ab. Es häuft sich.

Der Zug stampfte aus der Stadt und machte sich auf den Weg Richtung Wurzen. Fräulein Hase ging durch die Abteile, sah nach dem Rechten, schlichtete Zank um Fensterplätze und gab Erläuterungen. Diese Strecke, auf der man von Leipzig nach Dresden fahre, sei die älteste Ferneisenbahn in Deutschland. Die Schüler klatschten Beifall, als hätte Fräulein Hase die Schienen mit verlegt.

Die meisten hatten in der Eile des morgendlichen Aufbruchs nicht gefrühstückt und holten nun ihre Margarinebrote heraus, vereinzelt wurden hartgekochte Eier gepellt. Eine Thermosflasche war nicht richtig zugeschraubt und ausgelaufen.

Thomas saß am Fenster und sah die Telegrafendrähte steigen und fallen. Er schaute in die Runde seiner Klassenkameraden. Keiner von euch ahnt was, dachte er. Am Freitagmorgen, wenn ihr euch mit euren Fahnen und Transparenten vor der roten Schule zum Abmarsch aufreiht, sitze ich im D-Zug nach Berlin. Wenn ihr auf dem Karl-Marx-Platz fähnchenschwenkend vor Paul Fröhlich vorbeitrottet, bin ich schon drüben. Am nächsten Morgen meldet dann der diensthabende Gruppenleiter einen Schüler als unentschuldigt fehlend. Vielleicht ahnt ihr dann schon. Ich bin ja nicht der erste.

Oh ja, auf Berlin war Thomas jetzt gespannt. Berlin, hieß es, sei fünfmal so groß wie Leipzig. Eigentlich nicht vorstellbar. Die Straßenbahn, hieß es, fahre dort unter der Erde. Auf dem Kurfürstendamm gebe es Geschäfte mit Bananen. Und abends seien alle Straßenlaternen angezündet. Um nur die auffälligsten Unterschiede zu Leipzig zu nennen. Noch vier Tage!

Fräulein Hase hatte ihren Rundgang beendet und ließ sich in dem Abteil nieder, in dem Thomas saß. Er freute sich.

»Was macht deine Adenauerpuppe für den ersten Mai?« fragte sie.

»Wird«, antwortete er und wurde rot, wie immer, wenn Fräulein Hase ihn ansprach.

»Wird man ihn erkennen?«

»Naja, man muß es schon dranschreiben.«

»Vergiß nicht die Streichhölzer, damit du ihn anzünden kannst.«

»Ja«, sagte Thomas und strahlte sie an.

Neulehrer Krause betrat das Abteil: »Habt ihr noch einen Platz?«

»Nee, alles besetzt«, sagte Thomas.

»Dann rückt mal bißchen.«

Der Neulehrer zwängte sich neben Fräulein Hase.

»Na, Kollegin? Oder muß ich sagen ›Genossin‹? Nein? Kann ja noch werden. Ihnen würde das Parteiabzeichen aber gut stehen.«

Dabei schaute Neulehrer Krause Fräulein Hase unverblümt auf die Bluse.

»Was wißt ihr denn über Dresden?« fragte Krause.

Niemand wußte etwas. Auch Thomas behielt das wenige, das er wußte, vorsichtshalber für sich. Aber der Blick des Neulehrers wanderte über die Gesichter und blieb an Thomas' haften, der nicht ausweichen konnte.

»VP Dresden«, murmelte er. »Oberliga. Sind zur Zeit vorn. Sind aber nicht so gut wie Chemie. In der Perspektive.«

Der Neulehrer schaute Thomas immer noch neugierig an.

»Früher war Dresden besser. SG Friedrichstadt. Mit Helmut Schön. Aber die sind ja dann in den Westen weggemacht. Die Verräter.«
»Ich glaube, du bist nicht sehr schlau«, fuhr ihn der Neulehrer an. »Ich rede von Dresden, wo die angloamerikanischen Terrorbomber Hunderttausende ermordet haben, aber du erzählst mir von dem Verräter Helmut Schön. Ich glaube, auf dich muß man mal ein besonderes Auge haben, oder?«
»Ja«, sagte Thomas kleinlaut.
»Oschatz!« wurde ausgerufen.
»Schauen Sie doch mal, Herr Kollege«, sagte Fräulein Hase, »daß keiner aus Versehen aussteigt.«
Neulehrer Krause ging.
»Dresden«, sagte Fräulein Hase hinter Oschatz, »ist eine bedeutende Stadt auch im antifaschistischen Kampf. Unsere Schule steht doch, wie ihr wißt, an der Georg-Schumann-Straße. Wer weiß, wer Georg Schumann war?«
Die Schüler schauten aus dem Zugfenster, draußen zogen interessante Wiesen vorbei.
»Ein Kommunist«, sagte endlich einer.
»Sehr gut. Woher weißt du das?«
»Na, weil nach dem 'ne Straße benannt ist.«
»Naja, so einfach ist es nicht. Aber Georg Schumann war in der Tat ein bedeutender Leipziger Antifaschist, der im Sommer neunzehnhundertvierundvierzig mit über fünfzig Genossen festgenommen wurde. Einige von ihnen, darunter Schumann, wurden ein halbes Jahr später in Dresden hingerichtet. Die Hinrichtungsstätte werden wir heute besuchen.«
»Prima«, sagte jemand.

»Ist da noch was zu sehen?« fragte Thomas.
»Was soll da zu sehen sein?«
»Naja, zum Beispiel das Beil.«
Fräulein Hase schüttelte den Kopf.
In Riesa ging es über die Elbe. Die floß, wie Thomas sich inzwischen informiert hatte, nach Hamburg. Na und? Er ärgerte sich mit einemmal, daß er seit letzter Woche alles und jedes daraufhin abklopfte, ob es etwas und was es mit dem Westen zu tun habe. Die Elbe war ein DDR-Fluß. Punktum!
Kurz nach neun drängte die Klasse lärmend aus dem Dresdner Hauptbahnhof. Aber nach wenigen Metern blieben die meisten wie angewurzelt stehen und verstummten. Sie schauten, so weit das Auge reichte, durch eine leere Stadt. Fahrbahnen und Bürgersteige, aber keine Häuser. Eine Stadtwüste.
»Mensch, hier hat es aber reingehagelt«, murmelte Thomas.
»Hier war mal die Dresdner Innenstadt«, erklärte Fräulein Hase. »Ihr müßt euch vorstellen, ihr kämt aus dem Leipziger Hauptbahnhof und könntet, sagen wir mal, quer durch bis zum Dimitroff-Museum gucken. Oder zur Thomaskirche. Ohne ein Haus dazwischen. So ungefähr wäre das. Nach dem Krieg standen hier natürlich Ruinen und lagen Trümmer. Die sind weggeräumt worden. Dort hinten ist schon der Altmarkt neu gebaut worden. Und ganz da hinten ist der Zwinger wiederaufgebaut worden. Da gehen wir jetzt hin.«
Die Klasse trottete beinahe wortlos durch die gewesene Innenstadt von Dresden. Thomas mußte an die Mutter denken und ihre Bemerkung, sie habe die schönste Stadt Deutschlands kurz vor deren Tod gesehen. Er

stellte sich vor, wie die Mutter vom Lazarett, wo ihr Mann gestorben war, durch den diesigen Winter zum Hauptbahnhof gefahren war, ohne einen Blick für die Türme und Fassaden, nicht ahnend, daß diese Bilder Stunden später unwiderruflich der Vergangenheit angehören würden.

»Der Zwinger«, erklärte Neulehrer Krause, der endlich auch etwas erklären mußte, »ist, wie der Name schon sagt, eine feudalistische Einrichtung. Es spricht aber für unsere Arbeiter- und Bauernmacht, daß sie dieses Bauwerk als erstes in Dresden wieder aufgebaut hat.«

»Hatten die nichts Wichtigeres aufzubauen?« fragte einer.

Neulehrer Krause schaute den Frager verwundert an.

Fräulein Hase sprang ein: »Das ist sehr einfach. Brauchen tut man einen Zwinger nicht. Aber für die Dresdner war der Wiederaufbau ein Symbol dafür, daß ihre Stadt neu zum Leben erwacht. Daß sie nicht verloren ist. Aufgegeben. So wie man in Leipzig als erstes das Alte Rathaus wieder aufgebaut hat. Gebraucht wurde das auch nicht. Habe ich recht, Herr Kollege?«

Fräulein Hase begrüßte eine Frau und einen Mann. Ihn stellte sie als den Stadtbilderklärer vor, der die Führung durch Dresden übernehmen werde. Die Frau habe den Schülern eine Geschichte zu erzählen.

»Ich begrüße euch in Dresden«, sagte der Stadtbilderklärer, »einer Stadt, deren Name für die Schrecken des hitlerfaschistischen Kriegs steht wie kaum ein anderer. Wie Rotterdam höchstens oder Coventry und natürlich Stalingrad. Ich will euch zeigen, was der Hitlerfaschismus vernichtet hat und was die Arbeiter- und

Bauernmacht mit Hilfe der großen Sowjetunion wieder aufgebaut hat. Apropos Sowjetunion: Schaut mal auf diese Inschrift an der Wand. Was lest ihr da?«
Die Schüler schauten.
»Nun, was steht da geschrieben?«
»Das ist Russisch.«
»Natürlich. Ihr habt doch Russisch.«
Die Schüler schauten betreten.
»Also gut. Da hat ein Rotarmist bei der Einnahme von Dresden mit Kreide drangeschrieben, im Zwinger seien keine Minen. Zur Sicherheit für seine Kameraden, versteht ihr?«
»Das glaubt doch keiner«, sagte Thomas leise zu seinem Nachbarn, »daß die Kreideschrift acht Jahre hält.«
Der Nachbar war der gleichen Ansicht: »Die mogeln. Genau wie bei dem Luther seinem Tintenklecks in der Wartburg. Typisch Ostzone.«
»Im Zwinger war die berühmte Dresdner Gemäldegalerie«, erklärte der Stadtbilderklärer. »Sie wurde von der Roten Armee sichergestellt.«
Jetzt müßte man fragen dürfen, dachte Thomas, warum sie die Bilder immer noch nicht wieder herausgerückt haben. Acht Jahre mußten doch reichen, um alles aufzuschreiben.
»Warum sind die denn so lange in der Sowjetunion?« fragte einer.
»Die müssen genau geprüft werden, ob sie nicht gelitten haben.«
»Aber so lange.«
»Die Sowjetunion hat die besten Fachleute und die besten wissenschaftlichen Methoden, um festgenommene

Kunstschätze, ich meine befreite Kunstschätze, zu untersuchen.«
»Aber da müßte es doch grade schneller gehen.«
Der Frager redete sich, wie Thomas fand, um Kopf und Kragen.
Neulehrer Krause griff ein: »Es handelt sich um die Sowjetunion, verstehst du?«
Der Frager nickte.
Die Frau erzählte jetzt ihre Geschichte. Am Nachmittag des 13. Februar 1945 habe sie ihren Sohn geboren. Spät am Abend: Fliegeralarm. Sie seien nicht sehr beängstigt gewesen, denn wurde Dresden nicht stets verschont? Und war nicht, aller Nazipropaganda zum Trotz, das Ende des Kriegs nahe? Gab es nicht die Gerüchte, die Sieger wollten die unzerstörte Stadt zu ihrem Hauptquartier in Deutschland machen? Außerdem: Konnte man eine Stadt wie Dresden zerstören, diese Perle europäischer Kultur? So dachten sie in Dresden. Dennoch seien sie in den Luftschutzkeller der Klinik gegangen, weil es so angeordnet war. Kaum waren sie da drunten, brach ein Inferno los. Krachende Einschläge, bebender Boden, flackerndes Licht, Schwefelgestank. Plötzlich ein gewaltiger Schlag! Schweigen. Die Klinik war von Bomben getroffen. Die Krankenschwestern trieben die Patienten ins Freie. Sie selbst, sagte die Frau, sei noch schwach von der Geburt gewesen, sei aber gelaufen um ihr Leben. Vorbei an berstenden Häusern. Der Asphalt geschmolzen, an den Schuhen klebend wie Pech. Verbrannte Fußsohlen. Man habe kaum noch atmen können. Ein gewaltiger Feuersturm, der die Menschen regelrecht hin- und herwirbelte. Sie habe sich nur mit größter Mühe vorankämp-

fen können. Zu den Elbwiesen! Sie habe ungefähr die Richtung gewußt, außerdem hätten Hunderte oder gar Tausende in diese Richtung gedrängt. Manche mit verbrannten Kleidern, versengten Haaren, rußgeschwärzten Gesichtern. Entsetzte Augen. Der Ausdruck von Fassungslosigkeit. Am Fluß angekommen, seien viele sofort ins Wasser gesprungen, um ihre Wunden zu kühlen. Andere hätten wie tot auf dem Rasen gelegen und sich nicht mehr gerührt. Vielleicht wirklich tot. Die Stadt in ihrem Rücken lichterloh brennend.

Die Frau machte eine Pause.

»Stimmt es«, fragte einer aus der Klasse, »daß die Straßenbahnschienen rot geglüht haben?«

»Wer sagt das?« fragte der Stadtbilderklärer.

»Mein Vater sagt, die Menschen mußten über rotglühende Straßenbahnschienen laufen.«

»Das ist ja bekannt«, warf Neulehrer Krause ein. »Das kann man ja überall lesen.«

Der Stadtbilderklärer schüttelte den Kopf: »Wenn es so heiß ist, daß Straßenbahnschienen glühen, verbrennt ein Mensch wie Zunder. Das ist Physik. Weißt du, es war so schlimm in Dresden, daß man es nicht mit Märchen noch schlimmer machen muß.«

Thomas hatte auf der Zunge, daß Neulehrer Krause auch Physik gab.

»Und wo war das Baby?« fragte jemand.

»Ja, das war es ja eben«, sagte die Frau. »Ich wußte bloß, mein Kind ist irgendwo da drin in dem Inferno. Aber rein konnte ich nicht wieder. War ja froh, draußen zu sein. War ja auch völlig fertig von dem allen. Hab also versucht, mich nach Hause durchzukämpfen. Drei Tage habe ich gebraucht! Ohne Essen. Bloß mal ein Schluck Wasser von irgendwoher. Zu Hause: niemand. Keine Nachricht. Nichts. Ich wollte nun doch wieder los, zurück in die Klinik. Aber ich hatte keine Kraft mehr. Schlief wie ein Stein. Am nächsten Morgen wurde ich geweckt. Eine Rotkreuzschwester: ›Ich habe draußen ihr Kind.‹«

»Und wo isser nu?« fragte einer.

»In der Schule.«

»Schade. Den hätte ich gern mal gesehen.«

»Wir müssen alles tun für den Frieden«, sagte die Frau. »Wir müssen unsere Regierung dabei unterstützen. Damit die Kriegstreiber nie wieder eine Chance kriegen.«

Der Stadtbilderklärer gab der Frau die Hand, sie nickte der Klasse zu und ging davon in Richtung Straßenbahn.

»Das war die Frauenkirche«, erklärte der Erklärer vor einem großen Berg geschwärzter Steine. »Sie hat nach dem Angriff gebrannt. Die Dresdner meinten schon, ihre Frauenkirche habe überlebt. Aber nach zwei Tagen stürzte sie zusammen. Nun ist sie ein Mahnmal gegen den Krieg.«

Auf dem Altmarkt: »Hier wurden die Leichen verbrannt. Ich habe Fotos davon mitgebracht, ich lasse sie mal rumgehen. Es wurden Gerüste gebaut aus Eisenträgern und die Leichen drauf aufgeschichtet. Immer so Stapel von einigen Dutzend. Dann mit Benzin übergossen und angezündet. Ich war dabei. Sie haben uns Häftlinge diese Arbeit machen lassen. Das schlimmste, wißt ihr, war der Gestank von brennendem Fleisch. Ich denke manchmal, diesen Gestank kriege ich im Leben nicht mehr aus meiner Nase.«

»Mein Vater sagt«, meldete sich ein Schüler, »in Dresden sind dreihunderttausend Menschen umgekommen.«
»Das stimmt nicht«, widersprach der Stadtbilderklärer. »So viele waren es bei weitem nicht. Wir mußten ja zählen, wie viele Leichen wir verbrannten. Es wurde alles registriert. Wir glauben heute, es waren über fünfunddreißigtausend, aber nicht hunderttausend oder mehr.«
»Nach meinem Erachten waren es viel mehr«, widersprach Neulehrer Krause. »Die Zahl ist von den Anglo-Amerikanern heruntermanipuliert worden.«
»Nein, das stimmt nicht. Es ist die Zahl, die die Nazis zunächst angegeben haben. Erst später haben sie sie hinaufmanipuliert. Ich bin übrigens auch der Ansicht, daß mehr als fünfunddreißigtausend Tote an einem Tag und in einer Stadt eine so gewaltige Zahl ist, daß man daran nichts drehen muß. Außerdem freue ich mich über die Hunderttausende, die noch leben. Sie nicht?«
»Na, ich werde mich mal erkundigen«, versprach der Neulehrer.
»Tun Sie das mal. Ich habe mich schon erkundigt. Deswegen mache ich auch diese Führung hier.«
Fräulein Hase griff ein: »Ich denke, wir sollten uns auch in diesem Fall an die offizielle Version halten. Gibt es Fragen.«
»Wann gibt es was zu essen?«
Es war inzwischen halb eins. Das Mittagessen war in einem Lokal hinter dem Altmarkt vorgesehen. Nudelsuppe mit Rindfleisch. Die Jungen nahmen Platz und klapperten ungeduldig mit dem Besteck.

»Duhd mr leid«, erklärte der Kellner in fleckiger Jacke, »mir ham gee Rindfleesch reingegriechd.«

»Dann bringen sie uns«, bat Fräulein Hase, »Nudelsuppe ohne Rindfleisch. Die Jungen müssen was zu essen haben.«

»Duhd mr leid, Nudelsubbe ohne Rindfleesch ham'mr nich.«

Draußen vor dem Lokal schimpfte Fräulein Hase: »Das war ein Beispiel für die Gastronomie in unserem Arbeiter- und Bauernstaat.«

Thomas rutschte das Herz in die Hose: So giftig hatte er seine Klassenlehrerin noch nie erlebt. Hoffentlich machte kein Linientreuer Meldung! Dann, nahm sich Thomas vor, würde er vehement alles bestreiten. Bis Donnerstag war dazu Zeit.

Sie suchten ein HO-Geschäft, wo es Kekse zu kaufen gab, setzten sich auf dem Altmarkt in die Frühlingssonne und aßen zu Mittag.

»Nun zum Höhepunkt eures Dresden-Besuchs«, versprach der Stadtbilderklärer im Keller eines großen Gebäudes, das sie mit der Straßenbahn erreicht hatten. »In diesen Zellen des ehemaligen Landgerichtsgefängnisses haben über tausend Antifaschisten den Tod erwartet und erlitten. Eure Schule, habe ich erfahren, steht an der Georg-Schumann-Straße. Ihr wißt, er war ein führender Leipziger Antifaschist. Er wurde mit seinen mutigen Genossen am elften Januar fünfundvierzig hier hingerichtet. Wir gedenken seiner und aller anderen Genossen.«

Die Jungen nahmen, soweit sie trugen, ihre Schirmmützen ab. Alle Köpfe senkten sich. Mochten sie zu Hause, dachte Thomas, auch schimpfen über die ver-

dammten Kommunisten: Er bewunderte die Helden des antifaschistischen Kampfes. Dazu würde er auch drüben im Westen stehen. Falls sich überhaupt jemand dafür interessierte.
»Sie haben ja auch hier eingesessen«, bemerkte Fräulein Hase.
»Ja«, antwortete der Stadtbilderklärer. »Aber ich lebe noch.«
Der Zug zurück nach Leipzig fuhr bloß mit zwanzig Minuten Verspätung ab. Kurz hinter Dresden blieb er mit quietschenden Bremsen auf freier Strecke stehen. Thomas ließ das Abteilfenster herab und lehnte sich hinaus. Die Ursache des Aufenthalts war nicht zu erkennen. Er schaute in den Himmel, der sich rötlich gefärbt hatte. Die Bomberverbände im Anflug auf Dresden, dachte er.

33 »Wie war es in Dresden?« fragte die Mutter.
»Wie war's bei der Volkspolizei?« fragte Thomas.
Sie lachte: »Ach Gottchen! Es ist ein Witz: Wir hatten vergessen, unseren letzten Messebesuch ins Hausbuch einzutragen, und der Mohrmann hat uns deswegen angeschwärzt.«
»Den Messeonkel aus Frankfurt?«
»Aus Frankfurt am Main. Der Hausbeauftragte hat seine Glupschaugen und seine abstehenden Ohren überall. Worum der sich alles kümmern muß: Hören wir RIAS? Oder NWDR? Kriegen wir Westpakete? Westbriefe? Gar Westbesuch? Hängen wir am ersten Mai die Fahne heraus? Und am siebenten Oktober? Ist

die Fahne geplättet? Gehen wir morgens vor neun geschlossen ins Wahllokal? Gestaltest du die Hauswandzeitung richtig? Gehen wir Heiligabend etwa in die Kirche? Mit diesen zuverlässigen Kräften wie dem Genossen Mohrmann wird der Deutschen Demokratischen Republik das ewige Leben beschieden sein.«

»Glaubst du?«

»Ach was. Vielleicht noch drei, vier Jahre. Aber frag bitte nicht wieder, ob wir dann noch abhauen müssen!«

»Ich frag ja gar nicht mehr. Ich hab mich ja damit abgefunden. Manchmal hab ich schon schwache Momente, da bin ich richtig gespannt. Was meinst du, wo wir hingehen? Hamburg?«

»Da zieht es immer so.«

»Stuttgart?«

»Da mag ich den Dialekt nicht.«

»München?«

»Da verstehe ich den Dialekt nicht.«

»Köln?«

»Da sind sie mir zu katholisch.«

»Frankfurt?«

»Ja, Frankfurt wäre schön. In Frankfurt war ich mal, als ich fünfzehn war. Stell dir vor: neunzehnhundertneunundzwanzig. Es war die große Depression, aber uns ging es ja gut. Der Opa besuchte seinen Generalvertreter für Süddeutschland und nahm sein Töchterchen mit. Mein erster Ausflug in die große weite Welt! Sonst fuhren wir entweder am Wochenende mit dem Auto in die Umgebung oder manchmal nach Weimar zu meinen Großeltern. Und im Sommer an die Ostsee. Aber nun: Frankfurt! Wir waren zum Essen im Frank-

furter Hof, der Generalvertreter und seine Frau und der Opa und ich. Ober im Frack. Ich wurde wie eine Dame behandelt. Durfte sogar an einem Sektglas nippen. ›Gnädiges Fräulein‹, sagten sie zu mir. Ich vermute heute, sie machten sich ein bißchen über mich lustig, aber ich war mächtig stolz. Dann bummelten wir durch die Altstadt. Tranken Apfelwein. Der Opa ließ mich auch davon trinken, er dachte wohl, es sei sowas wie Apfelsaft. Aber ich wurde plötzlich ganz lustig. Kaum noch zu bremsen. Sprach Passanten an. Die versuchten sogar, vernünftig zu antworten. Es war wunderschön. In der Altstadt gab es Tausende von Fachwerkhäusern. Kennst du Fachwerkhäuser? Nein, woher auch. Du wirst sie kennenlernen. Aber leider nicht in Frankfurt. Die Stadt ist völlig zerbombt, habe ich gelesen, alles verbrannt. Am nächsten Tag waren wir im Goethehaus. Unser Goethe, weißt du: ›Mein Leipzig lob ich mir‹ und so weiter. Aber geboren und aufgewachsen ist er in Frankfurt. Komm mir aber jetzt nicht wieder mit deinem blöden Witz: Freiwillig in die Zone. In einem Museum waren wir, ich habe den Namen vergessen, da gab es riesengroße Sauriergerippe. Naja, was soll ich sagen? Es ist über zwanzig Jahre her. Wenn wir damals geahnt hätten . . .«
»Zum Glück«, sagte Thomas, »ahnt man ja nix. Aber Frankfurt wäre gut. Eintracht Frankfurt, weißt du.«
»Nee, wahrscheinlich wieder mal Fußball. Wir können es uns nicht aussuchen.«
»Hauptsache nicht aufs Dorf. Wenn du das bitte irgendwie verhindern kannst.«
»Ich versuche es. Erzähl von Dresden!«
»Zu Mittag gab's Nudelsuppe mit Rindfleisch. Aber es

gab kein Rindfleisch. Es gab aber keine Nudelsuppe ohne Rindfleisch. Weil es kein Rindfleisch gab, gab es keine Nudelsuppe. Verstehst du das?«

»Ja. Noch. Bis Donnerstag verstehe ich es noch.«

Thomas erzählte, wie sie in Dresden angekommen waren und einen freien Blick bis zum Zwinger gehabt hatten.

»Ja, den hatte ich nicht«, sagte die Mutter. »Den will ich auch nie haben.«

Thomas erzählte von der Frau, die am Tag des Angriffs ihren Sohn geboren hatte. Erst jetzt fiel ihm auf, daß ungefähr zur selben Stunde in Dresden sein Stiefvater gestorben sein mußte.

»Ich bin ja übrigens froh«, sagte er erleichtert, »daß es bloß der Messeonkel im Hausbuch war. Beziehungsweise, daß er nicht im Hausbuch war. Ich dachte schon, es wäre wegen Onkel Wolfgangs Karl-May-Bänden.«

Die Mutter merkte auf, und Thomas erzählte, daß er versehentlich die Karl-May-Bände mit Onkel Wolfgangs Namen und alter Anschrift in den Westen geschickt hatte.

»Junge, bist du denn bei Troste?« fuhr die Mutter auf. »Damit kannst du uns kurz vorher noch in Teufels Küche bringen.«

»Aber es ist doch nichts passiert. Es war doch der Messebesuch.«

»Ja, diesmal. Aber was ist, wenn ich morgen nochmal vorgeladen werde? Oder wenn sie gleich vor der Tür stehen? Mit den Karl-May-Bänden in der Hand? Was sagen wir dann?«

»Keine Ahnung. Vielleicht . . . Vielleicht sagen wir, wir

wollten die Schundliteratur aus der DDR entfernen, damit sie keinen Schaden mehr anrichtet.«
»Soso. Und die Bettwäsche, die mit im Paket war?«
»Ja. Da sagen wir ... Da sagen wir, die war nicht mehr gut genug für die DDR.«
»Junge! Wann lernst du endlich denken? Am liebsten würde ich sofort wegfahren, ehe was passiert. Langsam geht mir die Flüchterei an die Nerven.«
Thomas ärgerte sich fast schwarz.

34 Hast du schon mal 'ne Freundin verlassen müssen?« fragte Thomas.
Onkel Wolfgang nickte und spielte weiter auf seinem Akkordeon mit viel Gefühl die »Caprifischer«.
»Ich meine richtig? Für immer?«
»Hm.«
»Wie war das?«
»Beschissen.«
»Erzähl mal!«
Onkel Wolfgang ließ das Akkordeon sinken, das dabei dissonante Laute ausquetschte: »Im Konzert würdest du den Künstler auch nicht einfach unterbrechen.«
»Nee, der kann's ja auch richtig. Was würdest du machen, wenn du Eva verlassen müßtest? Würdest du's ihr sagen?«
»Wie heißt sie denn?«
»Wer denn?«
»Na, deine Flamme.«
Thomas bekam wieder einmal rote Ohren: »Petra.«
»Gehst du schon lange mit ihr?«

»Paarmal. Sonnabend war ich mit ihr auf der Kleinmesse. Es war teuer, aber hat sich unbedingt gelohnt. Ich meine, es war sehr schön. Bloß jetzt . . .«

»Ja, ich weiß. Du darfst es ihr nicht mal sagen. Das ist besonders hart. Du mußt so tun, als wäre nichts. Mußt dich mit ihr fürs nächstemal verabreden, obwohl du weißt. Eigentlich ist das noch nichts für dein Alter.«

»Find ich auch.«

»Aber du wirst es überleben.«

»Glaubst du?«

»Ich bin sicher. Ich hatte mal ein Mädchen, das hieß Mareike. Diesen Vornamen kennst du nicht. Es war in Masuren. Das kennst du auch nicht. Ostpreußen. Heute Volksrepublik Polen. Oder zumindest polnisch verwaltet. Wir lagen in Nikolaiken. Da oben heißt übrigens fast alles so merkwürdig. Es war im Juni einundvierzig. Ruhe vor dem Sturm. Wir wußten, bald geht etwas los. Wir ahnten, es geht gegen die Sowjetunion. Wir dachten, sofern wir in der Schule aufgepaßt hatten, an Napoleon und das Ende an der Beresina. Wir waren nicht kampfeslüstern, wie das ›Neue Deutschland‹ immer schreibt. Im Gegenteil.«

»Und Mareike?«

»Ja, eben. Mareike. Sie war achtzehn, ich war zwanzig. Sie war Bedienung in einer Wirtschaft in Nikolaiken. Mitten im Ort. Das heißt, Nikolaiken ist so klein, daß fast alles mitten im Ort ist. Nur der Bahnhof liegt ein paar Schritte außerhalb. Es gab in Nikolaiken nicht viele Wirtschaften. Wenn man länger als drei Tage im Ort war, kam man auch dorthin, wo Mareike bediente. Meine Kameraden und ich waren alle um die zwanzig und fern der Heimat, dachten an Rußland und wollten vorher nochmal ein bißchen leben. Mareike war hübsch. Und eben ein Mädchen. Weiter nichts. Jeder flirtete mit ihr. Versuchte es wenigstens. Sie hätte jeden Tag fünf an jedem Finger haben können. Aber als ich sie fragte, ob wir uns am Sonntagvormittag treffen könnten, sagte sie: ›Ja‹. Ich weiß nicht, warum.«

»Weil du so'n toller Hecht bist.«

»Mach dich nicht über deinen alten Onkel lustig! Selbst wenn ich toll gewesen wäre, wäre es in dieser Uniform nicht aufgefallen. Darin sieht jeder aus wie ein Primat.«

»Und dann habt ihr euch getroffen.«

»Heimlich. Außerhalb des Ortes. Nikolaiken liegt zwischen zwei oder drei Seen. Ich hatte ein Paddelboot organisiert. Und Proviant. Es war ein schöner Tag. Spätfrühling, wenn es sowas gibt. Ich hatte mir eine Karte abgezeichnet, zu kaufen bekam man ja keine mehr, es war immerhin schon Krieg. Ich hatte mir vorgenommen, in einen stillen Seitenarm eines Sees zu paddeln, wo wir ganz allein wären. Ich hatte die Entfernung total unterschätzt. Oder meine Muskeln überschätzt. Es zog sich. Endlos. Zwei Stunden härtester Arbeit. Und dabei mußte ich Mareike unterhalten. Sie war zauberhaft, sie hörte aufmerksam zu, nickte mit dem Kopf, lachte, warf die Haare in den Nacken, fragte ab und zu mal was. Ich redete und paddelte und redete und paddelte.«

»Ich war am Sonnabend mit Petra auf der Kleinmesse«, warf Thomas ein. »Wir sind Autoscooter gefahren.«

»Hätte ich auch tun sollen, aber in Nikolaiken war keine Kleinmesse. Endlich kam dieser schmale Seitenarm. Zauberhaft, sage ich dir. Einsam. Still. Das Plätschern des Paddels war das einzige Geräusch. Ein Vogel ab und zu. Störche. Sogar Kraniche. Mittags legte ich an und packte die Verpflegung aus. Ich meine den Proviant. Dann sonnten wir uns. Ich hatte die Idee zu baden. Ich wußte, sie hatte keinen Badeanzug mit. Pfiffig, was? Aber sie lächelte: ›Mach mal, Jungchen!‹ Da mußte ich. Es war saukalt. Kennst du das, wenn alles schrumpft? So war das. Sie lachte sich kringelig. Dann küßte sie mich. Ja, und da hatte ich den Krieg vergessen.«

»Hättest du sie geheiratet?«

»Ach, geheiratet! Ja, wenn sie mich gefragt hätte, hätte ich sie geheiratet. Auf dem Standesamt von Nikolaiken. Meine Eltern hätten vielleicht die Hände überm Kopf zusammengeschlagen: so ein Mareikchen aus Masuren! Aber ich hätte sie geheiratet. Weißt du, warum? Dann hätte ich draußen an der Front gewußt: Eine wartet auf mich! Nicht: Vielleicht wartet eine auf mich. Sondern: Meine muß auf mich warten. Obwohl wir ja hinterher gesehen haben, wie viele nicht warteten. Die Russenbräute. Die Amibräute. Aber da draußen im Schützenloch hätte es einem geholfen: Sie wartet auf dich. Mareike hat mich nicht gefragt. Aber ich bilde mir ein, wir haben uns geliebt. Wenigstens ich sie.«

»Wie lange wart ihr zusammen?«

»Lach nicht: zweieinhalb Wochen.«

»Ungefähr wie Petra und ich. Hast du ein Foto von ihr?«

Onkel Wolfgang schüttelte den Kopf: »Irgendwo auf dem Weg von Stalingrad nach Workuta ist es verlorengegangen. Als ich nach Monaten in den Besitz eines Blattes Papier kam und bald darauf einen Bleistiftstummel ergatterte, habe ich sie aus dem Gedächtnis gezeichnet. Das Bild habe ich dann immer hervorgezogen, wenn ich dachte, jetzt geht es nicht mehr.«

»Hast du's noch?«

Onkel Wolfgang ging zu seinem Schrank und griff zielsicher in eine Schublade. Thomas fand Mareike hübsch, er mochte weiche, herzförmige Gesichter und lange Haare. Er konnte natürlich nicht beurteilen, ob Mareike richtig getroffen oder aus verklärter Erinnerung geschönt war.

»Und in Stalingrad, da hast du immer an sie gedacht.«

»Klingt blöd, nicht wahr? Aber so ist es. Wir sprachen ja vor ein paar Tagen schon mal drüber, daß du an der Front einen langsamen moralischen Abstieg mitmachst: Vom Siegen willst du bald nichts mehr wissen, nur noch vom Überleben. Bald fragst du dich sogar, wozu du überleben sollst. Für wen? Bestimmt nicht für den Führer. Für dich selbst? Wozu denn? Ist doch viel bequemer, wenn du mit deiner Knarre einfach aus deinem verhaßten Schützenloch kletterst und mit Gebrüll in Richtung Iwan rennst. Die Scharfschützen warteten ja schon auf dich. Dann hat die liebe Seele Ruh. Aber bevor du das tust, denkst du an Mareike. Oder Helga. Oder Hannelore. Oder Lili Marlen. Kennst du Lili Marlen?«

Thomas kannte Lili Marlen. Es war, nach Kinderliedern wie dem vom Fuchs und der gestohlenen Gans, das erste Lied, das er als kleiner Junge hatte singen können. Es war ja dauernd im Radio gekommen. Verstanden hatte er es nicht.

»Wir sangen es manchmal jeden Abend: ›Vor der Kaserne, vor dem großen Tor, stand eine Laterne, und steht sie noch davor‹ und so weiter. Für die Heimatfront war es eine rührende Schnulze. Wahrscheinlich ist es auch eine. Aber für uns war es am Ende das einzige, das blieb: Lili oder Helga oder Mareike wartet auf dich! Beiß die Zähne zusammen! Sie wartet!«
Onkel Wolfgang wollte wieder sein Akkordeon schultern, aber Thomas gab nicht auf: »Der Großvater sagt, der deutsche Soldat war anständig.«
Onkel Wolfgang lachte auf: »So, sagt er das? Er war ja auch die ganze Zeit an der Heimatfront.«
»Er sagt, die Schweinereien hat die SS gemacht.«
»Bravo! Wenigstens das hat er inzwischen eingesehen.«
»Wie war's denn nun wirklich?«
Onkel Wolfgang stellte sein Akkordeon wieder ab: »Wenn du am Freitag weg bist, Richtung Berlin, beantworte ich erstmal zwei Monate lang keine einzige Frage mehr. Von niemandem.«
»Wart's mal ab, wenn du auch zur Volkspolizei vorgeladen wirst. Dann wirst du schon antworten.«
»Also, die Wehrmacht«, erklärte Onkel Wolfgang, »hat Gefangene erschossen, Kinder verbrannt, Frauen geschändet, alte Leute totgeschlagen, Bauernhöfe angezündet, Vieh ersäuft. Weißt du nun Bescheid?«
»Aber der Großvater ... Hast du auch?«
»Nein, ich hatte Glück. Ich habe nur Häuser angezündet. Getreide verbrannt. Vieh abgeknallt. Keine Menschen. Glück. Reines Glück. Aber es war schlimm genug. Der alte Bauer, der vor mir auf die Knie ging, vor mir jungem Schnösel, und mich anflehte, sein Haus nicht anzuzünden. Der Kompanieführer nickte mir

aufmunternd zu: ›Wenn der Alte Zicken macht, schubs ihn ins Feuer!‹ Was machst du da? Im Krieg kannst du nicht Mensch bleiben. Es wird dir nicht erlaubt. All die Schnulzen über das ›Feld der Ehre‹: Käse! All die Bücher, die heroischen Schwarten, die ich als Junge verschlungen habe: Lüge. Es ist das dreckigste Geschäft, das du dir denken kannst.«

»Und wenn sie dir befohlen hätten, den alten Mann zu erschießen?«

»Hätte ich ihn erschossen.«

»Glaub ich nicht.«

»Ich hätte ihn erschossen. Was denn sonst? Unser Kompanieführer, gottseidank ist er auf eine Mine getreten, war der schärfste Nazi, den du dir denken kannst. Scharf wie ein Rasiermesser. Wenn der dir befiehlt, den ollen Untermenschen abzuknallen, was tust du dann? Den Befehl verweigern? Dann stellt er dich gleich daneben. Diskutieren? Dann hast du Glück und kommst bloß ins Straflager, vielleicht nach Norwegen wie dein Vater. Dann hast du wenigstens noch ein paar Monate Schnee und Nordlicht, ehe du verreckst. Nein, du schießt.«

»Das ist aber beschissen.«

»Ja. Ist es. Merk' dir mal fürs Leben: Edel kann man sein, solange es nichts kostet.«

»Und was ist, wenn du daneben schießt?«

»Das machst du auch nur zweimal, dann fällt es auf.«

»Hast du erlebt, daß sich einer weigert?«

»Einen habe ich erlebt. Als ich später aus Sibirien zurückkam, habe ich seine Eltern ausfindig gemacht, sie wohnen im Erzgebirge, und habe ihnen erzählt, daß ihr Sohn deswegen an die Wand gestellt wurde. Ich war der erste, der ihnen davon erzählen konnte. Sie hörten es sich ganz ruhig an, und am Ende nickte die Mutter mit dem Kopf und sagte: ›Der Junge hat recht getan‹. Das mußt du dir mal vorstellen: Der Junge hat recht getan. Das vergißt man nicht. Wenn ich eines Tages, hoffentlich, alle die faschistischen Schreihälse vergessen haben werde, die uns hinterher weismachen wollten, sie seien von Anfang an dagegen gewesen und hätten von nichts gewußt, dann werde ich die alte Frau nicht vergessen: ›Der Junge hat recht getan.‹«

»Habt ihr von den KZs gewußt?«

»Natürlich. Wir wußten, daß es sie gab. Wir wußten nicht, wie es darinnen zuging. Aber wir wußten, daß kaum jemand lebend wieder herauskam.«

»Der Großvater sagt ...«

»Ja, der sagt, man konnte nicht wissen, wo die jüdischen Nachbarn hingeschleppt wurden. Fehlt nur, daß er sagt: ›Ich dachte, sie fahren in die Sommerfrische.‹ Aber weißt du, der Mensch hat einen automatischen Selbstschutz. Er verdrängt, was ihm unangenehm ist. Er verdrängt es so gründlich, daß er aus ehrlicher Überzeugung sagt: ›Mir ist gar nicht aufgefallen, daß die Nachbarn nicht mehr im Haus wohnten.‹ Es geht mir ja selbst so. Ich muß mich schon ganz schön am Riemen reißen, um nicht zu vergessen, was ich im Krieg gesehen und gehört habe. Denn eigentlich hätte ich ja was dagegen tun müssen. Ich war bloß zu feige. Wie neunundneuzigkommaneun Prozent.«

»Denkst du, es wird mal mit den Kommunisten genauso?«

»Wenn die DDR mal zu Ende ist? Natürlich. Keine Frage. Alle werden immer dagegen gewesen sein. Hätten es schon längst mal sagen wollen. Waren bloß nicht dazu gekommen.«

Thomas wechselte, ehe der Onkel zu seiner Quetschkommode greifen konnte, das Thema: »Stalingrad, da haben sie euch wohl ganz schön fertiggemacht?«

»Das kannst du wohl sagen! Auf dem Hinweg, wenn wir manchmal fünfzig Kilometer am Tag durch den Staub marschierten, da dachten wir noch: Na, es geht ja wenigstens schnell. Zu Weihnachten sind wir zu Hause. Aber als wir bei Wintereinbruch in unseren Schützenlöchern hockten und keinen Zentimeter vorankamen, da war uns klar: Wir haben ausgespielt. Der Winter und die Weite und der weit überlegene Feind machen uns kaputt. Sie kesseln uns ein und warten, bis wir mürbe sind. Und nur wenn du ganz viel Glück hast, kommst du heil heraus. Oder wenigstens nicht tot.«

»Wo habt ihr da gewohnt?«

»Gewohnt? Gehaust haben wir. Nein, nicht gehaust. Hausen tut man in einem Haus. Vegetiert haben wir. In Erdlöchern. In Eislöchern. Die hatten wir im Herbst gegraben, ehe der Boden gefror. Zwei Mann, ein Loch. Nachts kam Proviant. Nicht jede Nacht. Nachts konntest du mal rausklettern und die Glieder strecken. Wenn du am Tag deinen Stahlhelm auf dem Gewehr aus dem Loch heraushieltest, machte es ›Patsch!‹ Russische Scharfschützen. Da hast du dir manchmal gewünscht, der Tag hätte nicht vierundzwanzig Stunden, sondern höchstens vier.«

»Bist du jetzt froh, daß du's überlebt hast?«

»Natürlich. Wenn du Stalingrad und Workuta überlebt hast, ist doch alles ganz nett. Nicht mehr wichtig, aber

nett. Wir haben jetzt Frühling, es wird wieder Sommer, nehme ich an. Ich habe ein Dach überm Kopf. Ein Bett. Jeden Tag was zu essen. Richtig mit Teller und Messer und Gabel. Ich kann mir einen Krug Bier kaufen, wenn ich will. Vielleicht habe ich auch bald eine Anstellung. Und Eva nicht zu vergessen. Das ist soviel, wie ich damals nie mehr für möglich gehalten hätte. Weißt du, wir haben in ein paar Jahren alles Schlimme mitgemacht, was die Geschichte sonst auf mehrere Generationen verteilt. Wir haben es überlebt, der Rest ist Zugabe und wird genossen.«
»Und Mareike?«
Onkel Wolfgang hob die Schultern: »Wer weiß. Vielleicht hat sie überlebt. Vielleicht nicht. Auf dem Treck von Ostpreußen sind ja so viele umgekommen. Ich habe beim Roten Kreuz nachgeforscht, als ich aus der Gefangenschaft kam. Nichts. Ich hoffe, sie lebt und es geht ihr gut. Ich hoffe, sie liebt ihren Mann und hat vier Kinder. Ich bin ihr dankbar, denn ohne sie wäre ich irgendwann dem Iwan vor die Flinte gerannt.«
»Und wenn sie plötzlich auf der Matte stünde?«
»Oh Gott! Dann hätte ich zwei. Eva und Mareike. Das ist immer eine mißliche Situation, von der allerdings Generationen von Schriftstellern gut gelebt haben. Nein, laß mal, Mareike bleibt meine schönste Erinnerung. Meine Lili Marlen.«
»Wie Petra?«
»Von mir aus wie Petra. Aber du wirst schon noch ein paar mehr Erinnerungen sammeln.«

35

Bitte die Aufsatzhefte raus!«
Muß das sein? dachte Thomas. So kurz vor Toresschluß, genau drei Tage vor der Flucht, mußte Fräulein Hase ihn noch erwischen. Aufsätze waren nicht sein Fall. Dabei fehlte es ihm nicht an Phantasie, auch gelangen ihm ab und an blumige Wendungen. Aber er haßte dieses dauernde Auf-der-Hut-Sein! Mit jedem Satz konnte man in eine Falle tappen, jede Formulierung konnte auf unerwartete Weise angreifbar sein, jede Bemerkung, auch jede ehrlich gemeinte, konnte in ihr Gegenteil verkehrt werden. Das heißt, ehrlich gemeint war selten etwas in Thomas' Aufsätzen. Man schrieb taktisch, um das häßliche Wort »Lüge« nicht zu verwenden. Thomas dachte an die energische Ansicht der Mutter, dieses Honig-ums-Maul-Schmieren müsse endlich ein Ende haben, ehe es den Charakter endgültig verbogen habe.

»Ein Tag in Dresden«, sagte Fräulein Hase an.

Klar, wozu wurden sie in aller Herrgottsfrühe hundertzwanzig Kilometer weit durch Sachsen geschleppt: um einen Aufsatz darüber zu schreiben. Das halbe Leben schien gelebt zu werden, damit es Stoff für Aufsätze gab.

Man müßte, dachte Thomas, zum Abschied noch so ein richtiges Ding hinbrezeln. Ihnen die Wahrheit unter die Nase reiben. Dresden war dafür aber kein guter Anlaß. Ein prächtig geeignetes Aufsatzthema wäre: »Genosse Walter Ulbricht, der größte Freund der Jugend«. Oder der zweitgrößte, denn in allem hatte der

Größte immer der große Stalin zu sein, selbst wenn er jetzt verblichen war. Die Wahrheit über den Spitzbart: Das wäre ein tolles Aufsatzthema! Diese miese Visage mit den bösen Augen und dem verkniffenen Mund. Diese schrille Fistelstimme und der ordinäre Leipziger Vorstadtdialekt. Jede Gemeinheit traute man ihm zu, diesem Statthalter der Besatzer. Wenn einer aufstünde und sagte, Ulbricht habe seinen besten Freund ans Messer geliefert, um einen Vorteil daraus zu ziehen, würden die Leute sagen: ›Na klar, das haben wir vorausgesetzt!‹ Totschlagen müßte man ihn. Mit einem nassen Scheuerlappen, um kein wertvolles Material zu vergeuden. Der Haß auf den Spitzbart saß so tief in den meisten Menschen, daß sie sich ausmalten, wie man ihn auf möglichst genußvolle Weise um die Ecke bringen könnte. Der alte dicke Pieck, nun ja, der war auch ein Bolschewist, aber ein gemütlicher. Wenn der alles wüßte, dachten die meisten. Und Grotewohl, der ehemalige Sozialdemokrat, das blasseste Sternchen des Dreigestirns, galt zwar als Verräter, aber vor allem als ein armer Tropf, der sich von Ulbricht und den Sowjets vor Angst um den Finger wickeln ließ. Aber der Spitzbart! Wenn heute schon Donnerstag wäre und morgen in aller Frühe die Flucht, dachte Thomas, würde ich es riskieren. Einmal die Wahrheit! Fräulein Hase würden die Augen übergehen. Sie würde bestimmt nicht zur Polizei rennen, sondern Thomas nach dem ersten Mai zur Rede stellen wollen. Das Aufsatzheft verschwinden lassen. Verbrennen. Andererseits, dachte er, durfte man Fräulein Hase nicht so in die Bredouille bringen. War sie nicht immer fair zu ihren Schülern? Versuchte sie es nicht jedesmal auszubügeln, wenn einer sich vergaloppiert hatte? Nicht wie der Neulehrer Krause, der dann bohrte und festzunageln versuchte. Dem hätte Thomas gern mal eins ausgewischt, aber wie? Wer auf der Seite der historischen Wahrheit stand, war immer am längeren Hebel.

Thomas hatte eine Idee, wie er den Aufsatz beginnen könne: »Am 13. Februar 1945 starb in einem Lazarett in Dresden ein Soldat, der an der Ostfront schwer verwundet worden war. Ungefähr um dieselbe Stunde wurde in einem Dresdner Krankenhaus ein Säugling geboren. Daran kann man sehen, wie . . .«

Ja, was konnte man daran sehen? Wie das Leben spielt? Der Anfang war nicht schlecht, aber Thomas fühlte sich dem Fortgang nicht gewachsen.

»Wie schreibt mr'n eechendlich ›Semberober‹?« flüsterte sein Nachbar.

»Wie mr's spricht.«

Thomas fing jetzt so an: »Wenn man aus dem Dresdner Hauptbahnhof tritt, schweift der Blick kilometerweit bis zum Zwinger. Kein Haus, kein Strauch, wo bis 1945 die Innenstadt pulsierte. In einer Nacht lag alles in Trümmern, und 35 000 Menschen waren tot.«

Ja, so ging es.

Vielleicht, dachte Thomas, sollte ich zum Abschied einen besonders guten Aufsatz schreiben, damit Fräulein Hase sich freut. Ehe sie merkt, daß ich nicht mehr da bin. Und damit sie mich in angenehmer Erinnerung behält.

Nach der zweiten Stunde gab er sein Heft befriedigt ab. In der großen Pause hielt er in den langen gebohnerten Korridoren und auf dem Schulhof Ausschau nach Petra. Er entdeckte sie nicht. Nach der letzten

Stunde wartete er vor der Schule auf sie. Er sprach ein Mädchen aus ihrer Klasse an, die den Kopf schüttelte:
»Hat gefehlt heute.«
»Gestern auch schon?«
Das Mädchen nickte.
Thomas lief nicht nach Hause, sondern die Breitenfelder Straße hinauf. Hatte sich Petra am Sonnabend auf der Kleinmesse eine Erkältung geholt? Auf dem Riesenrad? Ein bißchen frisch war es gewesen, und sie hatte nur das geblümte Sommerkleid angehabt.
Thomas stand diesmal nicht unschlüssig vor dem Haus und schaute zu den Fenstern hinauf. Er machte sich Sorgen und mußte es erfahren. Er stieg hinauf und klingelte. Zweimal. Viermal. Niemand öffnete.
Er mußte plötzlich daran denken, wie er vor acht Tagen an der Tür von Peter Schneeberg geklingelt hatte. »Die sind scheint's verreist«, hatte der Nachbar vermutet. Pustekuchen!
Thomas schlug das Herz bis zum Hals. Er klingelte noch zweimal. Wenn Petra wirklich krank war, mußte sie doch wenigstens zu Hause sein und sich rühren. Er lehnte sich an die Tür und kämpfte mit den Tränen.
Sollte er bei den Nachbarn klingeln? Was konnten sie wissen? »Die sind scheint's verreist.« Man redete nicht darüber, wenn man wegmachen wollte. Man tat bis zur letzten Minute, als sei alles wie immer.
Thomas trottete die Breitenfelder zurück. So hatte er sich den Abschied nicht vorgestellt! An seinem letzten Tag hatte er nochmal mit Petra zusammensein wollen, vielleicht nochmal auf der Kleinmesse. Sein vorletztes Geld war er zu opfern bereit gewesen. Dann ein Abschied, wie sich's gehörte: Verabredung für den 1. Mai,

nach der Kundgebung. Am Alten Rathaus. Oder an der Thomaskirche. Handschlag. Kuß. Umdrehen. Weggehen. So hatte er es machen wollen. Das hatte sie ihm nun vermasselt.
Statt dessen der Abschied am Sonnabend: Petra hatte ihm einen Kuß auf die Stirn gegeben. Hatte kein Wort gesagt über Flucht und Berlin. Verdammt! Was Thomas sich vorgenommen hatte, genau das hatte Petra am Sonnabend ihrerseits getan. Sie hatte gewußt, was er nicht wußte: Es ist der Abschied.
Und wenn nun doch alles ganz anders war? Wenn sie nur im Krankenhaus war? Oder zu einer Beerdigung gefahren? Gab es noch einen Funken Hoffnung?
»Den Ofensetzer sind wir erstmal los«, sagte die Mutter. »Der hat einen dringenden Auftrag. Bei der Partei. Damit die Vorhut der Arbeiterklasse keine kalten Füße kriegt.«
»Jaja«, antwortete Thomas.
»Dann können wir in Ruhe den Rest packen.«
»Prima.«

36 Die »Fantasie« von Händel. Thomas hatte sie seit der letzten Klavierstunde vor einer Woche nicht ein einziges Mal geübt. Wozu jetzt noch?
»Du bist nicht bei der Sache«, rügte Fräulein Sommer.
»Stimmt«, gab Thomas zu.
»Was geht dir denn durch den Kopf?«
»Mir? Nichts. Höchstens die Geschichte vom letztenmal. Von Ihrem Leo.«
»Spiel nochmal von vorn! Und halte bitte das Tempo.

Du darfst nicht schneller werden, wenn du denkst, die nächsten paar Takte sind leichter. Verstehst du?«
»Gut, immer gleich langsam.«
Mittendrin nahm er die Hände von den Tasten: »Ich möchte wissen, wie es weiterging mit Leo.«
»Du meinst, wie es zu Ende ging.«
»Sie haben letztesmal den Anfang erzählt, jetzt müssen Sie auch B sagen.«
»Ja, ich weiß. Also mache ich es kurz. Wir hatten über drei Jahre Galgenfrist nach dieser sogenannten Reichskristallnacht. Ein furchtbar zynisches Wort übrigens, denn da wurde mehr als Glas zerschlagen. Eines Morgens, es war beim Bäcker, redeten sie aufgeregt: ›Sie holen die ersten Juden ab. Sie deportieren sie.‹ Ich lief wieder mal los. Vergaß meine nächste Schülerin. Nahm für die paar Haltestellen die Straßenbahn, damit es diesmal schneller ging. Kennst du am Zoo das Flußbett der Parthe? Die Parthe ist ja nur so ein kleines stinkendes Rinnsal. Aber sie hat, wohl für Hochwasser, dieses gemauerte breite Bett, zu dem nur an ein paar Stellen Treppen hinabführen. Dort unten hatte man die Juden des Viertels zusammengetrieben. Wie Vieh. Mit Knüppeln und Gewehrkolben. Von da unten konnten sie nicht entkommen, man mußte bloß die paar Treppenaufgänge bewachen. Eine teuflische Idee. Ich habe später manchmal darüber nachgedacht: Irgendeiner muß ja auf diese Idee gekommen sein, die eine aufwendige Bewachung ersparte. Bestimmt ist die Idee als genial bezeichnet worden. Der sie hatte, ist bestimmt belobigt worden. Vielleicht sogar ausgezeichnet. Es war alles so ekelhaft banal.«
»Haben Sie's gesehen?«

»Natürlich. Viele haben zugeschaut. Manche standen stumm dabei, mit versteinerten Gesichtern. Aber die meisten feixten. Manche johlten. Zerrissen sich die Mäuler: ›Jetzt geht's den Judenschweinen an den Kragen‹! Wenn du sie heute fragst, wissen sie bestimmt nicht, wo das damals überhaupt gewesen sein könnte. Zwei oder drei der Johler kannte ich. Sind heute ehrbare Leute. Einer ist auch wieder in die Partei gegangen. Oh, das hätte ich vielleicht nicht sagen sollen.«

»Macht nichts. Ich bin ja auch nicht von gestern. Und Leo?«

»Ich entdeckte ihn nach langer Zeit in dem Durcheinander. Mit Judenstern auf dem Jackett und seinem Köfferchen in der Hand. Wir hatten es zusammen gepackt. Für alle Fälle. Das Nötigste. Alles Wichtige war ohnehin bei mir: Zeugnisse, Fotoalben, Musiknoten. Er hatte ein bißchen komponiert. Ganz schöne Sachen, manchmal spiele ich sie. Alle hatten Koffer oder Kartons. Dachten noch, sie brauchten etwas für diese Reise. Ich wollte winken, damit Leo mich sah, aber ich traute mich nicht. Man ist so furchtbar feige.«

»Warum haben die das gemacht?«

»Siehst du, das ist die Frage, die keiner beantworten kann. Jeder hat so seine Erklärung. Ich denke, daß jeder, der an die Macht drängt, einen Sündenbock braucht. Wenn man den erstmal vernichtet hat, sollen die Leute glauben, wird es endlich gut. Also braucht man, je nach Zeit und Ort, Hexen oder Juden oder Junker und Schlotbarone.«

»So ähnlich sagt das meine Mutter auch.«

»Wir haben oft darüber gesprochen.«

»Und dann haben sie ihn nie wiedergesehen?«

»Nein. Nie. Nach dem Krieg kamen ganz vereinzelt Juden zurück nach Leipzig. Aber Leo nicht. Bis vor ein paar Jahren habe ich mir noch vorgestellt, es klingelt und er steht vor der Tür.«
»Wie meine Oma mit Onkel Wolfgang. Aber der ist wenigstens gekommen. Leo war in Auschwitz? Waren Sie später auch mal in Auschwitz?«
Sie schüttelte energisch den Kopf: »Keine solchen Gedenkstätten! Hier ist die Gedenkstätte. Das Zimmer. Der Flügel. Die Noten. Der Mendelssohn aus Gips. Das genügt. Nun spiel aber bitte endlich diesen Händel! Ich werde schließlich dafür bezahlt, daß ich dir was beibringe. Außerdem sollst du das Stück am Sonntag öffentlich vorspielen. Wenn du spielst wie heute, blamieren wir uns bis auf die Knochen.«
Händel spielen, Aufsatz schreiben, Adenauerpuppe basteln, Wandzeitung gestalten: Es ging ihn doch alles nichts mehr an. Thomas war noch in Leipzig, aber sein Kopf war ganz woanders.
»Waren Sie schon mal in Berlin?« fragte er.
»Ja, vor dem Krieg. Oft. Bei den Philharmonikern. Wenn Furtwängler dirigierte.«
»Und sonst? Ich meine: U-Bahn, Olympiastadion, Nollendorfplatz.«
»Ja, U-Bahn. Olympiastadion nicht. Da wollte ich nie hin. Ich gebe zu, ohne Leo hätte ich wahrscheinlich vieles anders gesehen. Vielleicht wäre ich sonst auch, wie die meisten Deutschen, aus dem Häuschen gewesen wegen dieser Olympischen Spiele. Weil die halbe Welt das Reich hofierte, weil sie wetteiferten um den tiefsten Bückling vor dem Führer. Gar mit Hitlergruß vor ihm paradierten.«

»Das sagt meine Mutter auch.«
Thomas spielte noch einmal die Fantasie. Er legte sich ins Zeug, als stünde der Flügel auf dem Podium im Saal der Volkshochschule und Hunderte hörten atemlos zu. Er wurde bei den einfachen Passagen nicht schneller und zum erstenmal bei den schwierigen nicht langsamer. Ein paar Hakler, aber er brachte es bravourös zu Ende. Er stellte sich vor, er würde, zurück im Saal, von Petra in die Arme genommen und beglückwünscht.
»Na, so möchte ich das am Sonntag hören!« lobte Fräulein Sommer.
Thomas sah Fräulein Sommer am Sonntag vor der Volkshochschule stehen und immer wieder auf die Armbanduhr schauen: Wo bleibt er denn? Er ist doch immer pünktlich. Er wird's doch nicht verschwitzt haben?
Thomas durfte, weil er so gut gespielt hatte, ein paar Minuten früher gehen. Er bemühte sich, ganz normal »Auf Wiedersehen« zu sagen und Fräulein Sommers Hand nicht länger zu drücken als immer.

37 Und heute?« fragte Thomas, nachdem er die Großmutter auf dem Karl-Marx-Platz mit einem Schmatz begrüßt hatte.
»Bildermuseum«, sagte sie.
»Wenn du meinst.«
Thomas hätte zum Abschluß lieber etwas Aufregenderes gesehen als die toten Leinwände in ihren verstaubten Rahmen. Aber heute, beim endgültig letzten Diens-

tagsbummel, konnte er der Großmutter den Wunsch nicht abschlagen. War sie nicht letzte Woche sogar, gegen ihre entschiedene Ablehnung, mitgekommen in die Baumwolle?

An der Südseite des Karl-Marx-Platzes stand noch die Ruine des alten Bildermuseums. Die Fassade diente bei besonderen Anlässen wie dem ersten Mai zur Anbringung von Transparenten, die die neue Zeit unter Führung der Arbeiterklasse priesen. Auch Lenin und Stalin, Pieck und Grotewohl schauten dann gütig und weise von der Ruine auf die Kundgebungsteilnehmer herab. Onkel Wolfgang gewann diesem festlichen Schmuck sogar etwas Symbolisches ab: daß diese bedeutenden Köpfe nur außen an die Wand gehängt und nicht hineingelassen wurden ins Museum.

Thomas und die Großmutter bummelten den Ring hinab in Richtung des Neuen Rathauses. Hoffentlich, dachte Thomas, kommt sie nicht auch mit dem Witz: Todsicher geht die Uhr falsch. Sie kam nicht damit. Vorbei am Rathaus, hinüber zum ehemaligen Reichsgericht, das also jetzt Dimitroff-Museum hieß und den Gemälden der Leipziger Galerie Unterschlupf gewährte.

»Dieses Bild hier mag ich besonders«, erklärte die Großmutter und blieb davor stehen.

Unter einem verhangenen Himmel eine düstere Insel, steile, abweisende Felsen, drohend dunkle Bäume, ein Ruderboot mit einem blumenbekränzten Sarg und einer weiß verhüllten stehenden Gestalt, zusteuernd auf den Eingang zur Insel. «Die Toteninsel« von einem Arnold Böcklin. Das Bild vermittelte den Eindruck tiefster Stille und weckte den Wunsch, das Geheimnis der Insel zu erkunden.

»Doch, ganz gut gemalt«, mußte Thomas zugeben.
Dann: »Die blaue Stunde« von Max Klinger, an dessen nicht mehr existierendem Atelier man mit der Linie zwei vorbeifuhr auf dem Weg zur Baumwolle. Drei unbekleidete Frauen in einer Abendstimmung, von einem geheimnisvollen rötlichen Feuer beschienen.
»Gefällt es dir?«
»Hm. Die eine ist ziemlich hübsch. Die linke.«
»Na, wenigstens etwas«, fand die Großmutter.
Und dann Klingers Beethoven. Aus Marmor. Auf einem hohen Sockel, der den Betrachter zwang, ehrfürchtig aufzuschauen. Der Meister auf einem Thronsessel. Der Meister Auge in Auge mit einem Adler, der demütig die Flügel hängen ließ. Vor allem aber: der Meister nackt. Bis auf ein Tuch um die Lenden und Sandalen an den Füßen. Entschlossener Blick. Die Faust auf dem Knie, das Kinn markig vorgereckt. Als wolle er noch die Zehnte komponieren.
»Ein Skandal vor fünfzig Jahren«, erklärte die Großmutter.
»Warum denn das?«
»Na, hör mal! Der Titan der klassischen Musik nur mit einem Tuch bekleidet. Unerhört! Der Lächerlichkeit preisgegeben. Die Beethovenverehrer schäumten. Dagegen waren die Jünger der modernen Kunst begeistert: Phänomenal! Epochal! Und so mutig! Nun ja, Beethoven konnte sich ja nicht mehr wehren. Vielleicht hätte er Klinger zum Duell herausgefordert. Aber vielleicht hätte er ihm auch die Plastik abgekauft.«
»Um sie verschwinden zu lassen«, vermutete Thomas.
»Jedenfalls ist sie schöner als die ganzen Staline sind, die bei uns rumstehen.«

Die Großmutter führte Thomas noch zu Liebermann, Slevogt und Corinth, dann meinte sie, fürs erstemal sei es genug.
»Ich muß mich einen Moment setzen«, sagte sie auf dem Weg zurück, »im Frühling ist kein Wetter für meinen Kreislauf.« Sie kramte aus ihrem Einkaufsbeutel eine Tüte Karamelbonbons aus dem Westen, die an den Zähnen klebten wie Pech und Schwefel, aber schön süß schmeckten.
»Die Dresdner Galerie ist ja viel berühmter als unsere«, sagte Thomas, »aber denen ihre Bilder sind in Moskau.«
»Wenn ihr in den Westen kommt, gibt es viele berühmte Galerien. Kassel oder Köln oder München. München vor allem. Du wirst viel sehen und erleben. Weißt du, wenn ich nicht so alt wäre, müßte ich dich beneiden um deine Zukunft. Du wirst in einem Land leben, wo ihr frei seid und reden könnt, was ihr wollt. Hingehen, wohin ihr wollt. Ich weiß, damit kannst du noch nichts anfangen. Aber wenn du größer bist, wirst du deine Mutter bewundern und ihr dankbar sein für ihren mutigen Entschluß. Denk an meine Worte!«
»Ich möchte mal wissen, wo wir landen«, sagte Thomas. »Am Anfang hatte ich Angst vorm Wegmachen, aber jetzt bin ich gespannt wie ein Flitzebogen.«
»Wo immer ihr hinkommt: Es ist ja nicht für die Ewigkeit. Alle unsere Freunde und Bekannten, die geflüchtet sind, zigeunern durch die Westzonen, bis sie irgendwo Fuß fassen. Euch wird es auch so gehen.«
»Du bist ja damals auch nicht freiwillig nach Leipzig gekommen.«
»Um Gottes willen! Aber es hätte auch noch schlim-

mer kommen können. Eigentlich gefielen mir bloß zwei Dinge nicht: der unausstehliche Dialekt und die furchtbare Gegend draußen um die Baumwolle, wo wir nun mal wohnen mußten. Leipzig an sich war ganz eindrucksvoll. Damals. Heute ist es nur noch ein Schatten seiner selbst. Heutzutage wird als großer Sieg des Sozialismus gefeiert, daß endlich, fast zehn Jahre nach dem Krieg, das neue Opernhaus Gestalt annehmen soll. Ja, mein Gott! Als wir nach Leipzig kamen, im Sommer neunzehnhundertneun, da stand dieses riesige Neue Rathaus« – sie zeigte hinüber – »gerade ein paar Jahre. Das Völkerschlachtdenkmal war im Bau, sonntags fuhren wir manchmal raus und schauten nach, ob sie unsere vaterländischen Spendengelder auch nicht verplemperten. Die Russische Kirche. Die alten Bahnhöfe, der Dresdner und der Magdeburger, wurden abgerissen, weil gerade anno neun, als wir kamen, der neue Hauptbahnhof begonnen wurde. Gleichzeitig Messepaläste in der Innenstadt, einer nach dem anderen, einer größer und prächtiger als der andere. Kaufhäuser. Bürohäuser. Passagen. Die Mädlerpassage über Auerbachs Keller. Weiter draußen ganz neue Stadtviertel. Das alles in wenigen Jahren. Man konnte zuschauen, wie Leipzig wuchs. Und heute? Wenn irgendwo eine Ruine neu verputzt wird, bejubelt die Volkszeitung den neuen glänzenden Sieg der Arbeitermacht, und die Kinder müssen einen Aufsatz darüber schreiben. Nein, ich bin froh, daß ihr geht. Auch wenn ich dich gern behielte.«

Die Großmutter war etwas aus der Puste vom Reden und erregt über die Zustände.

»Wenn wir am Freitag nach Berlin kommen . . .«

»Ach ja, Berlin! Da kriege ich immer noch feuchte Augen. Meine geliebte Heimatstadt. Aber ich gehe nicht mehr hin.«

»Nie mehr?«

»Nie mehr. Berlin ist passé.«

»Was muß ich mir denn da angucken?«

»Na, alles. Wenn du genug Zeit hast.«

»Was zuerst?«

»Das Brandenburger Tor. Da fängt man an. Das ist für die Berliner der Mittelpunkt der Welt. Wenn du ganz dicht davor stehst, hat mir jemand gesagt, siehst du auch die rote Fahne droben nicht mehr. Früher, wenn hoher Besuch nach Berlin kam, ein König oder so, standen wir am Brandenburger Tor, auf der Charlottenburger Chaussee oder dem Pariser Platz und jubelten.«

»Wenn Pieck nach Leipzig kommt, stehen wir auch an der Straße und jubeln.«

»Das ist kein Vergleich. Wenn der Kaiser kam, jubelten wir freiwillig.«

»Ich werde drüben nicht freiwillig jubeln, wenn einer kommt. Auch nicht, wenn Adenauer kommt. Schluß, ein für allemal!«

»Manchmal ging Liebermann dort mit seinem Dackel spazieren. Du weißt, der Maler, wir haben vorhin seine Bilder gesehen. Er wohnte direkt neben dem Tor. Feinste Adresse. ›Wenn man nach Berlin kommt: gleich links‹, wie er sagte. Dem müßte man mal Modell sitzen dürfen, dachte ich immer. Er ist auch elendiglich gestorben. Er war Jude. Die Linden mußt du dir natürlich anschauen. Ist ja viel kaputtgegangen, aber du ahnst noch die prächtige Straße mit den wundervollen

Palais bis hin zum Schloß. Und dann natürlich unsere Museumsinsel! Wie viele Nachmittage habe ich dort zugebracht! Der Pergamonaltar. Das Stadttor von Milet. Du wirst begeistert sein.«

»Das ist aber Ostberlin. Da darf ich mich nicht mehr blickenlassen, wenn wir weggemacht sind.«

»Ach ja, das vergesse ich immer wieder. Daran werde ich mich auch nicht mehr gewöhnen, daß durch unser Berlin eine Grenze geht. Nein, das will ich auch nicht sehen. Ich habe übrigens meiner alten Schulfreundin in Charlottenburg geschrieben, besser: angedeutet, daß jemand kommt, den sie ein bißchen herumschicken soll in Berlin.«

»Kenne ich die?«

»Du kennst sie nicht. Aber deine Mutter kennt sie, denn sie war auf ihrer Hochzeit.«

»Dann muß sie auf dem Foto sein.«

»Da ist sie drauf. Wie ich sie kenne, steckt sie dir in Berlin auch ein paar Mark zu. Wenn es ihr gerade besser geht mit den Beinen, nimmt sie dich vielleicht bei der Hand und zeigt dir was. Schreibst mir ein Kärtchen vom Brandenburger Tor, ja?«

»Sag mal: Meinst du, wir sehen uns nie wieder?«

»Es sieht so aus.«

Die Großmutter stand auf: »Früher waren wir oft drüben im Ratskeller, vor über vierzig Jahren. Da gab es noch weiße Tischdecken und höfliche Ober. Es war schick, dorthin zu gehen. Man traf manchmal sogar den Herrn Oberbürgermeister, wenn er zu Ende regiert hatte. Man glaubte, man sei wichtig, wenn man dort saß. Wir gehen jetzt dort eine Fleischbrühe trinken. Wenn sie haben.«

38 Moment!« rief der Großvater, »Sie haben vorhin Eichel nicht bedient!«

Er warf sein Blatt auf den Tisch, Herr Sonnemann hielt seines unschlüssig fest. Herr Plaumann schüttelte energisch den Kopf: »Nicht bedient? Das weisen Sie mir erstmal nach!«

Der Großvater begann, die Stiche auszubreiten.

Das Zimmer im Altersheim war verqualmt, außerdem roch es nach Schnaps. Eine Flasche Nordhäuser Doppelkorn stand auf dem Tisch, zu einem Viertel voll. Oder zu drei Vierteln leer. Herr Plaumann hatte ein rotes Gesicht, Herr Sonnemann schwitzte, der Großvater wirkte auch nicht wie sonst.

»Hier«, rief er, »beim zweiten Stich haben Sie nicht bedient. Auf Eichel haben Sie Schellen abgeworfen.«

»Wollen Sie sagen, daß ich bescheiße?« Herr Plaumann sprach mit etwas schwerer Zunge.

Die Großmutter schüttelte mit einem angewiderten Gesichtsausdruck den Kopf.

»Ich habe nur gesagt, Sie haben nicht bedient«, beharrte der Großvater.

»Und wenn ich sage, da haben Sie sich geirrt? Was wollen Sie dann tun? Wollen Sie mich anzeigen?«

»Herr Sonnemann kann's bezeugen.«

Herr Sonnemann sah sich noch einmal genau die Karten an und meinte zögernd: »So hundertprozentig können wir's nicht mehr rekonstruieren.«

»Sehen Sie!« triumphierte Herr Plaumann.

Der Großvater antwortete nicht und machte sich ans

Abrechnen. Der Kommunist lächelte befriedigt und schenkte noch eine Runde Nordhäuser ein.
»Nun, Junger Pionier! Alles klar für den ersten Mai?«
Thomas nickte. Für den ersten Mai war alles klar.
»Sie hätten mich ruhig unterstützen können«, warf der Großvater Herrn Sonnemann vor, als der Kommunist gegangen war.
»Ich war nicht mehr ganz sicher nach dem vielen Nordhäuser«, beteuerte Herr Sonnemann.
»Ach was! Gekniffen haben Sie. Bloß keinen Ärger riskieren! Wenn der Plaumann sagt, zwei mal zwei ist sieben, dann nicken wir mit dem Kopf, denn die Partei ist die Wahrheit.«
Herr Sonnemann verabschiedete sich mit einem unbehaglichen Gesichtsausdruck.
»Arschkneifer alle!« schimpfte der Großvater hinter ihm her.
Die Großmutter wedelte den Zigarrenqualm durcheinander und riß das Fenster auf: »Bitte nicht diese Töne! Es ist ohnehin furchtbar, welcher Ton in unsere vier Wände eingezogen ist. Wir verspießern nicht nur in diesem Spittel hier, wir gleiten ganz langsam hinab auf das Niveau der führenden Klasse.«
»Hast ja recht. Aber der Sonnemann . . .«
»Es können nicht alle Helden sein. Warst du ja auch nie.«
»Ich? Ich war fünfundvierzig im Gefängnis.«
»Weil du unter Adolf Mitläufer gewesen bist. Daraus kannst du kein Heldenepos zimmern.«
Thomas hatte die Großmutter noch nie so streng erlebt. Da der Großvater in die Verteidigung gedrängt schien, traute sich Thomas endlich die entscheidende

Frage zu stellen: »Warum warst du eigentlich ein Nazi?«
Der Großvater antwortete zuerst nicht. Dann sagte er langsam: »Weil ich an die Sache glaubte. Und das ist das dümmste, was man tun kann: an etwas glauben. Und es auch noch sagen. Man muß im Leben immer nüchtern kalkulieren: Dies hat Aussicht auf Erfolg, dies hat keine. Sodann muß man sich unauffällig auf die richtige Seite schlagen, aber immer den Rückzug offenhalten.«
»Erzähl dem Jungen nicht solchen Unsinn! Natürlich soll er an etwas glauben. Bloß nicht an so eine blödsinnige Ideologie.«
»Sondern?«
»An die Humanität soll er glauben.«
»Ach so? Und wie funktioniert die?«
»Der Großvater«, erklärte die Großmutter Thomas, »hat sich über den Kommunisten geärgert. Deswegen versucht er jetzt zynisch zu sein.«
»Das habe ich schon mitgekriegt.«
»Ihr habt ja recht«, gab der Großvater zu. »Ganz so stumpfsinnig bin ich nicht. Aber wenn heute alle so tun, als seien sie damals immer dagegen gewesen, dann geht mir das über die Hutschnur. Man schimpft über die alten Kämpfer im Westen, weil sie nichts gelernt hätten. Aber warum schimpft keiner über die bei uns, die sich so fix gewendet haben, daß ihnen ganz schwindlig sein müßte? Ich kann nicht, wie viele, so tun, als wäre ich in die NSDAP als verkappter Kommunist eingetreten, um den Laden von innen aufzurollen.«
»Warum bist du denn rein?« fragte Thomas entschlossen.

»Weil es für mich einen Sinn ergab. Weil das Ausland uns kaputtmachen wollte in Versailles. Weil wir stärker waren, als sie uns sein lassen wollten. Wenn man einen Fuchs zwingen will, ein Kaninchen zu sein und Möhren zu fressen, wird er beißen. Außerdem, ich wiederhole mich, waren die meisten dafür.«

»Mehrheit ist Unverstand«, warf die Großmutter ein.

»Sprichwörtersamlung, Kapitel M. Im Nachhinein ist überhaupt alles ganz einfach. Die heute in der DDR dafür sind, werden sich auch eines Tages herausreden müssen.«

Thomas hätte den Großvater gern festgenagelt auf seine Zustimmung zu Adolf, aber eigentlich hatte der Großvater ja schon zugegeben, aufs falsche Pferd gesetzt zu haben.

»Aber du hättest doch was merken müssen«, versuchte er es.

»Ich? Ausgerechnet ich? Wo keiner was gemerkt hat? Wo die meisten schier besoffen waren vor Begeisterung? Olympische Spiele: Wir waren wieder die Größten. Die ganze Welt huldigte uns. Da hätte ich nun von Anfang an merken sollen, daß alles genau umgekehrt war? Ich will dir was erzählen. Anschluß Österreichs im März achtunddreißig. Ich war gerade seit einer Woche zur Kur in Baden bei Wien. Natürlich bin ich reingefahren, als der Führer kam. Wien stand Kopf, nie habe ich so viele Hakenkreuzfahnen gesehen, nie so viele Arme zum Hitlergruß hochgereckt. Der Heldenplatz an der Hofburg war schwarz von Menschen. Hunderttausende. Wie besessen. Im Taumel. Heisergebrüllt. Sie schrien sich die Lunge aus dem Leibe, als ihr geliebter Führer in seinem offenen Mercedes vorfuhr.

Als er vom Balkon zu ihnen sprach. Die Heimkehr seiner Heimat ins Deutsche Reich verkündete. Hunderttausende, sage ich!«

»Darüber haben wir oft geredet«, widersprach die Großmutter, »daß Wien weit über eine Million Einwohner hatte. Wo war die Mehrheit an dem Tag? Jedenfalls nicht auf der Straße.«

»Die hätten ja protestieren können.«

»Im Gefängnis? Siehst du«, sagte die Großmutter zu Thomas, »in unserer Familie gab es so viele Meinungen wie Köpfe. Der Großvater war für Hitler, ich dagegen, dein Vater dagegen, sein einer Bruder halb dafür, sein anderer Bruder ganz dagegen. Am Ende haben wir alle dafür bezahlt. Dein Vater am härtesten, mit dem Leben. Nun mach mal jemandem klar, in Amerika oder gar in Israel, daß wir nicht alle dafür waren, bloß weil wir Deutsche waren. So, ich will mal was zum Abendbrot machen.«

»Es ist ein Geburtstagspäckchen aus Braunschweig gekommen«, verriet der Großvater.

Es wurde geöffnet, obwohl der Geburtstag erst in fünf Tagen war. Die Nichte hatte, wie jedes Jahr, neben Leibnizkeksen und Mandarinen einen Räucheraal eingepackt. Das war ein Risiko im Frühling, denn die Päckchen lagen oft wochenlang auf der Bahn, und einmal war der Aal auch grünschillernd angekommen. Die Großmutter hatte, weil es nun mal ihr Leibgericht war, dennoch vorsichtig davon gegessen und anschließend zwei Wochen auf der Krankenstation gelegen. Diesmal war alles in Ordnung, und wegen der Flucht wurde beschlossen, den Aal schon vor dem Geburtstag anzuschneiden.

»Mit dem Kommunisten«, sagte Thomas, »würde ich ja nicht mehr skaten.«
»Er spielt aber ganz gut«, meinte der Großvater, »wenn auch wiederum nicht gut genug, so daß ich ihn immer mal gewinnen lassen muß, damit er nicht ungnädig wird. So einen sollte man sich warmhalten hier im Heim, falls mal irgendwas ist.«
Die Großmutter klapperte in der Kochnische, der Großvater schaltete die Radionachrichten ein. Sie meldeten, der DDR-Präsident Wilhelm Pieck sei zu einem Kuraufenthalt in die Sowjetunion abgereist.
»Zum Befehlsempfang«, bemerkte der Großvater. »Kuren könnte der auch in Bad Elster. Wer hat eigentlich wieder den falschen Sender eingestellt.«
Er drehte am Knopf, bis er die richtigen Nachrichten hatte. Sie verlasen gerade die Zahl der Ostzonenflüchtlinge, die sich gestern bei der Notaufnahme in Westberlin gemeldet hatten.
»Wo soll das bloß hinführen? Jeden Tag zweitausend, dreitausend, manchmal viertausend. Wer Beine hat, macht sich auf die Socken. Nur wir paar Alten bleiben«.
»Glaubst du«, fragte Thomas, »die Wiedervereinigung kommt bald?«
»Nein, das glaube ich nicht. Ich erlebe es ganz bestimmt nicht mehr. Deine Kinder vielleicht.«
»Aber alle sagen doch ...«
»Alle sagen, die Wiedervereinigung muß kommen. Warum muß sie kommen? Nach welchem Gesetz? Weil es gut siebzig Jahre lang das Deutsche Reich gab? Das ist doch kein Grund. Noch viel weniger läßt sich daraus ein Anspruch ableiten. Vielleicht gibt es eben die

nächsten siebzig Jahre wieder kein Deutsches Reich, wie vorher. Oder die nächsten hundertsiebzig Jahre. Verspielt ist verspielt.«

»Aber es heißt doch immer: Deutsche an einen Tisch!«

»Ach, die Deutschen haben doch damit nichts zu tun. Wenn man sich einigen könnte, daß ganz Deutschland sowjetisch wird, wären wir nächsten Monat wiedervereinigt. Oder wenn man sich einigen könnte, daß ganz Deutschland amerikanisch wird. Aber man wird sich nicht einigen. Wozu auch? Kein Russe und kein Amerikaner hat einen Schaden davon, daß Deutschland geteilt ist.«

»Ob wir uns dann nochmal wiedersehen?«

Es klopfte an der Tür, Thomas sprang auf und schaltete das Radio aus, wie er es auch zu Hause tat, wenn es klingelte. Der Großvater rief »Herein!«, Thomas schloß auf. Es war die Nachbarin von Zimmer 787, die er kannte.

»Gudn Abend! Endschuldchen Se, awwer ich hädde mal widder gern, naja, Se wissn schon.«

Der Großvater nickte und erhob sich schwerfällig. Er schlurfte zum Eckschrank, holte ein Päckchen Westkaffee und reichte es der Nachbarin.

»Nee, bloß ä Achdel. Ä Vierdel is mer ze deuer.«

Sie bekam ihr achtel Kaffee und schob dem Großvater einen Zwanzigmarkschein hin, verstohlen, obwohl kein Fremder zuschaute. Der Großvater bedankte sich und geleitete die Nachbarin zur Tür.

»Daß ich nochmal Kaffeehändler würde auf meine alten Tage«, murmelte der Großvater auf dem Weg zurück auf seinen Stuhl. »Siehst du, Thomas, so kann es einem gehen im Leben. Früher rümpfte ich die Nase über Hausierer, die an unserer Tür klingelten. Der Pförtner der Baumwolle hatte Anweisung, sie wegzuschicken, wenn er sie sah. Nach dem Krieg, als ich noch gut zu Fuß war, da machte ich jeden Tag mit dem Rucksack meine Runde durch die Stadt, verkaufte Schnürsenkel, Schuhsohlen, Einlegesohlen, Feuersteine, Feuerzeugdochte. Manche schickten mich wortlos mit einer Geste weg. Aber es brachte ganz schön was ein. Heute kann ich nicht mehr rumlaufen. Heute bin ich froh, daß unsere alten Freunde und Bekannten immer mal ein Päckchen mit Westkaffee schicken. Das macht sie nicht arm, und ich kann damit hier im Heim einen kleinen Handel betreiben. Das Viertel zu vierzig Ostmark, so ist der übliche Preis. Ich bin der Kaffeehändler für unsere Nachbarn, die niemanden im Westen haben.«

»Unser Abstieg ist unaufhaltsam«, bemerkte die Großmutter aus der Kochnische.

»Das stimmt. Wenn wir noch jünger wären, könnten wir weggehen oder hoffen, daß es nochmal bergauf geht. Aber so? Ich selbst habe damit ja weniger Probleme als die Großmutter. Ich bin in kleinen Verhältnissen aufgewachsen und lebe nun wieder in kleinen Verhältnissen. Manchmal denke ich: Warum mußtest du auch die Nase so hoch strecken? Schwieriger ist es für die Großmutter. Sie waren immer bessere Leute, und nun dies!«

»Vielleicht kann ich euch auch mal was aus dem Westen schicken?«

»Dazu müßtest du erstmal Geld haben.«

»Ich kann ja was verdienen. Buntmetall sammeln, falls es da sowas gibt. Oder Kohlen schleppen. Treppenhaus putzen. Wenn ich mal Geld habe, was wünscht ihr euch dann?«

»Naja, vielleicht mal ein paar Zigarren.«

»Was für welche?«

»Nichts Teures. Früher rauchte ich am liebsten die Sumatra von Tadellöser und Wolff zu sechzig Pfennig. Das war schon eine besondere. Aber die Sechziger kosten inzwischen bestimmt achtzig oder neunzig. Nein, eine schöne dreißiger Fehlfarbe für den Feiertag. Aber erstmal hast du ja drüben kein Geld.«

Die Großmutter bat zu Tisch. Sie hatte als Vorspeise Holundersuppe mit Grießklößchen gemacht, eines von Thomas' Leibgerichten. Er wußte die Geste zum Abschied zu würdigen und aß vier Teller. Beim Aal hielt er sich zurück, da er so etwas nun bald öfter bekommen würde.

»Dieser Herr Schubert«, fragte er, »wie hat der denn in Norwegen überlebt?«

»Das habe ich ihn, ehrlich gesagt, noch nie gefragt.«

»Dann muß ich nochmal hin. Habt ihr damals Post gekriegt von meinem Vater?«

»Nein«, sagte die Großmutter, »aber sei so lieb und rede am letzten Abend von was anderem!«

39 Mitten in der Nacht wachte Thomas auf.

»Pst!« machte er.

Die Großmutter schlief auch nicht.

»Das würde ja bedeuten«, flüsterte Thomas, »daß wir uns überhaupt nie wiedersehen.«

»Daran denke ich auch die ganze Zeit.«

»Aber ihr seid doch alte Leute und dürft uns im Westen besuchen.«

»Ja, wenn alles so bleibt, wie es ist. Aber zur Zeit sieht es ja gar nicht danach aus. Wo es immer bösartiger wird. Der Ulbricht über den Westen. Der Adenauer über den Osten. Die Russen über die Amerikaner und umgekehrt. Das kann doch nicht zu normalen Verhältnissen führen.«

»Ich gehe ja allen auf die Nerven, weil ich auf den letzten Drücker noch soviel wissen will. Aber das meiste kann ich doch nicht im Brief schreiben. Mir ist eingefallen: Warum war der Großvater nicht im Ersten Weltkrieg? Da war er doch erst Mitte dreißig.«

»Weil der Betrieb kriegswichtig war. Von den Arbeitern mußten viele einrücken und wurden durch Frauen ersetzt. Aber die Direktion mußte ja dafür sorgen, daß der Betrieb die Armee belieferte. Krieg ist sowieso vor allem für die kleinen Leute da.«

»Wart ihr damals wirklich so begeistert, als es losging?«

»Ja, die meisten. Die Männer fast alle. Manche waren geradezu besessen von der Idee, auf dem Feld der Ehre zu fallen. Und solange man nur mit Blumen bekränzt aus der Stadt marschiert und die Jungfrauen kreischen, tut es ja auch nicht weh. Die Mütter denken da eben anders. Die meisten sehen nicht ein, daß sie einen Sohn geboren haben sollen, damit er vor Verdun von einer Granate zerfetzt wird. Das durfte man aber nicht laut sagen. Defätismus, verstehst du?«

»Ist es eigentlich immer und überall so, daß man nicht sagen soll, was man denkt?«

»Der Großvater würde sagen: Im Prinzip ja. Mit Unterschieden. Es ist ein Unterschied, ob man dafür erschossen wird oder ins Zuchthaus gesteckt oder vielleicht nur in seiner Firma nicht mehr befördert wird. Und dieser Unterschied ist, wie auch ich zugeben muß, ein erheblicher. Allerdings bin ich nicht so pessimistisch wie der Großvater und denke, man soll wenigstens ausprobieren, wie ehrlich man sein darf, ehe man ein paar auf die Nase kriegt. Auch deswegen geht ihr ja in den Westen.«

Die Großmutter hatte das Licht angeknipst und griff nach ihrer Seltersflasche: »Ich kann nicht schlafen heute. Ich muß immerzu daran denken, wie wir morgen Lebewohl sagen. Und da muß ich natürlich auch daran denken, wie ich einundvierzig deinen Vater zum letztenmal sah.«

»Wie war das?«

»Ich wußte nicht, daß es das letztemal war, ich ahnte es nur. Oder vielleicht wußte ich es sogar, aber wir sprachen nicht darüber. Er sagte nur, er habe größte Schwierigkeiten und es sei besser, niemand wisse darüber Genaueres. Er wolle keinen hereinziehen. Mit seinem Vater sprach er ohnehin kaum mehr. Sie waren inzwischen so entgegengesetzter Meinung, daß sie nichts mehr miteinander zu reden hatten.«

»Wenn er in Norwegen begraben ist, dann fahre ich eines Tages mal hin. Vom Westen ist das ja ein Klacks.«

Durchs Fenster dämmerte allmählich der Morgen. Thomas schaute sich im Zimmer um. Die wenigen Möbel, die dicht an dicht standen, das Vertiko, der Sekretär, der Grammophonschrank, auch die Wanduhr, der kleine Kristallüster, die zwei Ölgemälde, alles kannte er noch aus der großen Wohnung in der Baum-

wollspinnerei. Über dem Sofa das Bild seines Vaters. Immer steckten ein paar Blumen hinter dem Rahmen, im Sommer frische, im Winter getrocknete.
Im Nebenzimmer hustete der Großvater. Immer nach dem Aufwachen hustete er eine Viertelstunde oder länger. Die Großmutter hatte ihm hundertmal geraten, endlich mit dem Rauchen aufzuhören, aber er verteidigte sich damit, Lesen und Radiohören sowie mit einigem Abstand Skatspielen und eben Rauchen seien die verbliebenen Leidenschaften, die ihm das Leben noch halbwegs sinnvoll erscheinen ließen.
Beim Frühstück legte der Großvater feierlich ein Päckchen neben Thomas' Teller: »Hier, pack aus!«
Die Taschenuhr. Die silberne Taschenuhr, die Thomas lange kannte, aber noch nie richtig angeschaut hatte. Es war eine besondere Uhr, nicht so eine billige, wie Thomas vor zwei Jahren als Prämie für den besten Buntmetallsammler der Schule bekommen hatte. Auf dem Sprungdeckel waren verschnörkelte Buchstaben eingraviert, Thomas entzifferte die Initialen seines Vaters. Der Deckel ging nur mit einem Trick auf, der Großvater mußte es Thomas zeigen. Die Uhr ging tatsächlich genau und zeigte, wie die Wanduhr, fünf vor acht. Eine Inschrift war in den Deckel graviert: »Meinem Enkel zur Konfirmation 1920, Dein Großvater«. Thomas legte sie ans Ohr und hörte dem Ticken zu. Er brachte den rückwärtigen Deckel allein auf und schaute den Rädern des Uhrwerks zu. Der Großvater legte den Zeigefinger an die Lippen und bedeutete Thomas zu horchen, dann drückte er einen Knopf. Die Uhr schlug: vier kurze, helle Doppelschläge, dann acht dunklere Schläge in größeren Abständen.

»Acht Uhr! Dein Vater hat sie für dich dagelassen, als er das letztemal auf Heimaturlaub war. Du solltest sie zur Konfirmation bekommen wie er. Aber du mußt ja ein Jahr vorher unbedingt in den Westen.«

»Hoffentlich nehmen sie sie mir nicht an der Grenze weg.«

Sie frühstückten, meistens schweigend. Thomas erzählte nochmal, welchen Zug sie am Freitagmorgen nehmen wollten. Die Großeltern meinten, sie würden bestimmt nicht zur Verabschiedung auf den Hauptbahnhof kommen. Weinende alte Leute am Zug nach Berlin deuteten immer darauf hin, daß jemand flüchten wollte. Die Großmutter packte Thomas' Sachen zusammen, die diesmal nicht hierblieben: Schlafanzug, Hausschuhe, Zahnbürste. Er verstaute alles mit den Klaviernoten von gestern in seiner Aktentasche.

»Wenn du Fräulein Sommer sagen könntest: Ich komme am Sonntag nicht zu dem Vorspiel. Damit sie nicht so blöd rumsteht.«

»Mach ich. Aber nun lauf mal zu!«

Sie gab Thomas einen Kuß auf den Mund und einen Klaps auf die Schulter. Der Großvater reichte ihm die Hand und drückte sie einen Augenblick.

Thomas lief schnell aus dem Zimmer.

Fast am Ende des langen Korridors fiel ihm etwas ein, und er rannte zurück. Als er die Tür öffnete, stand der Großvater am Fenster und schaute hinaus, die Großmutter saß auf dem Sofa und weinte.

»Die Anschrift«, sagte Thomas. »Eure Freundin in Westberlin.«

Die Großmutter nahm einen Zettel und einen Bleistift aus dem Vertiko.

»Am besten lernst du sie auswendig und schmeißt den Zettel weg. Falls ihr an der Grenze durchsucht werdet.«

Thomas nickte und lief schnell davon.

40 Fünfzehn Minuten bis zum Südfriedhof, dachte Thomas, das ist zu Fuß zu schaffen und spart zehn Pfennig Straßenbahngeld. Für Petra auf der Kleinmesse hatte er gern sein Erspartes ausgegeben, aber jetzt, zwei Tage vor der Flucht, begann er jeden Groschen zweimal umzudrehen. Auch wenn ein Ost-Groschen nur zwei West-Pfennige wert war: Drüben brauchte man jeden Sechser für das neue Leben. Thomas lief die Schönbachstraße hinauf, bald schien das Völkerschlachtdenkmal gleich neben dem Friedhof zum Greifen nahe. Aber der Weg zog sich. Die letzte Station mit der 25 schwarzfahren? Es kam weit und breit keine 25. Als Thomas atemlos am Eingang des Südfriedhofs anlangte, acht Minuten nach neun, war er allein. Opas Grab, erinnerte er sich von wenigen Besuchen her, lag halblinks vom Eingang am Ende einer Allee. Thomas verirrte sich aber und wollte schon unverrichteterdinge gehen, als er um eine Hecke bog und die drei sah. Die Oma stand, wie immer, mit gefalteten Händen vor dem Grabstein, Onkel Wolfgang werkelte mit einer Schippe, die Mutter holte gerade mit der kleinen grünen Gießkanne Wasser vom Hahn gleich nebenan.

Thomas stellte seine Aktentasche ab: »Tut mir leid, ich bin gewetzt wie ein Blöder, aber ...«

Die Oma zischte: »Bitte, wir stehen an einem Grab.« Er stellte sich neben sie und faltete die Hände.
Wer soll Opas Grab pflegen? Das war Omas immer wiederkehrende Frage, wenn es auf die Flucht und den Westen zu sprechen kam. Was hatte eigentlich der Opa davon, daß seine Witwe mit gefalteten Händen hier stand? So wie er immer beschrieben wurde, würde er sagen: ›Verschwindet dorthin, wo es euch besser geht, und denkt ab und zu an mich!‹ Thomas nahm die Hände auseinander. Die Oma hatte ja selbst zugegeben, daß die Grabpflege nur eine Ausrede war. Sie fühlte sich, verstand Thomas, zu alt und zu müde, um noch einmal die Koffer zu packen und anderswo neu zu beginnen. Wie der Großvater.
Merkwürdig: Thomas selbst freute sich jetzt auf die Reise ohne Wiederkehr. Er war gespannt auf Berlin, hätte gern gewußt, was das nächste Ziel sein würde. Mehr noch, er hatte das Gefühl, ihm stehe mit einemmal die Welt offen. Dresden vorgestern, das war schon fast eine richtige Reise gewesen, aber nun kam Berlin und vielleicht Hamburg oder München oder Frankfurt. Norwegen. Paris eines Tages. Sogar New York.
»Thomas, hol doch mal eine Kanne Wasser.«
Als alles gejätet und gegossen war, standen sie zu viert mit gefalteten Händen und gesenkten Köpfen, bis die Oma einen Schritt zurücktrat und sich umwandte.
»Ich möchte nochmal aufs Völkerschlachtdenkmal«, sagte Thomas, als die 25 nahte. »Kommt wer mit?«
Die Mutter erklärte sich überraschenderweise bereit dazu. Das Denkmal war am Mittwochvormittag kaum besucht, eine Schulklasse strömte gerade heraus, sprudelnd von Eindrücken, eine Gruppe Rotarmisten war-

tete rauchend auf ihren Offizier. 22 000 Russen, wußte Thomas aus der Schule, hatten bei der Völkerschlacht ihr Leben gelassen für die Freiheit Europas vom napoleonischen Joch. Die Mutter löste zwei Eintrittskarten, sie stiegen hinauf in die Ruhmeshalle, wanderten im Kreis und blieben vor jeder der vier monumentalen Steinfiguren der menschlichen Tugenden stehen, renkten den Hals, um die Reliefs der Hunderte von Reitern in der Kuppel zu betrachten.

»Warum habt ihr eigentlich dem Leo damals nicht geholfen?« fragte Thomas plötzlich.

»Dem Leo von Fräulein Sommer? Wie denn?«

»Irgendwie. Ihr hättet ihn doch verstecken können.«

»Wo denn?«

»Irgendwo. Wenn man richtig will, findet man doch was. Sogar auf Friedhöfen, habe ich gehört, sind Juden versteckt gewesen.«

»Ach Gott! Wir waren doch keine Helden. Wir wollten doch bloß, daß sie uns in Ruhe ließen. Wer hilft denn heute jemandem, wenn es den Kragen kosten kann?«

»Ist das eigentlich drüben anders, wo den Leuten nichts passieren kann?«

»Ich glaube nicht.«

»Warst du schon mal hier?« fragte Thomas.

»Einmal. Mit der Schulklasse. Das muß einunddreißig gewesen sein. Der Führer, ich meine den Denkmalsführer, erklärte uns die vaterländische Bedeutung des Monuments, sprach über Deutschlands Größe und daß Franzosen und Engländer sich bald wundern würden. Wir waren aber bloß albern und gackerten über die großen Zehen dieser riesigen Steinfiguren hier. Als wir hinauf sollten, fünfhundert Stufen von der Straße bis zur Plattform, hatten wir plötzlich Kreislaufbeschwerden und Seitenstiche, so daß unsere alte Lehrerin mit ihrem grauen Dutt resigniert aufgab. Danach war ich nie wieder hier. Ich glaube, heute bleibe ich auch unten und warte auf dich.«

»Weißt du noch, wie ich mal mit Micky hier war und aus Versehen abends eingeschlossen wurde? Wir dachten wirklich, wir müßten verhungern bis zum nächsten Morgen. Möchte mal wissen, wo Micky im Westen steckt. Weißt du, was man mal machen müßte? Im Westen alle Weggemachten auftreiben und ein großes Fest feiern. Mit allen Klassenkameraden und Freunden. Und vor allem Petra.«

»Welche Petra?«

»Naja, so eine Petra. Sie ist am Wochenende mit ihren Eltern nach Westberlin.«

»Und was hast du mit ihr zu tun?«

»Mit Petra? Eigentlich nichts. Ich kenne sie eben.«

Die Mutter schaute ihn eindringlich an: »Ach so?«

»Naja.«

»Aber das ist doch ganz prima.«

»Prima?«

»Natürlich. Überleg doch mal! Wo ist deine Petra jetzt?«

»In Westberlin.«

»Und wo in Westberlin?«

»Im Flüchtlingslager.«

»Und wo werden wir bald sein?«

Thomas strahlte wie jemand, dem ein Licht aufgegangen ist.

»Na also. Kapiert?«

Thomas ließ der Mutter seine Aktentasche und

stürmte allein die enge Wendeltreppe hinauf zur Plattform des Völkerschlachtdenkmals. Dort war er allein. Leipzig von oben. Zu Füßen des Denkmals der Südfriedhof. Auf der anderen Seite das Messegelände. Nicht weit davon das Altersheim, wo die Großeltern wohnten. Thomas griff nach seiner Taschenuhr, sie war in der Hosentasche. Weit entfernt sah er den Turm des Neuen Rathauses. Dahinter, im Dunst nicht zu erkennen, mußte Gohlis liegen, sein Vorort, wo er aufgewachsen war. Seine Straße, seine Schule, seine Kirche, sein Fußballplatz. Das Rosental, Ort Hunderter Jungenspiele, siegreicher und verlorener Schlachten. Das lag nun alles hinter ihm.

Berlin! Petra! Warum war er nicht auf den nächstliegenden Gedanken gekommen: daß Petra mit ihren Eltern im Westberliner Flüchtlingslager war? Wo denn sonst? Die würde Augen machen! Nein, sie würde ihren Augen nicht trauen. Du hier? Klar, würde er sagen, ich konnte dich doch nicht allein wegmachen lassen.

Thomas hätte am liebsten die Arme ausgebreitet und wäre hinuntergesegelt vom Völkerschlachtdenkmal. Aber er nahm die Treppe.

41 Als Thomas nachmittags aus der Schule kam, servierte die Mutter gerade dem Ofensetzer eine Tasse Kaffee.

Der schnupperte: »Echder Bohngaffee!«

»Na klar. Bei Blümchenkaffee kommen Sie doch nicht wieder, und wir bibbern wieder den Winter.«

Der Ofensetzer ließ sich Kondensmilch und Zucker

reichen und genoß. Er hatte den Ofen so gut wie abgerissen, den Schamott abgeklopft, die Kacheln gereinigt und gestapelt.

»Wie war's denn gestern bei der Partei«, fragte die Mutter, »raucht der Ofen wieder?«

»'s war alles ausgebrannt. Ich meene, ofenmäßch. Awwer nu genn se widder einheizen.«

Der Handwerker verabschiedete sich pünktlich vor dem Feierabend.

»Was jetzt?« fragte Thomas.

»Hauptsache keine Fragen beantworten. Stell dir vor, wir haben nichts mehr zu tun! Zum erstenmal seit vielen Jahren ist nichts mehr zu tun. Die Pakete sind abgeschickt, ein paar werden schon drüben ankommen. Die wertvollen Sachen bleiben auf dem Dachboden. Die Möbel werden bei Bekannten untergestellt, das ist alles organisiert. Einen Teil werden wir vielleicht eines Tages wiederkriegen.«

»Wieso nur einen Teil?«

»Nun, manche werden sagen: ›Möbel? Du hättest Möbel bei uns untergestellt? Nicht, daß ich wüßte. Hast du denn irgendwas Schriftliches? Einen Kaufvertrag?‹ So sind die Menschen, da mache ich mir keine Illusionen.«

»Das ist aber ganz schön be...lämmert.«

»Ja, aber das macht mir im Augenblick gar nichts aus. Ich habe einen Entschluß gefaßt und setze ihn in die Tat um. Ich ganz allein. Auch gegen deinen anfänglichen Willen. Gegen vielfachen wohlmeinenden Rat sitzen wir übermorgen früh im D-Zug nach Berlin. Es ist wie eine Befreiung, verstehst du? Meine kleine Mai-Revolution.«

»Verstehe ich. Finde ich auch gut. Und was passiert eigentlich, wenn wir in Berlin angekommen sind?«

»Erstmal müssen wir hinkommen. Wir lösen in Leipzig Fahrkarten nach Berlin-Ostbahnhof. Rückfahrkarten.«

»Warum, wir wollen doch ... Ach so! Trick siebzehn!«

»Es ist zwar meine erste Flucht, hoffentlich auch die letzte, aber ein bißchen nachgedacht habe ich durchaus. Irgendwo vor Berlin, bei Jüterbog, wird der Zug angehalten und gefilzt. Die wissen ja, daß jeden Tag ein Paartausend nach Berlin fahren, um auf Nimmerwiedersehen zu verschwinden. Wir tun ganz harmlos und sagen, wir wollten zu einer Hochzeit zu Verwandten in, sagen wir, Königs Wusterhausen.«

»Können wir nicht was Einfacheres nehmen?«

»Gut, Neubrandenburg. Das kannst du dir merken. Wie sollen die Verwandten heißen?«

»Walter Honecker und ...«

»Keine Witze jetzt. Auch nicht Erich Ulbricht. Wir denken uns ein paar schöne Namen aus und lernen sie auswendig. Wenn wir am Ostbahnhof angekommen sind, steigen wir in die S-Bahn nach Westberlin. Dann, am Bahnhof Friedrichstraße, wird es spannend.«

»Der Augenblick, wo der große Elefant das Wasser läßt?«

»Keine Witze, sagte ich. Wenn der Zug weiterfährt, heißt die nächste Station Lehrter Bahnhof. Das ist West. Da fällt mir ein Felsen vom Herzen.«

»Und dann suchen wir Petra.«

»Ach ja, Petra. Eigentlich hast du es gut. Ich habe drüben niemanden zu suchen.«

»Das ergibt sich manchmal ganz plötzlich. Sag mal, alle behaupten, wenn wir rüberkommen, sind wir nicht willkommen. Stimmt das?«

»Ja, das stimmt. Als die Vertriebenen aus Ostpreußen und Pommern und Schlesien nach Leipzig kamen, waren sie auch nicht willkommen. Dabei sprachen sie sogar Deutsch und hatten keine schwarzen Gesichter. Wir sind drüben auch nicht willkommen. Jeder will seins für sich und hat Angst vorm Teilen. Was glaubst du, warum der Adenauer immer vorm Abhauen warnt?«

»Verdammt, ich muß noch die blöde Adenauerpuppe für den ersten Mai fertigmachen. Und die Hauswandzeitung. Die mache ich aber bloß hopplahopp. Irgendwo ist mal Sense.«

Thomas dachte nach über die Prophezeihung der Mutter. Er war ja nicht am Krieg schuld, war erst geboren, nachdem das Schießen angefangen hatte. War seine Familie schuld? Weil sie nicht geschlossen im Widerstand gegen Hitler gestorben war? Seinen Vater konnte er ja immerhin anführen, wenn auch die Umstände der Verhaftung und Verurteilung unklar waren. Gegen die Kommunisten hatte seine Familie wieder nichts unternommen. Keiner war in Bautzen eingebuchtet, keiner in Sibirien vernichtet. Das würden ihm, wenn die Sprache darauf käme, die Westler bestimmt vorhalten. Wie konnte man so nachlässig sein? Wo doch im Westen alle für die Freiheit und die Demokratie waren!

»Meinst du, in der Schule komme ich klar?«

»Vielleicht. Wenn nicht, hast du eben Pech. Früher, weißt du, haben die Eltern lamentiert, wenn die Kinder von Leipzig-Gohlis nach Leipzig-Connewitz mußten.

Die armen Kleinen! Du kommst von einer Volksschule in der Ostzone auf ein Gymnasium im Westen. Was du hier gelernt hast, kannst du zum guten Teil wegschmeißen. Russisch, Gegenwartskunde, Geschichte: alles für die Katz. Jetzt mußt du Englisch nachholen, Latein oder vielleicht Französisch. Die Revolutionen vergessen, die Kaiser lernen. Das wird hart. Aber wenn du es schaffst, verspreche ich dir zehn Mark. West!«
»Meinst du, die Klassenkameraden nehmen mich hoch?«
»Klar. Du hast ja so einen Hauch Sächsisch.«
»Horche ma, meine Gudsde! Meinst du übrigens, ich komme mal nach New York?«
»Natürlich kommst du nach New York. In zwanzig Jahren hast du es vielleicht geschafft. Erstmal fährst du mit dem Fahrrad den Rhein entlang und an die Nordsee und nach München.«
»Hoffentlich kriege ich drüben bald ein Fahrrad.«

42 Der Zug hielt mit kreischenden Bremsen auf freier Strecke. Thomas ließ das Abteilfenster herab – und schaute in die Mündungen von drei oder vier Maschinengewehren. Dahinter Uniformmützen mit dem Roten Stern. Er warf sich zwischen den Bänken zu Boden und lauschte atemlos. Von draußen drangen russische Kommandos herein, die er nicht verstand. Verflixt, dachte er, warum ist mein Russisch so miserabel! Er kroch langsam auf allen Vieren den Gang entlang bis zum Ende des Waggons. Er drückte vorsichtig die Türklinke auf der abgewandten Seite nieder und lugte

hinaus. Der Bahndamm fiel steil ab und war mit Brennnesseln und Brombeerbüschen bewachsen. Thomas zögerte. Er hörte Maschinengewehrfeuer. Er ließ sich aus der Tür fallen und kullerte hinab, bis Gestrüpp ihn bremste und er mit dem Kopf an einen Baumstamm schlug. Als er benommen nach oben schaute, brannte der Waggon lichterloh.

Thomas tastete sich durchs Unterholz, blieb stehen und lauschte. Als alles ruhig schien, begann er zu rennen, stolperte über eine Wurzel, fiel in einen Graben, wurde pitschnaß, rappelte sich hoch und rannte weiter. Am Ende des Waldes schaute er auf eine Landstraße, auf der Autos vorbeirasten. Thomas winkte ihnen zu, aber die Fahrer beachteten ihn nicht. Endlich sprang er auf die Straße und schwenkte sein blaues Halstuch. Eine große schwarze Limousine bremste quietschend und hielt dreißig Meter weiter. Thomas rannte hinterher. Der hintere Schlag öffnete sich. Wilhelm Pieck beugte sich heraus: »Komm, mein Junge, du willst sicher nach Berlin.«

Der Wagen schoß davon, Thomas wurde in die weichen Polster gedrückt. Pieck lächelte ihm zu und bot ihm aus einer großen roten Tüte Bonbons an, wie sie Thomas noch nie gesehen hatte: kleine Hämmer und kleine Sicheln. Pieck wies den Fahrer an, noch schneller zu fahren: »Die Werktätigen warten! Die Kundgebung kann ohne mich nicht anfangen. Ich bin schließlich der Präsident.«

Die große Limousine jagte laut hupend über die Landstraße und scheuchte die anderen Autos in den Straßengraben. Ein Volkspolizist hob eine Kelle hoch, aber als er den Stander des Präsidenten auf dem Kotflügel sah, sprang er rasch zur Seite und winkte den Wagen durch. Pieck wandte sich wieder an Thomas: »Hast du deine Adenauerpuppe fertig? Ja? Du mußt sie anzünden, wenn du direkt vor meiner Tribüne bist. Ich werde dich besonders lobend erwähnen, so daß morgen ein Foto von dir im ›Neuen Deutschland‹ ist.«

Thomas erschrak. Wenn das seine Verwandten sahen, würden sie ihm nie wieder was zum Geburtstag schenken.

»Ich werde dich belobigen und dir eine Plakette anstecken. Ich werde dich Walter Ulbricht empfehlen, dem Freund der Jugend.«

»Bloß nicht!« rief Thomas – und erschrak über seine Worte.

Der Fahrer drehte sich um und grinste. Es war Walter Ulbricht. »Der Chunge is ä Gonderrevoludsjenär!« schrie er mit seiner sächsischen Fistelstimme. »Das is ä Agend des ameriganischen Monobolgabidalismus! Chunge Gemeende! Den miss mr unschädlich machn! Liggwidiern! Genosse Biegg, mach den Schlaach uff und schmeiß'n naus! Ich gebe Gas!«

»Walter«, rief Pieck, »die Kurve!«

Die Reifen quietschten, dann gab es einen Schlag, Thomas flog im hohen Bogen aus dem Auto. Er landete auf einer nassen Wiese. Als er sich benommen hochrappelte und seine Gliedmaßen abtastete, sah er die rauchenden Trümmer der schwarzen Limousine an einem Straßenbaum kleben. Aus dem Blechknäuel hörte er die Fistelstimme: »Gonderrevoludsjenär! Agend! Fesdnähm! Der will wegmachen nach Westberlin!«

Thomas hastete davon. Nach ein paar hundert Metern kam es ihm vor, als renne er Richtung Leipzig und

nicht Richtung Berlin. Er drehte um. Das Autowrack war jetzt von ungefähr hundert Volkspolizisten umstellt. Thomas schlich sich über die Wiese daran vorbei. »Da ist der Kerl!« hörte er rufen. Es war die Stimme von Neulehrer Krause. »Haltet ihn fest, er will desertieren!« Sechs Arme packten Thomas, er strampelte vergeblich. Er wurde in einen Lieferwagen geworfen, der davonbrauste. Thomas versuchte sich im Dunkeln zurechtzufinden. Er stieß an jemanden.
»Thomas«, flüsterte es.
»Ja? Wer ist da?«
Eine Hand griff nach ihm: »Ich bin's, Petra.«
»Mensch, Petra! Wie kommst du denn hierher?«
»Wir wollten wegmachen, aber es ist alles dicht!«
Thomas wollte Petra einen Kuß geben, aber weil das Lastauto so ruckelte, wurde daraus lediglich ein Nasenstüber.
Die Klappe zum Führerhaus öffnete sich, Fräulein Hase schaute hindurch: »Ich bringe euch nach Westberlin. Ihr seid in höchster Gefahr. Ihr habt so schlechte Aufsätze geschrieben, daß Krause euch wegen Sabotage verhaften lassen will.«
Die Klappe ging wieder zu, das Auto raste los wie vorhin die Limousine. Trotz der lauten Geräusche war von draußen ein tiefes Brummen zu hören wie damals im Krieg, wenn die Bomberverbände über Georgenthal anflogen oder abdrehten.
Fräulein Hase rief durch die Klappe: »Sie greifen an! Ihr müßt zu Fuß nach Berlin. Aber es stehen an allen Straßen Panzer! Ihr müßt sagen, ihr wollt zu der Kundgebung mit Pieck.«
»Der ist doch hin!« rief Thomas.

Es krachte, das Lastauto schlingerte und schaukelte. Es machte plumps.
»Verdammter Mist«, murmelte Thomas. Er lag auf dem Fußboden neben seinem Bett, rieb sich den Hinterkopf und krabbelte zurück unter seine Decke.

43 Wir erleben in diesen Tagen wichtige Entscheidungen«, verkündete Fräulein Hase.
Wie wahr! dachte Thomas.
»Welche wichtigen Entscheidungen erleben wir?« fragte Fräulein Hase.
Morgen früh, D-Zug nach Berlin, dachte Thomas.
»Nun, wer hat aufmerksam Radio gehört?«
Der linientreue Rüdiger Lehmann meldete sich: »Das Zentralkomitee der SED hat auf seiner Tagung in Leipzig bedeutsame Beschlüsse gefaßt.«
Die fassen nie andere Beschlüsse als bedeutsame, dachte Thomas.
»Und welche Beschlüsse? Laßt euch doch nicht jedes Wort aus der Nase ziehen!«
»Die Umbenennung von Chemnitz in Karl-Marx-Stadt. Wegen dem hundertfünfunddreißigsten Geburtstag von Karl Marx.«
»Na also! Was fällt euch ein, wenn ihr hört, daß Chemnitz nun Karl-Marx-Stadt heißen wird?«
Diese scheinbar harmlosen Fragen waren gefährlich. Wenn abgefragt wurde, in welchem Land der Erde das Paradies der Arbeiterklasse liege oder wer der größte Mensch dieser Epoche sei, konnte man nichts falsch machen. Aber wenn ausgeforscht werden sollte, was

man gedacht habe oder was einem in den Sinn gekommen sei, wurde es brenzlig.

Thomas hatte eine Idee und meldete sich: »Es ist schade, daß Chemnitz nach Karl Marx benannt wird.«

Er spürte das Entsetzten ringsumher und beeilte sich, die Auflösung nachzureichen: »Ich meine, wir hätten es verdient gehabt. Weil doch in Leipzig die Wiege der deutschen Arbeiterbewegung steht.«

Fräulein Hase lächelte erleichtert und nickte milde: »Und warum, glaubst du, wurde nicht Leipzig geehrt?«

Thomas hatte den zweiten Geistesblitz innerhalb einer Minute: »Ich glaube wegen Walter Ulbricht. Ich meine, wenn Walter Ulbricht mal stirbt oder heimgeht, was Gott verhüten möge, dann wird man seine Heimatstadt nach ihm benennen müssen. Oder freiwillig benennen müssen. Also Leipzig. Und dann würde das ja komisch klingen: ›Walter-Ulbricht-Stadt Karl-Marx-Stadt‹.«

Fräulein Hase biß sich auf die Lippen und nickte ernst: »Aber wir in Leipzig sind ja nicht leer ausgegangen. Wer kann das erklären?«

Thomas hätte es erklären können, aber er fand, er habe zum Abschied genug geleistet. Der suchende Blick der Lehrerin schlug bei Horst Böhling ein, von dem Thomas immer gedacht hatte, er werde als einer der nächsten wegmachen: »Na, Böhling, kannst du es uns sagen?«

»Ja, der Leipziger Universität ist auch der Name Karl Marx verliehen worden.«

Thomas ritt plötzlich der Teufel: »Warum heißt es eigentlich ›verliehen‹? Ich meine, was Verliehenes muß man doch eines Tages zurückgeben. Warum heißt es nicht ›geschenkt‹?«

Auf den letzten Drücker, dachte er, fällt mir ja noch richtig was ein.

Fräulein Hase schaute ihn tadelnd an und ließ die Deutschbücher aufschlagen, um das Kapitel über das erste Treffen zwischen Karl Marx und Friedrich Engels in Paris 1845 vorlesen zu lassen.

Paris, dachte Thomas, ist ja dann auch nicht mehr so weit. Von Leipzig aus war alles unerreichbar weit. Die Großeltern konnten nicht das Grab in Norwegen besuchen. Die Oma konnte nicht noch einmal in ihr geliebtes Italien. Thomas konnte letztes Jahr nicht, was er sich sehnlichst gewünscht hätte, die Olympischen Spiele in Helsinki besuchen. Die Mutter sagte, auch drüben müßten das fürs erste teure Wunschträume bleiben. Aber im Prinzip! Nächstes Jahr: Fußballweltmeisterschaft in der Schweiz. Das war, wenn man im Westen wohnte, ein Katzensprung. Das Leben schien jetzt richtig anzufangen.

Über Karl Marx und Friedrich Engels, Wladimir Iljitsch Lenin und Josef Wissarionowitsch Stalin mußte er ab morgen kein Wort mehr lernen. Auch nicht über Boleslaw Bierut und Clement Gottwald, der, wahrscheinlich an gebrochenem Herzen, neun Tage nach dem großen Stalin verschieden war. Keine Rede mehr von Pieck, Grotewohl und Ulbricht. Keine hymnischen Gedichte mehr von Johannes R. Becher oder dem unsäglichen Kuba. Alles konnte man einfach vergessen. Oder war mit diesem Wissen irgendwann im Leben nochmal was anzufangen? Alle vernünftigen Menschen, die Thomas kannte, hielten diesen Kommunismus für Humbug. Vertane Zeit, ihn zu studieren. Vertanes Leben, unter ihm zu arbeiten. Konnte das wirklich so sein? Waren sie alle verblendet oder dumm, die an den Kommunismus glaubten? Die ungezählte dicke Bücher darüber verfaßten? Mußte man nicht drüben weiter studieren, um hinter das Geheimnis zu kommen?

Die Besucher aus dem Westen hingegen, die Onkels und Tanten, die zu runden Geburtstagen mal anreisten, oder die Messebesucher im Frühjahr und Herbst, raunten stets, wenn die Sprache darauf kam, der Kommunismus werde den schlappen Westen eines Tages in die Tasche stecken oder gar in der Pfeife rauchen. Wir haben keine Ideologie, bedauerten sie mit traurigem Blick, unsere Jugend glaubt an nichts. Nur ans Geld und den Erfolg. Dann fragte Onkel Wolfgang, welchen Vorteil denn eine Ideologie böte, an die kaum jemand glaube. Da sei ihm doch der Mammon wenigstens was Handfestes. Nein, empörten sich die Onkels und Messeonkels, ohne einen Glauben gehe alles den Bach hinunter. Bei Hitler, sagte Onkel Wolfgang dann, sei trotz oder gerade wegen eines Glaubens alles den Bach hinuntergegangen. Das war meistens die Stelle, da Thomas neues Bier holen geschickt wurde oder das Gespräch umschwenkte auf die Frage, ob bei einer gesamtdeutschen Fußballmeisterschaft Chemie Leipzig oder Dynamo Dresden eine Chance hätte. Da konnte man sich in der Regel rasch einigen, und zwar auf ein Nein.

Thomas schaute in die Runde seiner Klassenkameraden. Würde irgendeiner ihm fehlen ab morgen? War irgendeiner darunter, den er seinen Freund nennen würde? Peter Schneeberg war so etwas ähnliches gewesen. Auch zwei, drei andere, die noch vor Peter geflüchtet waren. Alles Jungen aus Familien, über deren politische Haltung man einigermaßen sichere Vermutungen hatte. Ob man irgendeinen von ihnen irgendwo im Westen wiederträfe? Ob irgendwann plötzlich Peter Schneeberg vor der Tür stünde: »Mensch, Thomas!«. »Mensch, Peter!« Aber die anderen in dieser Klasse? Die meisten würden in ihrer Ostzone bleiben und sich rumärgern, ihr Russisch stottern und ihre Gegenwartskunde leiern, Stalin und Ulbricht preisen und an jedem ersten Mai mit ihren Pappschildern über den Karl-Marx-Platz trotten. Thomas war richtig stolz auf sich, bis ihm einfiel, daß der Entschluß ja von der Mutter kam und er selbst ihn anfangs abgelehnt hatte.

»Ist für morgen alles vorbereitet?« fragte Fräulein Hase.

Die Schüler nickten stumm.

Sie schaute durchdringend: »Koppe, du hast letztes Jahr auf deinem Transparent ›Sozialismus‹ mit ›tz‹ geschrieben.«

Koppe verteidigte sich: »Das hat mir mein Vater so buchstabiert. Außerdem steht diesmal bloß ›Monepolkapetalismus‹.«

»Bitte alles nochmal kontrollieren! Ich will mich nicht blamieren. Und daß mir nicht die Hälfte im erstbesten Hauseingang verschwindet und die anderen weiterziehen läßt. Wer nicht vor der Tribüne auf dem Karl-Marx-Platz vorbeimarschiert, kommt diesmal ins Klassenbuch.«

In der großen Pause strich Thomas durch die Flure des alten Schulgebäudes und nahm Abschied. Er stieg die breiten Treppen mit den schön gedrechselten Geländern hinauf und hinab, ging die langen Flure mit den gebohnerten Böden hin und zurück, schaute in die Turnhalle mit den Kletterstangen, den ungeliebten Ringen, Barren und Böcken, in die Toilette mit den langen Reihen von Türen rechts und Pinkelbecken links. Abgewetzt kam ihm die ganze Schule vor. Ja, abgewetzt war das richtige Wort. Thomas überkam kein Abschiedsschmerz. Er hatte nichts zu leiden gehabt in diesen Mauern, aber auch keine besondere Freude erfahren. Das ständige Auf-der-Hut-sein-Müssen war ihm auf die Nerven gegangen. Wie oft war er mittags, oder bei Schichtunterricht am frühen Abend, nach Hause gegangen und hatte aufgeatmet: Heute haben sie mich wieder nicht erwischt! Kein falsches Wort entschlüpft, an keiner Stelle verplappert, keine Angriffsfläche geboten. Aber manch anderes Mal: Hoffentlich kommt da nichts nach! Hoffentlich macht der Krause keine Meldung! Hoffentlich habe ich meine Familie nicht in Teufels Küche gebracht! Nein, es war nicht schön gewesen in dieser Schule. Im Westen, in welcher Stadt auch immer, würde er es einfacher haben. Und wenn ihm mal ein unbedachtes Wort über Adenauer entfleuchte: Mein Gott, dann gab es eben einen Eintrag ins Klassenbuch.

Auf dem Rückweg ins Klassenzimmer stieß Thomas fast mit einem Jungen zusammen und erschrak. Er hatte das Gesicht fast vergessen.

»Du Bolschewist!« hatte er ihn letzte Woche erst angeschrien.

»Dich krieg ich noch!« drohte der Junge halblaut im Vorübergehen.

Am Ende der letzten Stunde stand Thomas unschlüssig neben Fräulein Hases Katheder.
»Na, Thomas? Ist noch was?«
»Nein, nichts.«
»Die Adenauerpuppe ist fertig? Vergiß nicht die Streichhölzer! Sonst mußt du den Adenauer auf dem Karl-Marx-Platz aufessen.«
Thomas nickte.
«Ist nichts mehr?« fragte Fräulein Hase.
Thomas schüttelte den Kopf.
»Na dann, bis morgen.«

44 Thomas klingelte und wartete mit klopfendem Herzen. Er hörte Schritte hinter der Tür. Ein Spalt öffnete sich.
»Ja, bitte?« fragte die alte Dame.
»Ich möchte gern zu Petra«, sagte Thomas.
Die alte Dame stutzte. Sie überlegte einen Moment und fragte: »Petra? Was willst du denn von ihr?«
Auf diese Frage war Thomas nicht gefaßt, obwohl sie, wie er zugeben mußte, die naheliegendste war.
»Wegen dem ersten Mai«, erfand er schnell. »Oder wegen nach dem ersten Mai. Ich meine, nach der Kundgebung. Da wollten wir...«
Ja, was sollte man nach der Kundgebung am besten wollen?
»Sag mal, bist du dieser Andreas?«
»Welcher Andreas?« fuhr Thomas auf. War Petra auch mit einem Andreas gegangen?
»Wie heißt du denn nun?«

»Thomas.«
»Richtig. Thomas hat sie gesagt. Komm ruhig mal rein!«
Sie machte die Tür ganz auf, zum erstenmal betrat Thomas die Wohnung, zu deren erleuchteten Fenster er manchen Abend sehnsuchtsvolle Blicke geschickt hatte. Die alte Dame ging voran in die Küche, wo es nach Erbsensuppe roch. Auf dem Tisch ein Teller, ein Löffel und eine Serviette für das Mittagbrot einer einzelnen Person. Die alte Dame drehte das Gas aus und nahm den Topf vom Herd.
»Thomas. Soso. Von dir hat sie erzählt.«
»Ehrlich?«
»Jaja. Thomas. ›Schade‹, hat sie gesagt, ›daß ich den nicht wiedersehe.‹«
»Wirklich? Ich meine: Wieso nicht wiedersieht?«
Die alte Dame schien zu erschrecken: »Ja doch, sie sind verreist, weißt du?«
»Ich weiß. Wann sind sie denn weg? Am Sonntag?«
Sie nickte.
»Also, ich weiß ja Bescheid, verstehen Sie? Ich will doch bloß wissen, wo sie hin sind.«
»Ich habe keine Ahnung.«
»Aber es gibt doch bestimmt eine Adresse, wo sie zuerst hingehen. Und wenn ich die weiß, dann kann ich doch . . .«
»Kannst du was?«
». . . dann kann ich ihr doch mal schreiben.«
Die alte Dame wandte sich wieder der Tür zu, als wolle sie ihren Gast verabschieden: »Also, sie sind natürlich umgezogen, wie man so sagt. Gestern war jemand aus der Firma da, der hat nach meinem Sohn gefragt. Vor-

gestern jemand nach meiner Schwiegertochter. Heute der Klassenlehrer. Ich hab ihm gesagt, ich kann ja nichts weiter dazu erklären, ich bin bloß die Großmutter. Mich können sie ja nicht verantwortlich machen.«
»Haben Sie's denn gewußt?«
Sie schaute ihn prüfend an, dann schüttelte sie lächelnd den Kopf: »Wie aus heiterem Himmel.«
»Haben Sie vielleicht ein Foto von Petra?«
Sie lächelte wieder und ging zum Küchenschrank: »Da hast du's. Vielleicht schickt sie dir ein neueres.«
»Darf ich mal in ihr Zimmer schauen?«
Es war ein kleines Kämmerchen, wie auch Thomas eins hatte. Ein Bett, ein Schrank, ein Tisch, ein Stuhl, mehr paßte nicht hinein. Alles war ausgeräumt, der Tisch blankgefegt, auf der Tapete nur ein paar viereckige helle Flecken, wo Bilder gehangen hatten. Thomas wandte sich nach kurzem zum Gehen.
»Und Sie haben gar keine Ahnung, wo sie zuerst hinwollen?«
»Also, nun hast du schon rausgekriegt, daß sie weg sind. Das ist ja eine ganze Menge. Nicht alles auf einmal! Wenn sie mir schreiben, bekommst du ihre Adresse. Das verspreche ich dir. Mußt eben ab und zu vorbeikommen.«
»Na gut. Und schönen Dank auch.«
Im Treppenhaus gab Thomas dem Foto einen Kuß.

45 Deine Schulzeugnisse«, sagte die Mutter, »müssen wir wohl oder übel mitnehmen.«

»Wieso wohl oder übel? So miserabel sind sie auch wieder nicht.«

Sie schüttelte den Kopf: »Sie könnten zwar besser sein fürs Gymnasium drüben. Aber ich meine was anderes: Wenn sie an der Grenze die Zeugnisse finden, wissen sie sofort Bescheid. Aber wenn wir sie schicken und sie gehen verloren, sind wir die Gelackmeierten.«

»Mitnehmen«, riet Thomas mutig. »Haben wir sonst wirklich alles erledigt?«

»Ratzeputz alles. Onkel Wolfgang lädt uns heute abend um sieben in Auerbachs Keller ein. Zum Abschied. Was machst du bis dahin?«

»Bißchen rumfahren.«

Sie verabredeten sich für sechs Uhr am Mendebrunnen auf dem Augustusplatz.

Ein Nachmittag blieb in Leipzig. Thomas war unschlüssig, was er noch tun und wohin er noch fahren sollte. Es gab hundert Plätze in dieser Stadt, an die er Erinnerungen hatte, aber von den wichtigsten hatte er sich verabschiedet. Vom Feierabendheim der Großeltern. Von der Klavierstunde. Vom Südfriedhof. Von der Schule und der Christenlehre. Vom Völkerschlachtdenkmal. Von der Kleinmesse. Vom Karussell im Rosental. Von der Baumwolle.

Thomas trug sein blaues Fahrrad aus dem Keller und fuhr zum Rosental. Hier kannte er jeden Weg, jeden Umweg, jeden Fluchtweg. Wo immer sie im Westen nun hinkamen, die neue Stadt würde ihm auch in Jahren nicht so vertraut sein wie Leipzig. Die Großmutter, die seit über vierzig Jahren hier lebte, bekannte, sie müsse stets nachdenken, wie sie in Leipzig am besten von A nach B gelänge, während sie ihre Heimatstadt, das viel größere Berlin, noch heute in schlafwandlerischer Sicherheit durchqueren könne. In Gedanken.

Thomas war durch die Wiesen und Wälder hinter dem Scherbelberg in die Richtung nach Leutzsch geraten und hatte den Gedanken, den Georg-Schwarz-Sportpark noch einmal zu sehen, wo er sich an so manchem Sonntagnachmittag heiser gebrüllt hatte: »Chemie vor, noch ein Tor!« Der Eingang stand offen, man mußte nichts bezahlen, vom Spielfeld schallten aufgeregte Rufe und das klatschende Geräusch eines getretenen Balles. Die »Chemiker« trainierten. Thomas ließ sich auf der Tribüne nieder, wo er noch nie gesessen hatte, denn sein angestammter Platz war unmittelbar hinter dem Tor, so daß er wenigstens eine Halbzeit lang fast in Tuchfühlung mit seinem Idol war, mit Günther Busch, dem jungen »Chemie-«Torwart. Jetzt, im Training, spielten sie auf ein Tor, die Stürmer stürmten, die Verteidiger verteidigten. Vor zwei Jahren war »Chemie« DDR-Meister geworden, hauchdünn vor Turbine Erfurt. Wenn auch die DDR-Meisterschaft nicht entfernt zu vergleichen war mit der Deutschen Meisterschaft, die der VfB Leipzig vor dem Ersten Weltkrieg dreimal gewonnen hatte, waren die Fußballanhänger im Stadion von Leutzsch aus dem Häuschen gewesen. Im Jahr darauf waren die »Chemiker« nur Dritter geworden. Im Augenblick hatten sie schwer zu strampeln. Es gab nämlich seit der vorigen Saison eine zweite Oberligamannschaft in Leipzig, aber die mochte keiner. Sie hieß »Vorwärts« und war der Sportclub der kasernierten Volkspolizei, also der »neuen Wehrmacht«, wie die Leute hinter vorgehaltener Hand angewidert sagten. Die neue Mannschaft hatte sich bald in der Abstiegszone häuslich eingerichtet. Daraufhin waren einfach mitten in der Saison acht Spieler der erfolgreichen »Chemie«-Mannschaft übergewechselt zu »Vorwärts«. Man munkelte, das sei nicht freiwillig gewesen, mindestens habe man die acht mit allen möglichen Vorteilen geködert, wahrscheinlich sogar politisch unter Druck gesetzt. Von einzelnen wie dem Halblinken Fröhlich glaubte man allerdings, daß sie gern und freiwillig gewechselt hätten; schließlich waren sie ruckzuck Offiziere der KVP geworden. Sie galten den Leipziger Fußballanhängern als Verräter, und die allgemeine Zuneigung zu »Chemie« war größer denn je.

Auf dem Spielfeld säbelte gerade Walter Rose Rainer Baumann um. Thomas kannte sie alle. Walter Rose war schon vierzig und säbelte alle um, die in die Nähe des Strafraums kamen. Deswegen, sagte man, kamen manche gar nicht erst in die Nähe des Strafraums, aber das war nur eine anerkennende Übertreibung. Walter Rose hatte sogar einmal in der Deutschen Nationalmannschaft gespielt, unter Sepp Herberger während des Krieges. Daß Walter Rose in der »Leipziger Volkszeitung« unsägliche Artikel über die führende Rolle der sowjetischen Fußballgenossen schrieb, wurde ihm zähneknirschend verziehen. Jeder wußte ja, was man so alles mußte. Rainer Baumann stand im Verdacht, ausgesprochen intelligent zu sein, was ihn den meisten

Anhängern verdächtig machte. Aber so lange er gefühlvolle Vorlagen in den Strafraum gab, wurde ihm das andere nachgesehen.
Auf dem Spielfeld wurde eingewechselt. Für Günther Busch stellte sich ein noch Jüngerer ins Tor, den Thomas nicht kannte, weil Günther Busch immer im Tor stand und nie ausgewechselt wurde. Die Gelegenheit schien günstig, erstmals und letztmals mit Günther Busch zu reden.
»Ob wir diesmal DDR-Meister werden?« fing Thomas an.
Günther Busch war mäßig verschwitzt vom Training und beobachtete aufmerksam seinen Ersatzmann: »Nee, diesmal nicht.«
»Aber vielleicht nächstes Mal.«
»Vielleicht.«
»Hauptsache, ›Vorwärts‹ wird nicht Meister. Warum sind Sie eigentlich nicht zu ›Vorwärts‹?«
Günther Busch schaute ihn an: »Ich bin eben nicht zu ›Vorwärts‹.«
»Verstehe.«
Der Ersatztorwart, dessen Namen Thomas nicht kannte, versuchte einen Ball zu fangen, den er eindeutig hätte fausten müssen. Günther Busch stöhnte.
»Aber eigentlich«, sagte Thomas, »könnten wir es ja noch schaffen. Dynamo Dresden haben wir sogar weggeputzt. Aue und Zwickau und Thale sind doch ziemlich, naja, nicht so doll.«
»Wo spielst du denn?« Endlich fragte Günther Busch etwas.
»Ich war mal bei Motor Gohlis-Nord. Aber der Trainer hat mich rausgeschmissen. Paar Eigentore.«

»Wer ein Kämpfer ist, schießt vorne Tore und auch mal hinten.«
Thomas fand das völlig richtig und bedauerte, damals nicht auf so eine Spruchweisheit gekommen zu sein.
»In Zwickau jetzt bei dem Null zu Eins ist Ihnen ja auch so'n Ding reingerutscht. Weil Sie 'n Kämpfer sind.«
Günther Busch fand diese Ansicht richtig.
»Wenn Sie mal in den Westzonen spielen, wie erfährt man das denn?«
»Das steht doch in der ›Volkszeitung‹.«
»Aber erst hinterher.«
»Na, das genügt doch.«
»Da haben Sie recht. Morgen erstmal gegen Lok Stendal.«
»Bist du dabei?«
»Ehrensache.«
Thomas verabschiedete sich mit Handschlag und dem Gefühl, er hätte, wenn es so einfach war, Günther Busch schon viel früher einmal ansprechen sollen.
Herr Schubert! Thomas hatte ihn fragen wollen, wie er in Norwegen überlebt hatte.
Herr Schubert war zu Hause, weil er krankgeschrieben war. Er wunderte sich nicht über Thomas' Besuch.
»Die ewigen Kreuzschmerzen«, sagte er. »Die Wirbelsäule ist im Eimer nach der Schinderei in Norwegen. Aber die paar Jahrzehnte werde ich noch schaffen.«
»Wie sind Sie denn davongekommen?«
»Weil ich zäh war. Weil ich unbedingt wollte. Weil ich mir geschworen habe, daß mich diese Schweine nicht fertigmachen. Weil ich sie verachtet habe. Weil ich sie gehaßt habe. Ja, deswegen.«

»Ich meine, ob Sie nochmal abgehauen sind.«
»Noch zweimal. Jedesmal erwischt. Jedesmal halbtot geprügelt. Aber ich habe sie jedesmal mehr gehaßt. Deswegen.«
»Und dann befreit?«
»Ach Gott! Das hatten wir geglaubt. Daß sie uns mit Blumen bekränzen, weil wir so tapfere Antinazis waren. Nichts da! Gefangenenlager. Wehrmacht war für die Wehrmacht. Das war die schlimmste Erkenntnis, daß nach dem Ende der Nazis nicht die Gerechtigkeit ausbrach. Daß mancher Bonze mit den Siegern mauschelte, während wir im Gefangenenlager fast verhungerten. Hör mir auf!«
»Sie haben aber ganz schön die Schnauze voll.«
»Ja«, sagte Herr Schubert.
Thomas fuhr von Connewitz die Karl-Liebknecht-Straße Richtung Innenstadt. Zur Thomaskirche wollte er ein letztesmal. Die Thomaner waren ja leider auf Tournee in Skandinavien. Sie gastierten oft im Westen, da konnte man sie mal erwischen. Aber die Christmetten am Heiligen Abend in der Thomaskirche!
»Halt!«
Thomas hielt.
»Hast du nicht gesehen?«
»Nee. Was denn?«
»Ich hatte deine Fahrtrichtung durch Armzeichen gesperrt.«
»Au weia«, sagte Thomas.
Der Volkspolizist stemmte die Arme in die Hüften und fragte: »Was soll ich nun mit dir machen?«
Thomas wußte es auch nicht.
»Wie heißt du, wo wohnst du, welche Schule?«

Thomas betete es her.
»Und wo wolltest du hin?«
Thomas zeigte in die Fahrtrichtung.
»Na, dann wollen wir mal aufschreiben.«
Der Volkspolizist zog ein Buch aus seiner Brusttasche, schlug es auf und suchte nach etwas zu schreiben. Thomas hätte ihm gern einen Bleistift gereicht, aber er hatte keinen bei sich.
»Hast du denn Geld bei dir?« fragte der Polizist.
»Ja.«
Verquatscht! Dachte Thomas. Er hatte alle seine Ersparnisse in der Hosentasche, um sie morgen früh ja nicht zu vergessen. Aber was wäre, wenn er nichts bei sich gehabt hätte? Dann würde ihm die Volkspolizei eine Rechnung schicken. Frühestens am Montag.
»Von Rechts wegen müßte ich dein Fahrrad einziehen.«
Thomas erschrak für einen Augenblick, denn sein blaues Fahrrad liebte er über alles. Aber dann fiel ihm ein, daß es ohnehin der letzte gemeinsame Tag mit dem Fahrrad war.
»Überfahren eines zeichengebenden Volkspolizisten«, sagte der Volkspolizist, der seinen Bleistift gefunden hatte, und begann aufzuschreiben.
»Überfahren habe ich Sie nicht direkt.«
»Aber quasi. Sagen wir, das kostet dich zwei Mark.«
»Das ist aber viel. Ich meine, wenn ich Sie wirklich überfahren hätte . . .«
Zwei Ostmark waren immerhin vierzig Pfennig West.
»Einsfünfzig.«
»Eine Mark«, schlug Thomas schnell vor. »Sonst kann ich morgen nicht zu ›Chemie‹.«

»Eine Mark«, nickte der Polizist.
Thomas fand es erstaunlich, daß der Volkspolizist so für »Chemie« war, denn dann mußte er ja gegen »Vorwärts« sein.
Als er weiterfuhr in Richtung Innenstadt, kam Thomas plötzlich ein Gedanke. Warum sollte sein blaues Fahrrad eigentlich in Leipzig bleiben?

46 Nach Berlin«, sagte Thomas. »Das Fahrrad.«
Der Reichsbahner hinter dem Expreßgutschalter war wider Erwarten nicht erstaunt, daß jemand etwas nach Berlin schicken wollte, sondern drückte Thomas ein Formular und einen Anhänger mit Draht in die Hand: »Hier, mußde ausfilln. 's eene an mich, 's andre ans Fahrrad.«
»Ich habe aber keinen Bleistift.«
»Eegal ham'se alle nischd ze schreim. Ich weeß ooch nich.«
Er gab Thomas einen Bleistift. Thomas füllte aus, so gut er konnte. Als Absender nannte er Petra, der konnte nichts mehr passieren. Als Empfänger sich selbst. »Bestimmungsbahnhof« war verlangt. »Berlin« schrieb er hin.
»Welchen Bahnhof?«, fragte der Reichsbahner. »In Berlin ham' se nich bloß eenen.«
Thomas war überfragt. In Leipzig hatten sie diesen großartigen Hauptbahnhof hier. Wie es sich gehörte für eine bedeutende Stadt. Wenn man »zur Bahn« ging, dann eben hierher. Es sei denn, man meinte ausdrück-

lich Connewitz, Stötteritz, Plagwitz oder sonstwas. Es konnte ja wohl nicht angehen, daß es in der berühmten Hauptstadt anders war.

»Den richtigen Bahnhof. Wo man alles hinschickt.«

»Also Ostbahnhof«, sagte der Reichsbahner und schrieb es hin.

»Hauptsache nicht West«, sagte Thomas. »Sonst bin ich's ja los.«

»Verstehe.«

Der Reichsbahner befestigte den ausgefüllten Anhänger mit dem Draht an der Lenkstange: »Un de Lufdbumbe, willsde die wärglich midschiggn?«

»Warum nicht?«

»Nu, die mausen'se doch bloß.«

Thomas überlegte kurz. Wenn er nachher am Augustus-Karl-Marx-Platz die Mutter traf, konnte er ihr ja schlecht erklären, warum er die Luftpumpe seines Fahrrads in der Hand hielt. »Ich riskier's«, sagte er.

Der Reichsbahner schob das Fahrrad zwischen die Regale mit Koffern, Kisten und Kartons. Thomas schaute hinterher: Entweder oder, dachte er.

Er bezahlte das Expreßgut und rechnete, was ihm noch blieb, wenn er den Rest in Westberlin fünf zu eins tauschte. Große Sprünge konnte er davon nicht machen.

47 In die Paulinerkirche möchte ich nochmal«, sagte die Mutter, als sie am Karl-Marx-Platz aus der Straßenbahn gestiegen war. »Immerhin war da meine Hochzeit. Meine erste.«

Thomas kannte gut »seine« Thomaskirche, wo vor drei Jahren die Gebeine des großen Johann Sebastian Bach ihre endgültige Ruhestätte gefunden hatten. Aber die Pauliner- oder Universitätskirche am Karl-Marx-Platz kannte er bisher nur von außen.

»Wie war denn die Hochzeit?«

»Ergreifend«, lächelte die Mutter. »In der ersten Reihe saßen unsere beiden Elternpaare. Die Mütter, wie es sich einfach gehört, schluchzten ins Taschentuch. Wie im Kino. Ich bin heute schon gespannt, ob ich bei deiner Hochzeit auch heulen werde.«

Sie setzten sich in eine der mittleren Bänke und schwiegen eine Weile.

»Ja, wenn man damals gewußt hätte. Vor siebzehn Jahren. Getraut hat uns mein Cousin Heinrich. Er war ganz junger Pfarrer. Seine erste Trauung. Er war furchtbar aufgeregt. Noch mehr als wir. Vergaß sogar die Ringe anzustecken. Dein Vater und ich schauten uns verwundert an, aber wir verständigten uns mit Blicken, nicht in die Zeremonie einzugreifen, um den armen Heinrich nicht vollends aus dem Konzept zu bringen. Wir steckten uns die Ringe dann draußen in der Kutsche an.«

»Den Heinrich kenne ich aber gar nicht.«

»Er ist auch nicht auf dem Hochzeitsfoto. Er war nach der Trauung völlig fertig und mußte sich hinlegen. Er lebt übrigens schon lange nicht mehr. Er war ein sehr sensibler Mensch, etwas eigenartig. Eigenbrötlerisch. In meiner Familie war man ja nicht sehr heilig, wie die Sachsen sagen. Wir machten uns manchmal lustig über Heinrich und nannten ihn gern ›Merkwürden‹. Aber es war eben doch ernster mit ihm. Er tat immer öfter unerklärliche Dinge in seiner Gemeinde im Vogtland. Schickte die Gläubigen nach dem Eingangslied einfach nach Hause, damit sie Buße täten. Dazu geht doch keiner in die Kirche! Oder schloß das Kirchentor von außen zu und verschwand, so daß die Gläubigen die Tür aufbrechen mußten, um nicht den Tag und die Nacht Buße tun zu müssen. Und dann beging er noch den damals unverzeihlichen Fehler, sich der Bekennenden Kirche anzuschließen. Das waren die Pfarrer, die ihre Gläubigen nicht mit Heil Hitler begrüßten. Es war etwa zwei Jahre nach unserer Hochzeit, als er in die Irrenanstalt kam. Wir erfuhren nie, welche Krankheit er wirklich hatte. Er wurde während des Krieges umgebracht. Du hast in der Schule von Euthanasie gehört. Vernichtung lebensunwerten Lebens. Seine Eltern bekamen einen Schrieb, ihr Sohn sei leider an einer infektiösen Krankheit gestorben und bereits beerdigt. Meine Tante fuhr sofort hin und versuchte Himmel und Hölle in Bewegung zu setzen. Aber sie lief immer nur gegen die Wand aus Granit. Oder aus Gummi, ganz wie du willst. So wie ich später, als ich in Erfahrung bringen wollte, wohin sie deinen Vater verschleppt hatten und warum. Verschlossene Türen, versteinerte Gesichter, formelhafte Auskünfte, nichtssagende Schreiben. Die kleine dumme Volksgenossin sollte, verdammt nochmal, nicht so aufdringlich insistieren und unbedingt etwas über den Verbleib ihres Mannes erfahren wollen. Was ging sie das denn an? Ich sagte, auch um meines Sohnes willen müßte ich Klarheit haben. Auf das Kind eines Verbrechers, sagte mir der Justizbeamte, er hieß Wegner oder Wegener, auf ein solches Kind lege der Führer keinen Wert. Ich regte

mich furchtbar auf und beschimpfte den Mann. Da wurde er ausfallend und rief, so ein Kind, er sprach von dir, so ein Kind eines Verbrechers könne man auch an die Wand klatschen. Ein Volksgenosse. Tut heute bestimmt wieder seinen Dienst. Oder noch. Aber eigentlich wollte ich nie mehr von diesen Sachen reden.«
Sie standen auf und gingen nach vorn zum Altar, die Mutter blieb kurz stehen, dann wandte sie sich dem Ausgang zu.
»Wenn ich alles bedenke«, sagte sie draußen, »kommt es mir manchmal vor, als hätte unsere Familie von allem Schlimmen der vergangenen zwanzig Jahre etwas abbekommen. Aber dann denke ich wieder: ein paar Tote, ein paar Trümmer, ein verlorenes Vermögen, eine Enteignung, eine Flucht – wir sind doch ganz gut davongekommen.«
»Meinen dritten Vater, wenn ich richtig gezählt habe«, sagte Thomas, »wollen wir den im Westen mal besuchen? Der ist ja schon vor anderthalb Jahren weggemacht, der ist bestimmt schon wieder halbwegs auf den Füßen.«
»Du hast ja seine Adresse und schreibst ihm manchmal. Das kann ich dir auch nicht verwehren. Aber sei so gut und laß mich da bitte außen vor!«
Thomas hatte das Gefühl, das Thema nicht vertiefen zu sollen.
Die Mutter drehte sich noch einmal um zur Universitätskirche und schaute hinauf zu der gotischen Rosette: »Es ist eigentlich ein Wunder, daß die Kirche noch steht. Ringsum alles in Trümmern, das Café Felsche, die Universität, die Oper, das Bildermuseum, die Hauptpost. Alles kaputt. Bloß die Kirche hat es über-

lebt. Unsere Kirche. Wenn ich abergläubisch wäre oder sentimental, müßte ich annehmen, es hätte was zu sagen.«

»Weißt du, was ich noch sehen möchte?« fragte Thomas und antwortete sogleich: »Diesen Festsaal, wo das Hochzeitsfoto gemacht ist.«

»Oh Gott, willst du mich am letzten Tag noch in die Vergangenheit schleppen?«

»Komm, es ist ja nicht weit.«

Sie liefen die Grimmaische hinunter und über den Markt in die Hainstraße.

»Wo hast du eigentlich dein Fahrrad gelassen?«

»Mein Fahrrad? Wieso? Das hab ich angeschlossen. Das hol ich nachher wieder ab.«

Zwischen dem Ringmessehaus und der Reformierten Kirche das Hotel »International«, das früher »Fürstenhof« geheißen hatte. Sie steuerten, ohne jemanden zu fragen, durch die Eingangshalle auf eine Flügeltür zu, die nicht abgeschlossen war. Sie traten zwei Schritte in den leeren Saal.

Nach einer Minute meinte die Mutter: »Hat sich nicht verändert in den siebzehn Jahren.«

»Sie wünschen?« fragte ein Mann im schwarzen Anzug.

»Nichts. Danke.«

»Nichts gibt's bei uns nicht. Dann darf ich Sie bitten.«

Die Mutter wandte sich zum Gehen. Auf der Straße sagte sie: »Auch der Ton des Personals war seinerzeit anders. Alles war anders. Mein Gott, wenn mir damals jemand gesagt hätte . . .«

48 Der Weißwein ist aber pudelwarm«, reklamierte Onkel Wolfgang.
»Weeß'ch doch ooch«, gab der Kellner begütigend zu, »aber dr Giehlschrank is hinieber.«
»Dann bringen Sie doch ein paar Eiswürfel.«
»Nu, wie denn?«
Thomas' Limonade war auch zu warm.
»Auerbachs Keller« war Onkel Wolfgang als der rechte Ort erschienen, um seiner Schwester und seinem Neffen ein Abschiedsessen zu geben. Nicht irgendeine gastronomische Einrichtung in Gohlis oder Eutritzsch, sondern das berühmteste und traditionsreichste Lokal der Leipziger Innenstadt, abgesehen vielleicht vom »Kaffeebaum«. Das große Deckengemälde der Sage vom Dr. Faustus sah ziemlich ramponiert aus und hätte dringend der Renovierung bedurft. Das Lokal war voll, der Onkel hatte reservieren müssen, einige Gäste sahen aus wie Westler.
»Ich empfehle als Vorspeise Soljanka«, las Onkel Wolfgang aus der etwas fleckigen Speisekarte vor. »Das ist eine Spezialität aus der Sowjetunion, ich meine, aus der großen Sowjetunion. Sie kann sehr gut sein, die Soljanka, wenn von den letzten Tagen schmackhafte Reste übrig sind.«
Die Oma zischte: »Junge! Die Leute!«
»Ja, ich weiß. Ich habe gesehen, daß schon mehrere Soljanka schadlos verzehrt wurden. Also muß sie heute gut sein. Viermal Soljanka? Als Hauptgericht vielleicht Kapernklopse? Kennt ihr nicht? Das ist eine alte Spezi-

alität aus dem sowjetischen Kaliningrad. Oder ein Pußtaschnitzel aus der befreundeten Volksrepublik Ungarn? Ich finde, wir sollten uns zunutze machen, daß die große Welt auf unseren Tellern zu Gast ist.«
Dreimal Kapernklopse, bloß um die Diskussion abzukürzen, Thomas bestellte Pußtaschnitzel.
Onkel Wolfgang begann Auerbachs Keller zu erklären: »Dieses Lokal ist durch unseren großen Nationaldichter Johann Wolfgang Goethe berühmt geworden, einen Vorläufer von Johannes R. Becher.«
Die Mutter verzog schmerzlich das Gesicht, die Oma schloß gepeinigt die Augen. Sie kannten das: Wenn Onkel Wolfgang seine Tour hatte, schwitzten sie Blut und Wasser. Dabei versicherte er jedesmal, er habe die Sache fest im Griff und sage kein Wort, das nicht auch in der »Leipziger Volkszeitung« stehen könnte.
»In diesem Keller fielen die berühmten Worte: ›Mein Leipzig lob ich mir, es ist ein Klein-Paris und bildet seine Leute‹. Was bedeutet uns Heutigen dieses Dichterwort? Wollen wir Leipziger in einem Klein-Paris leben? Paris ist ein Zentrum des Kapitalismus und der Reaktion. Des Kolonialismus. Der Hetze gegen das Friedenslager unter Anführung der Sowjetunion. Ich meine, der großen Sowjetunion.«
Die Mutter legte die Hand auf seinen Arm: »Vielleicht nehme ich auch besser das Pußtaschnitzel?«
Onkel Wolfgang ließ sich nicht unterbrechen: »Aber da baut uns der Dichter eine Brücke! Wer spricht im ›Faust‹ den Satz über ›Klein-Paris‹? Nun, wer? Ein Student. Was weiß schon ein Student? Der Dichter läßt mit Bedacht keinen führenden Genossen dieses zweifelhafte Lob Leipzigs verkünden, sondern einen Stu-

denten. Wodurch zeichnet sich ein Student aus? Er ist ein Suchender, kein Wissender. Mehr noch: Was für ein Student sagt den Satz? Jawohl, ihr habt es erraten: ein betrunkener Student! So daß der Name Leipzigs aus dieser Angelegenheit unbefleckt hervorgeht.«

Die Nachbarn zur Rechten, die wie Westler aussahen, lachten amüsiert, die Nachbarn zur Linken schauten angestrengt auf ihre Teller.

Der Kellner brachte einmal Kapernklopse und dreimal Pußtaschnitzel.

»Die Soljanka«, sagte die Mutter. »Ich bin keine Prinzipienreiterin, aber bestellt ist bestellt.«

»Ei verbibbch! Macht's was, wenn'se danach gommt?«

»Wenn Sie uns vorher den Nachtisch bringen«, sagte Onkel Wolfgang.

Der Kellner verstand und räumte wieder ab.

Als er die Suppen brachte, sagte Onkel Wolfgang zur Erklärung: »Wissen Sie, wir wollten dem Jungen mal unsere sozialistische Gastronomiekultur vorführen. Deswegen wollten wir erst die Suppe. Sonst wäre es ja schnurzpiepegal. Im Kapitalismus können die Ausgebeuteten von mir aus alles durcheinanderessen, aber wir, verstehen Sie?«

Der Kellner verstand.

»Und übrigens: dreimal Kapernklopse und einmal Pußtaschnitzel, nicht umgekehrt. Allerdings, wenn Sie bei Schnitzeln noch nicht den Plan erfüllt haben...«

Als Nachtisch gab es Birnenkompott, das nicht verwechselt wurde. Die zweite Flasche Wein näherte sich der Neige, die Mutter drängte zum Aufbruch: »Laß uns zu Hause noch einen Likör trinken!«

Onkel Wolfgang rundete die Rechnung mit einem

schönen Trinkgeld auf: »Wir müssen zusammen am Erfolg unserer Gastronomie arbeiten. Auch der Gast kann nicht einfach kommen und essen und gehen. Sonst halten wir nicht unseren Vorsprung.«

49 Die Mutter zog die Wohnungstür hinter sich zu und funkelte Onkel Wolfgang an: »Bist du eigentlich noch bei Troste, uns so in die Bredouille zu bringen?«

»Wieso? Es hat doch alles gestimmt.«

»Das kann ja sein, aber wenn jemand das nicht merkt? Die führende Klasse in diesem Staat zeichnet sich doch nicht dadurch aus, daß sie subtile Scherze versteht. Aber sie kann dich nach Bautzen bringen.«

»Morgen habt ihr's ja hinter euch.«

»Ja. Wenn nicht noch irgendein geistreicher Verwandter so dumme Sprüche macht, daß sie uns vorher an den Kanthaken nehmen. Und Thomas«, Thomas schrak auf, »du hältst morgen bitte die Klappe, bis wir am Bahnhof Zoo aus der S-Bahn steigen. Kein Sterbenswort! Ich laß mir von euch Helden doch nicht meine Flucht kaputtmachen!«

Thomas nickte.

Sie setzten sich um den Eßtisch im Wohnzimmer und schwiegen eine Weile. Jetzt, dachte Thomas, müßte jemand eine Rede halten. Eine richtige Abschiedsrede zum Weinen. Müßte erinnern an den Opa und die Firma und den Angriff und den Friedhof. Müßte der Hoffnung Ausdruck geben, daß die Wiedervereinigung bald...

»Ich finde es nach wie vor nicht richtig«, sagte die Oma.
Sie bekam keine Antwort.
»Ihr werdet große Schwierigkeiten kriegen.«
»Na und?« fragte Thomas.
»Jetzt will ich euch mal was sagen«, fuhr die Mutter auf: »Das ist ja kein Pappenstiel, was wir morgen vorhaben. Da könnte man ein bißchen was Aufbauendes vertragen. Schulterklopfen. Wird schon werden! Halten euch die Daumen. Daß ihr erstmal durchkommt und in Westberlin als Flüchtlinge anerkannt werdet und eine Bleibe findet drüben. Und eine Arbeit. Und eine Schule. Und daß wenigstens die Hälfte der Pakete angekommen ist. Sowas in der Art. Aber was höre ich statt dessen? Ihr werdet Schwierigkeiten kriegen. Größere Schwierigkeiten, als wir hier haben, können wir drüben gar nicht kriegen.«
»Ich mache mir ja bloß Sorgen«, sagte die Oma leise.
Sie stand auf und ging aus dem Zimmer, Onkel Wolfgang folgte ihr. Er kam mit einer Flasche Wein zurück und entkorkte sie mit einer feierlichen Miene.«
»Meißner Wein«, raunte er. »Was ganz was Gutes. Habe ich eingetauscht gegen den Satz Sondermarken von den Olympischen Spielen sechsunddreißig. Gestempelt.«
Die Oma kam zurück mit einem stoffbezogenen Kästchen: »Hier, das nehmt ihr mit nach drüben.«
Die Mutter schaute hinein: »Die Brosche? Nein! Kommt nicht in die Tüte! Die hast du von Opa zur silbernen Hochzeit, die behältst du.«
»Ich trage sie nie mehr. Wo denn? Zu Hause? Oder beim Schlangestehen? Nein, die nimmst du mit. Der

große Brillant ist übrigens echt. Der Opa schenkte keine Klunkern. Das erste halbe Jahr hilft euch das drüben über die Runden.«

Die Mutter schüttelte immer noch den Kopf, nahm aber das Kästchen an sich, stand auf und gab der Oma einen Kuß auf die Stirn.

»Das ist unsere eiserne Ration«, sagte sie.

»Goldene«, verbesserte Onkel Wolfgang.

»Ich meine, wir werden die Brosche nicht verkaufen, höchstens verpfänden. Und wenn wir aus dem Gröbsten raus sind, kriegst du sie wieder.«

Thomas ging nun ebenfalls hinaus und kehrte mit seiner Adenauerpuppe zurück: »Hier, die lasse ich euch da.«

»Gut getroffen«, lobte Onkel Wolfgang, »Grotewohl ist ja nicht ganz einfach.«

»Das ist aber Adenauer. Den sollte ich morgen auf dem Karl-Marx-Platz verbrennen.«

»Und jetzt soll ich das für dich tun?«

»Nein, das ist ein Andenken.«

Weil es wirklich ein besonderer Tag war, durfte Thomas ein Glas Wein trinken.

Später lag er wach in seinem Bett. Wieder hörte er die Linie 6 durch die Kurve an der Plathnerstraße kreischen. Er versuchte zu überlegen, ob alles Wichtige eingepackt war. Kurz nach halb sechs morgen früh würden sie im D-Zug nach Berlin sitzen. Endlich! Die Kontrolle bei Jüterbog, nun, die würden sie schon irgendwie hinter sich bringen. Bloß nicht verquatschen! Sie fuhren zu einer Hochzeit in Neubrandenburg. Den Namen des Hochzeitspaares kannte er jetzt auswendig: Walter Weiße und Grete, geborene Fuchs. Sie stammte

aus Neustrelitz. Nach der Hochzeitsfeier würde man natürlich zurückkehren nach Leipzig. Schließlich mußte Thomas wieder in seine Schule!
Er hatte einen Einfall. Er stand auf, suchte sein Russischbuch und packte es in seinen Koffer für morgen. Keiner, der wegmachen will, dachte er, nimmt das verhaßte Russischbuch mit auf die Reise. Sein blaues Pionierhalstuch legte er dazu. Für die Hochzeit.

50 Die Sondermarken von der Friedensfahrt«, sagte Thomas kauend beim sehr frühen Frühstück, »die kommen morgen heraus. Die könntet ihr mir schicken. Mit Ersttagsstempel, wenn's geht.«
»Wohin schicken?« fragte Onkel Wolfgang.
Thomas hob die Schultern.
Die Friedensfahrt begann heute, am 1. Mai, in Prag und würde in genau einer Woche Leipzig erreichen, vorbei an der Roten Schule, dem Hauptbahnhof und dem Karl-Marx-Platz, hinaus zum Etappenziel im Bruno-Plache-Stadion in Probstheida. Diesmal würde also einer weniger jubelnd sein Fähnchen schwenken, wenn Täve Schur oder Lothar Meister über die Aschenbahn preschte.
Ein zweites Marmeladebrot wollte Thomas nicht, schon das erste würgte ihn im Hals. Er war aufgeregt. Die Oma hatte wieder Tränen in den Augen und rührte stumm in ihrer Kaffeetasse. Sogar Onkel Wolfgang hielt sein loses Mundwerk. »Wir müssen los«, mahnte die Mutter, »sonst fährt keine Straßenbahn mehr durch. Wegen der Kundgebung.«

»Die letzte Sechs fährt erst kurz vor acht«, beruhigte Onkel Wolfgang. »Hat die Volkszeitung geschrieben.«
»Das würde ich nicht glauben.«
Thomas und die Mutter zogen ihre Mäntel an. Es war frühlingshaft mild draußen, ein bißchen regnerisch, kein Mensch lief mehr im Mantel herum. Aber die Mäntel mußten mit, für den nächsten Herbst und Winter im Westen. Im Zug, hatte die Mutter versprochen, würden sie sich sofort auspellen, auch um nicht aufzufallen. Wenigstens seine alte abgegriffene Schirmmütze durfte Thomas dalassen.
»Ich komme nicht mit«, entschied die Oma endgültig.
Die Verabschiedung war kurz, wortlos. Jeder wußte, was er hätte sagen können. Onkel Wolfgang ergriff zwei Koffer, die Mutter und Thomas je einen. Verdammt! dachte er im Treppenhaus: die Wandzeitung! Sie zogen die schlafende Pölitzstraße hinab, schauten sich nicht um nach ihren Fenstern. Thomas dachte: Wenn uns jetzt einer hinter der Gardine beobachtet, weiß er aber Bescheid.
Die Straßenbahn war fast leer. Thomas stand neben der Fahrerin. Straßenbahnfahrer wollte er schon seit langem nicht mehr werden, aber sein Traum war bis zuletzt gewesen, wenigstens einmal eine Straßenbahn durch Leipzig zu kurbeln. Die Handgriffe wußte er wie im Schlaf. Dann also nicht, dachte er.
Am Friedrich-Engels-Platz stoppte ein Volkspolizist die Straßenbahn. Die Fahrerin klingelte ungeduldig. Der Volkspolizist gab barsche Zeichen.
»Was'n los?« rief sie.
»Schluß, aus!« rief er.
»Aber erschd ab achde.«

»Nee, ab halb sieme.«
»Aber in der Volkszeitung«, sagte Thomas.
»Volkszeitung«, meinte die Fahrerin mit einer wegwerfenden Handbewegung.
Sie zog die Kurbel ab und rief ins Wageninnere: »Endschdadsjohn!«
»Jetzt wird's aber elend knapp«, keuchte Onkel Wolfgang mit den zwei Koffern. Der Hauptbahnhof kam nur ganz langsam näher.
»Wir müssen noch Fahrkarten kaufen«, schnaufte die Mutter.
»Hättste auch gestern machen können.«
»Nee, bloß nichts Verdächtiges!«
Vor den beiden geöffneten Fahrkartenschaltern standen Schlangen. Thomas fiel auf, daß auch drei, vier andere Reisende Wintermäntel trugen. Es ging quälend langsam voran, die Mutter schaute immer wieder auf die Bahnhofsuhr.
Thomas griff in die linke Manteltasche. Seine Taschenuhr war da. Er griff in die rechte Manteltasche. Mensch! Die Fotos! Das Kinderfoto, das Herr Schubert aus Norwegen gerettet hatte. Und das Hochzeitsfoto! Er durchwühlte die Innentasche. Nichts. Die Hosentaschen. Wer hätte auch Fotos in die Hosentasche gesteckt, wo sie nur zerknittert wurden. In den Koffer hatte er sie aber bestimmt nicht gepackt.
Thomas nahm Onkel Wolfgang beiseite: »Wenn du zwei Fotos findest, kannst du mir die schicken?«
»Was für Fotos?«
»Ein zerknittertes Kleinstkind und die Hochzeit.«
»Wenn du keine anderen Sorgen hast.«
»Zweimal Berlin«, sagte die Mutter, als sie endlich an

der Reihe war. »Dritter Klasse. Mit D-Zug-Zuschlag bitte.«
»Berlin was?«
»Ostbahnhof natürlich.«
»Einfach?«
»Nein, nein! Hin und zurück.«
Der Abschied von Leipzig, hatte sich Thomas ausgemalt, würde eine Zeremonie sein. Eine verschwiegene natürlich, aber eine verschwiegen feierliche. Den Zug besteigen, bedeutungsvoll verschlüsselte Worte wechseln, vielsagende Blicke tauschen, aufgeregte Hände schütteln, mit dem feuchten Taschentuch winken.
Sie warfen ihre Koffer in den Waggon, kletterten eilig hinterher, versuchten an ein Fenster zu kommen, um Onkel Wolfgang zuzuwinken. Aber alle Fenster waren besetzt von Abschiednehmenden. Sollte man sagen: »Lassen Sie uns mal vor, wir kommen nicht wieder?«
Der Dampf der Lokomotive hüllte den Waggon ein, verwehrte ohnehin den Blick auf den Bahnsteig. Der Zug schob sich langsam ins Freie.

Von Dieter Zimmer erschienen bei BASTEI-LÜBBE:

10183 Für'n Groschen Brause
10650 Alles in Butter
11181 Wunder dauern etwas länger
11281 Wenn der Mensch zum Vater wird
11711 Das Mädchen vom Alex